로크미디어가
유혹하는
재미있는 세상

ROK
MEDIA
로크미디어

상위 0.001% 랭커의귀환 3

2023년 4월 13일 초판 1쇄 인쇄
2023년 4월 18일 초판 1쇄 발행

지은이 유우리
발행인 강준규

기획 이기헌 왕소현 박경무 강민구 조익현
책임편집 김홍식
마케팅지원 이원선

발행처 (주)로크미디어
출판등록 2003년 3월 24일
주소 서울시 마포구 마포대로 45 일진빌딩 6층
Tel (02)3273-5135 Fax (02)3273-5134
홈페이지 rokmedia.com E-mail rokmedia@empas.com

© 유우리, 2023

값 9,000원

ISBN 979-11-408-0765-9 (3권)
ISBN 979-11-408-0799-4 04810 (세트)

유우리 퓨전 판타지 장편소설

③

상위 0.001%
랭커의 귀환

CONTENTS

던전화 (2)	7
신입사원 노영수	21
왕의 각인	35
인형사 피에로	63
출구가 없는 던전	79
던전 브레이크	133
가짜와 진짜	171
케이식 던전 공략법	237
리자드맨의 우물	277
공중 도시, 갈릴리오	315

던전화 (2)

김강렬은 일단 회의적이었다.

"던전을 부숴 버리자고요?"

"네. 씨앗방으로 가서 던전 보스를 죽인다면 던전화는 자연히 멈춥니다."

"알아요, 던전화를 멈추는 방법……. 근데 그게 정말 가능한 일입니까?"

지금도 성난 기생수가 금방이라도 달려들 태세로 근처를 서성였다. 씨앗방으로 가려면 우선 기생수부터 처치하고 나아가야 하는 것이다.

김강렬이 입술을 깨물며 말했다.

"리스크가 너무 크지 않겠습니까. 자칫 전멸의 가능성도 고려해야 합니다."

"……."

"일단 아크로 돌아가서 재정비합시다. 제아무리 케이 님이라고 해도 혼자서 이만한 규모의 던전화를 막는 건 불가능해요."

하지만 김강렬을 바라보는 강서준은 그저 고개를 가로저을 뿐이었다. 그의 생각처럼 돌아가서 정비하여 공략할 수만 있다면 백번이라도 그러고 싶었다.

"컴퍼니가 가만히 있질 않을 겁니다. 던전화가 가속돼서 이대로 진짜 던전이 되면 답도 없어요."

진짜 던전이 됐을 경우와 던전화가 진행 중인 공간은 난이도부터 차원이 다를 것이다.

그나마 지금은 실낱같은 희망이라도 있었다. 진짜 던전이 됐을 때는 아마 씨알도 안 먹힐 게 뻔했다.

'이만한 규모의 던전이 현실이 된다면 과연 어떤 등급일지…….'

강서준은 두려움에 사로잡힌 사람들을 둘러보면서 입을 열었다.

"어렵겠죠. 목숨을 걸어야 할 거고요. 어쩌면 우린 전멸할지도 모릅니다."

"……."

"하지만 우린 선택의 여지가 없습니다. 훗날 우리는, 이 던전을 없애지 못한 오늘을 크게 후회하게 될 겁니다."

강서준의 말에 사람들은 침음을 삼켰다. 그들이라고 암담한 미래를 점쳐 보지 않은 건 아니니까.

당장 '리자드맨의 침공'으로 인해 기근을 겪는 게 아크였다.

여기에 이만한 크기의 던전이 더해지는 것만으로도 아크는 엄청난 부담을 안게 될 것이다.

즉, 강서준의 말마따나 여기서 던전을 막는 게 서울이 살아날 유일한 방법이었다.

결국 그들도 동참할 수밖에 없는 것이다.

강서준은 쐐기를 박듯 말했다.

"그전에 여길 벗어날 방법도 모르잖습니까."

"……알겠습니다."

그나마 그들에게 희망이 될 것은 이곳에 선 두 사람이 천외천인 '케이'와 '클라크'라는 점이었다.

실낱같은 희망은 이 둘에게 걸려 있었다.

강서준은 말했다.

"씨앗방까지 단숨에 달릴 겁니다. 뒤처지는 사람은 저도 어쩌지 못해요. 다들 이해했죠?"

"……네."

"그러면 시간 끌지 말고 바로 작전 속행합니다."

강서준은 요동치는 기생수 쪽을 바라보며 미간을 찌푸렸

다. 그의 서릿발에 잠시 위축됐던 기생수가 슬금슬금 재차 공격을 가할 기미를 보이고 있었다.

크콱…… 크콰카칵!

마치 전열을 가다듬듯 줄기들은 이쪽을 포위해 왔다. 시간을 주면 불리해지는 건 플레이어일 것이리라.

강서준은 검을 움켜쥐며 외쳤다.

"지금!"

일제히 달리기 시작한 일행. 기생수는 곧바로 그들을 위협하며 다가왔다.

"달려! 젖 먹던 힘까지 짜내라고!"

이를 악문 김강렬의 외침과 함께 기생수의 공격은 본격적으로 시작됐다. 지능이라도 있는 것처럼 포위망을 좁혀 오자 사방이 기생수로 가득 들어차서 움직일 공간조차 보이질 않았다.

최하나가 총구를 겨누면서 말했다.

"다들 뒤처지지 마요!"

타아아앙!

마탄이 발사되고 뭉쳤던 줄기들이 터져 나갔다. 폭발의 범위에 있던 기생수가 움츠러들자, 강서준의 검이 예외 없이 휘둘러졌다.

길이 열렸다.

일행은 일제히 숨을 참고 작은 통로를 비집고 빠져나오기 위해 힘껏 뛰었다.

"달려! 달리라고!"

"으아아앗!"

이래봬도 플레이어들이다.

그들은 일심동체라도 되는 것처럼 기생수를 베고, 때리고, 밀어내면서 나아갔다. 이대로라면 무리 없이 씨앗방까지 향할 수 있을 것처럼.

하지만 모두가 그런 건 아니었다.

"살려 줘!"

"끄아아악!"

결국 뒤처지는 사람이 생겨났다. 그들은 속수무책으로 선발대를 쫓을 수 없었고, 기생수 사이에 고립되고 말았다.

"젠장! 뒤돌아보지 마!"

김강렬이 냉정하게 지시했지만, 몇몇 플레이어는 이를 악물고 고립된 사람을 구하려 달려들었다.

"영석아!"

"현중아!"

하지만 고립된 사람을 구하기는커녕 새로운 피해자만 늘어날 뿐이었다.

워낙 파죽지세로 다가오는 기생수의 공격이었다.

동료를 구하면서, 자신까지 지켜 내기엔 그들의 수준은 너무나도 보잘것없이 약했다.

그건 강서준조차 어쩔 수 없었다.

그는 신이 아니었다. 이만한 공격을 뚫고 나아간다는 것만으로도 벅차고 어려운 일이었다.

"끄아아아아악!"

뒤처진 사람들이 기생수에게 잡아먹히며 비명을 질러도.

누군가가 간곡하게 울면서 살려 달라고 이름을 불러도.

그들은 묵묵히 달려 나갔다.

구할 방법은 없었다.

그들의 죽음 앞에서 오직 가능한 행동은 하나였다.

목적지까지 전속력으로 달리는 것.

"서준 씨!"

강서준은 가까이 솟아난 기생수를 능숙한 나무꾼처럼 잘라 내며 지근거리에 다다른 블랙홀을 확인했다.

강서준과 최하나의 시선이 교차하는 순간이었다.

타아아앙!

"여기입니다! 여기까지만 도착하면 됩니다!"

최하나의 총성을 시작으로 강서준은 달려오는 사람들을 돕기 위해 사방팔방 뛰어다니기 시작했다.

먼 곳에 있는 사람이야 어쩔 수 없겠지만, 이곳까지 다다른 사람은 어떻게든 구하리라.

그의 의지가 검에 닿은 듯, 기생수를 썰어 대는 그의 검속은 점차 빨라졌다.

"가, 감사합니다!"

가까스로 기생수를 뿌리친 생존자들이 힘겹게 블랙홀로 몸을 던졌다. 잘 넘어갔을까. 포탈을 넘듯 그 너머로 건너간 사람들은 육안으로 상태를 확인할 수 없었다.

이 너머는 던전처럼 별개의 공간으로 꾸며진 모양이었다.

하지만 그곳이 어디든 이곳보다는 나을 것이다.

"서준 씨!"

"먼저 들어가세요!"

최하나를 마지막으로 블랙홀에 밀어 넣은 강서준은 거친 숨을 몰아쉬며 뒤를 돌아봤다.

요동치는 기생수 너머로 몇몇의 생존자들이 있었다. 그들은 살기 위해서 발악을 하고 있었다.

하지만 그들의 미래가 훤히 보이는 듯했다.

기생수들로 둘러싸인 공간.

슬슬 기생충이 바닥을 잠식하면서 설 공간을 없애고 있었다.

"……."

['인형사 피에로의 비밀스러운 씨앗방'을 발견했습니다.]

[!]

['도깨비감투'를 소유한 것이 확인되었습니다.]

[알 수 없는 흐름이 당신을 이끕니다.]

['인형사 피에로의 비밀스러운 씨앗방'을 발견했습니다.]

[알 수 없는 흐름이 당신을 이끕니다.]

몸이 붕 뜨는 느낌과 함께 건너편에 다다른 최하나는 낮게 한숨을 내뱉었다.

당장 보이는 건 어두운 사무실.

예상하지 못한 풍경을 둘러보며 최하나는 호흡을 가다듬었다.

여기저기 사무기기가 널브러져 있고 부서진 벽들이 보였다. 깨진 유리창 너머를 확인하니 이곳은 꽤 고층인 듯했다.

조심스레 창가로 다가간 그녀는 로테월드를 내려다볼 수 있었다.

'여긴 로테타워 안인가?'

그렇다면 왜 그녀 혼자 떨어졌냐는 건데.

아무래도 씨앗방으로 들어오면서 랜덤으로 타워 곳곳으로 이동되는 특징이라도 있었던 모양이었다.

'번거롭게 됐어.'

최하나는 숨을 죽이며 사무실을 벗어났다. 오랫동안 아무도 방문하지 않은 로테타워의 복도는 그저 음산한 기운만 넘실거렸다.

부서진 채 덜렁거리는 형광등이 종종 불빛이 껌뻑이는 걸 보면 신기하게도 전기는 아직 끊어지지 않았다.

그리고 그즈음.

"……!"

가까운 곳에서 인기척이 느껴졌다. 최하나는 권총을 겨누며 어둠을 가만히 응시했다.

얼마나 기다렸을까.

일정한 발걸음이 점차 다가왔다.

사람? 몬스터?

일단 이곳으로 컴퍼니도 들어왔으니, 적일 확률도 높았다.

탁, 탁, 탁.

하지만 가벼운 발걸음과 함께 등장한 것은 작은 체구의 몬스터였다.

"와, 왕을 본 적이 없는가!"

"……라이칸?"

"대답하거라! 왕께서는 어디 계시는가!"

최하나는 총구를 내리며 말했다.

"서준 씨도 이곳 어딘가로 이동됐을 거야. 너무 걱정하진 마. 별일 없을 거야."

누가 누굴 걱정하겠는가.

이곳에서 강서준을 위협할 존재가 있다면, 아마 오늘 이곳에서 살아 나갈 사람은 아무도 없을 것이다.

최하나는 어깨를 으쓱이며 걸음을 옮겼다.

"……어딜 가는가?"

"왕 찾으러."

"나, 나도 가겠다!"

부들부들 떨던 라이칸이 쫄래쫄래 최하나의 뒤편에 따라 붙었다. 그 모습을 내려다보던 최하나가 넌지시 물었다.

"너 혹시 겁먹은 건 아니지?"

"……무엇이! 나는 위대한 도깨비! 무, 무서운 것 따위 없다!"

"근데 왜 떨어?"

"……."

체구가 작아지더니 간도 작아진 걸까. D급 던전에서 그들을 위협하던 보스 몬스터가 맞나 싶었다.

그런데 이놈은 뭘 무서워하는 거지?

영혼을 다스리는 몬스터가 일개 유령을 무서워할 이유도 없고.

'이건 뭐…… 어린아이 같네.'

놀이동산에서 미아가 된 것처럼 연신 주변을 둘러보며 겁에 질린 라이칸. 최하나는 어깨를 으쓱이며 라이칸의 짧은 다리에 보조를 맞춰 줬다.

"라이칸. 그러고 보면 너랑 얘기를 길게 한 적은 없는 것 같아."

"······그런가?"

"넌 처음부터 몬스터가 아니라고 했었지? 갑자기 기억이 돌아왔고?"

"그렇다. 난 자랑스러운 도깨비 일족의 후예였다."

"그럼 어쩌다 몬스터가 된 거야?"

여태 닳고 닳은 경험을 많이 쌓아 왔던 최하나조차 몬스터가 NPC로 돌아선 경우는 처음이었다.

인간에서 몬스터가 된 그리드조차 인간으로 돌아온 적이 없었으니까.

"······모른다!"

"전혀?"

"기억나지 않는다!"

라이칸의 당당한 대답에 최하나는 의외로 순순히 받아들였다. 아마 거짓말은 아닐 것이다.

게임으로 치자면 '삼깨비 라이칸'은 일종의 가이드 NPC 같은 느낌이었으니까.

'서준 씨에게 가장 먼저 제안한 게, 왕의 위엄을 찾으라는 거였지?'

그건 아마도 '키워드'일 것이다.

도깨비감투를 차지한 강서준에게 세트 아이템인 '도깨비 보주'를 비롯한 무언가를 찾으라는 것.

아마 그 아이템을 얻으면 뭔가 새로운 정보가 라이칸의 기억에서 해금될 것이다.

모르긴 몰라도 거기부터 도깨비에 대한 비밀도 차츰 공개
되겠지.

'히든 퀘스트일 거야.'

그것도 드림 사이드 1에서는 공개된 적이 없는 유형이었
다.

최하나는 그의 옆에서 짧은 다리로 잘도 따라붙은 라이칸
을 내려다보며 스스로의 생각에 확신을 가졌다.

그때였다.

쿠구구구궁!

갑자기 로테타워가 무너질 듯이 크게 흔들렸다. 최하나는
라이칸을 붙잡고 벽에 몸을 바짝 붙였다.

지진일까?

잠시 후, 진동은 사라졌다.

다시 씻은 듯이 조용해진 실내.

최하나는 라이칸과 시선을 마주하며 말했다.

"가자."

"그, 그래."

하지만 오래 걷지 못하고 둘은 멈춰 서야만 했다. 그들이
향하던 방향의 한쪽 벽면이 완전히 무너져 내린 것이다.

살짝 그쪽을 확인한 최하나는 침을 삼키며 경계심을 극도
로 올렸다.

'······카무쉬.'

건물 내부로 혓바닥을 내두른 채로 머리를 박은 용이 기절해 있었다. 점차 몸이 뒤로 밀리는 걸로 보아 무게를 못 이겨 아래로 떨어지는 중이었다.

"어떻게 된 거야?"

설마 방금 전의 지진은 카무쉬가 로테타워에 들이박으면서 생긴 것인가.

최하나는 긴장을 삼키며 카무쉬에게 다가갔다. 커다란 콧구멍 근처를 바라보던 그녀는 알 수 있었다.

'죽고 있어.'

미약하지만 생명의 기운이 점차 사그라드는 게 보였다.

그건 또 다른 의문을 불러왔다.

대관절 '용'을 어떻게 죽였냐는 것이다. 설마 '불살의 특징'은 이 용에게 적용되지 않은 걸까?

그렇다면 대체 이놈을 이렇게 만든 존재는······.

나지막이 추리를 이어 나가던 최하나는 라이칸이 한쪽을 보면서 손을 흔드는 걸 볼 수 있었다.

"······왕이시여."

미간을 좁혀 그쪽을 확인한 최하나는 입술을 잘근 깨물었다. 그녀는 지체하지 않고 라이칸의 뒷덜미를 잡아 뒤로 끌었다.

"무, 무슨 짓······!"

콰지지직!

종전까지 라이칸이 선 자리에 뭔가가 빠르게 도달했다. 최하나는 시선을 낮추며 다가오는 무언가를 권총으로 막아 냈다.

채애애앵!

날카로운 공명음과 함께 최하나의 몸이 뒤로 튕겨 나갔다. 그 와중에도 바로 조준점을 잡고 사격을 가했다.

타아아앙!

아깝게 빗나간 총알.

최하나는 바닥에 발을 딛자마자 빠르게 그 자리를 벗어났다. 일단 피하는 게 상책이었다. 라이칸도 군말 없이 그녀에게 몸을 맡겼다.

복도 끝까지 달려간 그녀는 낮게 호흡을 정돈하며 눈을 부릅떴다.

천천히 이쪽으로 걸어오는 사내가 보였다.

"……카무쉬가 이길 거라면서요."

무미건조한 얼굴로 천천히 모습을 드러낸 존재.

'케이'는 고개를 옆으로 팍 꺾으면서 씨익 웃었다.

"끼이이이익……."

인간 같지 않은 울음을 흘리면서.

신입사원 노영수

[알 수 없는 흐름에 이끌립니다.]

['인형사 피에로의 비밀스러운 씨앗방'으로 진입합니다.]

[!]

['도깨비감투'의 소유를 확인했습니다.]

[누군가의 흐름에 이끌립니다.]

시시각각 쏟아지는 메시지.

검은 구멍을 넘자, 마치 하늘을 나는 듯 몸이 붕 뜨는 기분이 들었다.

순식간에 어딘가로 이동된 것이다.

강서준은 눈을 껌뻑이며 정신을 차렸다.

"여긴 어디지?"

바닥부터 벽, 천장까지 모조리 흰색으로 물들인 공간. 하얀색 도화지 속에 갇힌 느낌이었다.

그는 아래를 내려다봤다.

"그림자도 없군."

그렇다면 이곳은 빛이 존재하지 않는 세상이었다. 그럼에도 어둡지 않고 하얗기만 한 정경……

과학적으로 증명하기 어려웠다.

즉, 이곳은 순수하게 '게임의 영역'이다.

강서준은 왜 이런 곳으로 이동됐는지, 그 원인을 파악해봤다.

"분명 도깨비감투가 시스템 메시지에 나타났어."

진입과 동시에 '알 수 없는 흐름'이란 말이 나왔다. 씨앗방으로 진입하면서 테마 던전과 같은 무언가 특별한 특징이 존재하는 모양인데.

거기에 도깨비감투가 관여하면서 이런 공간으로 이동된 듯했다.

"……그럼 다른 사람들은?"

쭉 둘러봤지만 보이는 건 없었다. 끝을 알 수 없는 그저 흰색의 공간은 출구마저 보이지 않았다.

"흐음……"

그렇게 강서준이 미간을 좁히며 주변을 둘러볼 즈음이었

다.

"귀한 손님이 오셨군요."

돌연 들리는 목소리에 강서준을 바로 칼을 뽑아 경계를 했다. 시선의 한쪽에서 언제부터 서 있었는지, 지친 얼굴의 청년이 보였다.

"당신은……."

"반갑습니다. 전 노영수라고 해요."

차분한 목소리로 그가 손을 내밀었다. 하지만 강서준이 가만히 바라만 보고 있자, 머쓱해졌는지 그는 머리를 긁으며 손을 회수했다.

대신 백색의 허공으로 스크린 하나를 띄우면서 말했다.

"일단 영상부터 보고 얘기를 하죠."

"……뭐?"

두말할 것도 없이 눈앞으로 영상이 재생됐다.

「2020년 10월 2일. 입사 이후 처음으로 출근한 날이다. 꿈이 가까워졌어. 힘들어도 힘내야지.」

브이로그?

너튜브에 업로드됐을 법한 영상이었다.

첫 출근이라는 자막과 함께 나타난 꽤나 양복이 어색한 청년의 출근길.

전철을 타고, 사람들 사이에 끼어서 목적지에 다다랐다.

「혼났다. 숫자를 착각해 10장을 복사할 걸, 100장이나 뽑아 버렸다. 큰일이다. 어떡하지?」

브이로그는 계속됐다.

입사 첫날, 사소한 복사기 실수부터 시작하여 좌충우돌 노력하며 깨지는 신입의 힘겨운 하루.

그 하루가 빠르게 지나갔다.

보기 좋게 편집된 영상은 쓸모없는 장면은 전부 덜어 냈고, 핵심만 쭉쭉 진도를 뺐기에 꽤나 흥미롭게 말미에 도달했다.

내용은 어느덧 다음 날.

새벽같이 출근길에 오른 청년의 뒷모습이었다. 그가 로테월드에 입장하고, 그 시각은 얼추 6시였다.

"……이렇게 보니 부끄럽군요."

노영수는 멋쩍게 웃었다.

"사실 일찍 출근하지 않아도 됐습니다. 신입이라고 새벽같이 출근하라는 법은 없거든요."

"……."

"제 욕심이었습니다. 잘하고 싶었으니까."

강서준은 사내의 얼굴을 다시 보았다.

하루 살기가 버거워 피로에 찌들었지만, 최선을 다해서 자기 삶을 살기 위해 누구보다 노력하는 사람들.

꿈을 위해서라면 무언가를 포기하길 두려워하질 않는 청년.

영상과 사내를 돌아보던 강서준은 나지막이 깨달았다.

'N포 세대…….'

스스로를 N무 세대라고 지칭하는 강서준이 가지질 못했던 삶이었다. 어쨌든 무언가를 포기한다면 무엇인가를 가질 수 있던 N포 세대의 전형이었다.

그리고 청년은 쓸쓸한 눈으로 흘러가는 영상에 집중할 뿐이었다.

그에게서 적의를 느끼지 못한 강서준도 칼을 내리고 재차 영상으로 시선을 돌렸다.

"혹시 오픈 당일입니까?"

"네. 전 이날 죽었습니다."

"……죽었다고요?"

영상 속 청년은 뭣도 모르고 로테월드로 들어가고 있었다. 그곳에서 그는 정체 모를 커다란 피에로를 만나고 만다.

영상은 클로즈업 됐다.

키다리 아저씨처럼 3m는 되어 보이는 피에로와, 입사 이틀 차인 신입사원.

노영수를 내려다보던 피에로는 소름 끼치게 웃고 있었다.

콰직!

피에로가 노영수의 머리를 통째로 씹어 먹는 건 순식간이었다. 한 입에 머리를 씹어 먹힌 청년은 힘을 잃고 그대로 툭 바닥으로 쓰러졌다.

하지만 피에로가 '수정'을 들고서 사내의 시체 앞에 서니, 곧 시체는 부르르 떨면서 몸을 일으켰다.

기적은 아니었다.

오히려 저주에 가까울 것이다.

어느덧 머리가 생겨난 노영수는 무미건조한 눈으로 피에로를 올려다보고 있었으니까.

아무런 감정도 담기지 않은 눈이었다.

그때 피에로가 뭔가를 꺼냈다.

강서준은 미간을 구겼다.

"……도깨비보주."

피에로는 수정, 그러니까 도깨비보주를 '부활한 노영수'에게 던져 주고 어둠 속으로 스며들었다.

그 뒤로 놀이기구에 빛이 들어오고 회전목마는 빙글빙글 돌기 시작했다.

운영될 리가 없는 아포칼립스 1일 차의 로테월드.

아무도 없는 고요한 로테월드에서.

나지막이 방송이 시작됐다.

[환영합니다. 이곳은 희망과 꿈이 넘치는 로테월드입니다. 모쪼록 즐거운 시간 보내시길 바랍니다.]

노영수는 덩그러니 그곳에 서 있었다.

❄❄❄

이후로 이어진 영상은 해시태그를 '비극'으로 적고, 19금 딱지를 붙여도 충분할 정도로 참혹한 내용이었다.

뭣도 모르고 로테월드에 진입한 사람들.

낮엔 멀쩡하던 놀이동산은 밤마다 '몬스터 파티'라며, 야간 개장이 시작됐고.

그들의 트라우마처럼 뇌리에 박힌 공포는 곧, 밤마다 생존자들을 쫓는 몬스터로 현신했다.

공포 영화의 한 장면이 따로 없었다.

그리고 진짜 비극은 꽤나 길게 살아남은 생존자들이 원인을 파악하게 된 순간부터였다.

'……차마 눈뜨고 보기 힘들군.'

그들은 새로운 사람이 들어오고, 야간 개장이 시작될 때마다 새로운 몬스터가 늘어난다는 규칙을 깨달았다.

해서 새로운 사람이 나타나면, 밤이 되기 전에 그들의 목숨을 빼앗곤 했다.

'문제는 결국 저들도 죽었다는 거야.'

가장 오래 살아남은 사람들도 끝내 죽었다. 매일 반복되는 하루를 살면서, 나아지질 않는 상황을 결국 버티질 못하고 극단적인 선택을 하고 만 것이다.

그리고 다음으로 들어오는 생존자들.

그들도 비슷한 과정을 겪으며 로테월드에서 살아갔다. 이런 과정은 두 번 더 반복해서야 현재 시점에 다다랐다.

김강렬 일행이 이곳으로 들어온 것이다.

영상은 그게 끝이었다.

강서준은 정지된 영상을 바라보면서 물었다.

"내게 왜 이런 걸 보여 주는 거죠?"

"그저 잊히고 싶지 않아서였는지도 모르고, 어쩌면 제 잘못이 아니라는 걸 증명하고 싶었던 걸지도 모릅니다."

"……네?"

"저도 자세히는 모릅니다. 전 신입사원 노영수의 사념에 불과하니까."

사념.

강서준은 그제야 노영수가 어떤 존재인지 깨달았다. 그때, 노영수의 얼굴이 흐릿하게 잔상을 바꿨다.

그는 얼굴이 하나가 아니었다.

마지막으로 보인 건 '곰 탈'이었다.

"당신이었군요. 인형 탈."

로테월드에서 그들을 공격했고, 도깨비보주를 사용하며 도망쳤으며, 눈앞에서 놓쳐 버린 당사자.

노영수는 고개를 가로저었다.

"반은 맞고, 반은 틀립니다."

"무슨 뜻이죠?"

"당신이 만났던 인형 탈은 온전한 제가 아닐 겁니다. 그들은 그저 로테월드가 온전히 돌아가도록 만들어진 톱니바퀴에 불과하니까요."

강서준은 미간을 좁히며 그의 말을 이해했다.

"인형 탈을 쓴 자들은 전부 누군가에게 조종당하고 있다는 겁니까?"

"네. 여러 갈래로 나뉜 사념 중에서 오롯이 저만이 진짜 노영수의 사념을 갖고 있습니다."

그는 쓸쓸한 얼굴로 말을 이었다.

"제가 정신을 차린 건 이곳이 이 꼴이 난 지 한 달쯤 지났을 무렵입니다."

"네?"

"퍼뜩 정신이 들더랍니다. 인형 탈을 쓰고서 로테월드를 떠돌던 저는 점차 상황을 이해했죠. 아, 나는 죽었구나…… 그리고 부활했구나."

진짜 부활은 아니었다.

그는 생전 기억을 되찾았을 뿐이며, 그조차 도깨비보주에

엮여 있었다.

처음엔 고작 사념인 채로 할 수 있는 건 아무것도 없었다. 정신을 차리고 있는 순간조차도 극히 제한적이었다.

"우연인지 혹은 오류인지…… 전 피에로의 속박에서 벗어나려고 참 노력했습니다."

또한 노영수는 정신을 차리고 있을 때면 늘 로테월드에 고립된 사람들을 구하고자 사방팔방 뛰어다녔다고 한다.

그조차 전부 실패로 돌아갔지만, 왜 로테월드에 낮과 밤이 구분되는 괴상한 형태의 공간이 생성됐는지는 알아낼 수 있었다고 한다.

"피에로는 잔혹한 서사를 좋아합니다. 행복한 한때의 낮과 비극이 가득 들어찬 공포의 밤으로 이어지는 그 순간을 즐기는 것 같았어요."

"……악취미로군요."

"네. 안심하던 사람들이 괴로움에 몸부림치며 눈물을 흘리고, 극단적인 선택을 하는 걸 보면서 참으로 즐거워하더군요."

그는 피에로한테 부활한 존재였기에 놈의 감정을 고스란히 느꼈다고 한다. 몇 번이나 동일시되던 감정에 소름이 끼쳤던 적이 한두 번이 아니라고 한다.

그렇게 그는 두 달을 지냈다.

노영수는 한숨을 덜어 내며, 씨익 웃으면서 강서준을 바라봤다.

"당신은 케이 님이지요?"

"……절 아십니까?"

"저도 나름 드림 사이드 1의 플레이어였습니다. 비록 섭종 보상도 받지 못한 채로 죽어 버려서 이렇듯 사념으로 당신을 만났지만요."

슬슬 노영수의 몸에 노이즈가 생겨나고 있었다. 그의 몸이 희미해진 건 단순한 착각이 아니었다.

"시간이 많지 않아요."

"무슨 뜻이죠?"

"피에로의 속박을 벗어난다는 건, 곧 사념으로도 존재할 수도 없다는 걸 뜻합니다."

즉, 그는 소멸하고 있었다.

"당신이 해 줘야 할 게 있습니다. 아니, 당신만이 할 수 있습니다. 벌써 '도깨비감투'를 손에 쥔 당신이라면 충분히 할 수 있을 겁니다."

그는 대뜸 수정을 건넸다.

"받으세요."

"이건…… 설마 도깨비보주입니까?"

노영수는 고개를 끄덕였다. 조심스레 도깨비보주를 받아 들자, 차가운 감촉이 느껴졌다.

['노영수의 사념'으로부터 '도깨비보주'를 양도받았습니다.]

['도깨비보주'를 습득했습니다.]

[!]

[칭호, '도깨비의 왕'을 발동합니다.]

[당신은 '왕의 각인'을 할 수 있습니다.]

눈앞에 연달아 떠오른 메시지를 읽었다. 그 내용을 얼추 예상했는지 노영수가 힘없이 말했다.

"우선 도깨비보주의 주인이 되십시오. 당신이라면 능히 진짜 힘을 끌어내겠지요."

"……진짜 힘."

"피에로와 대적하려면 우선 도깨비보주를 온전히 다스려야 할 겁니다."

끝이 아니었다.

노영수는 전보다 노이즈가 낀 얼굴로 강서준에게 다가왔다.

"또한 피에로와 싸울 때는 절대 눈을 뜨지 마시고 숨도 쉬면 안 됩니다."

"네?"

"당신이라면 할 수 있을 겁니다."

꽤나 무책임하게 어려운 이야기를 늘어놓더니, 노영수는 아래에서부터 조금씩 소멸하기 시작했다.

사념의 유통기한이 얼마 남지 않았다.

"마지막으로 케이 님."

그는 죽어 가는 얼굴로 간곡하게 말했다.

"드림 사이드 2의 @&*^를 대비하세요. @#$^^&!이 @!#@@#될 겁니다."

이건 무슨 소리지?

그의 입이 모자이크가 됐고, 밖으로 빠져나온 소리는 괴상한 소음과 섞여 전혀 알아들을 수 없었다.

미간을 좁힌 노영수가 쓸쓸하게 말을 덧붙였다.

"……필터링이 되네요. 어쨌든 매년 실시됐던 '정규 업데이트'를 조심해요. 피에로에게서 빼낸 정보라면 특히, 당신이 가장 위험할 겁니다."

시간은 덧없이 흘렀다.

이미 입까지 소멸한 노영수는 더는 말을 할 수조차 없었다. 그의 올곧은 눈만이 강서준을 바라보며 뜨겁게 타오르고 있었다.

마저 소멸되는 귀.

이젠 흔적조차 남질 않는 그의 사념을 바라보며 강서준은 침음을 삼켰다.

무어라 말할까.

열심히 살았고, 불행히 몬스터의 하수인이 된 한 청년의 마지막이었다.

강서준은 할 말을 찾질 못했다.

그저 복잡한 얼굴로 흔적조차 남기질 못하는 그의 마지막을 지켜볼 뿐이었다.

"……."

그는 결국 아무 말도 할 수 없었다.

왕의 각인

타아아앙!

허공을 가른 마탄은 애꿎은 벽을 부쉈다. 최하나는 망설이지 않고 그 자리를 벗어나며 다가오는 공격을 피하기로 했다.

후우우웅!

아슬아슬하게 머리카락을 스쳐 지나가는 검.

최하나는 미간을 찌푸리며 창졸간에 다가오는 또 다른 공격을 확인했다.

[스킬, '매의 눈(A)'를 발동합니다.]

'……위험!'

동시에 기묘한 각도로 꺾여 들어오는 단검을 피해서 몸을 비틀었다. 순간을 놓치지 않고 재빠르게 허리를 찌르는 '케이의 검'이 보였다.

채애앵!

권총으로 검면을 튕겨 내며 반탄력을 이용해서 뒤로 뛰었다. 권총은 연신 불꽃을 뿜으며 단검들을 모조리 격추시킬 수 있었다.

막상막하의 전투.

최하나는 호흡을 정돈하며 케이를 노려봤다.

역시 다르긴 다르다.

'……강해.'

몇 번의 충돌로도 케이의 수준을 짐작했다. 솔직히 가짜 주제에 얼마나 강할까 싶었는데.

괴물은 괴물이었다.

'하기야 케이의 분신이야.'

검술이면 검술, 단검술이면 또 단검술.

때로는 마법도 쓰는 걸 보면 정말 게임 속 케이가 현실로 튀어나온 듯했다.

놈은 손에 쥔 뭐든 무기로 활용하며 전투를 펼치고 있었다.

최하나는 침음을 삼켰다.

'케이의 직업은 결국 끝까지 아무도 알아내지 못할 정도였으니까.'

제약 따위 없는지 모든 무기를 능수능란하게 다루는 건, 케이의 모습을 빼닮았다.

전투 센스는 두말할 것도 없었다.

최하나는 금세 짓쳐들어오는 케이를 향해 마탄을 박으면서 빠르게 몸을 회전시켰다.

언제 던졌는지 모를 단검이 그녀의 옷깃을 스치고 있었다.

그녀는 접근한 케이의 머리를 향해 바로 돌려차기를 시도했다.

통했을까?

아니었다. 케이는 손목을 들어 공격을 막았고, 튕겨 나가는 와중에도 수인을 맺어 마법을 던졌다.

'번 블러드'로 강화된 상태에서도 고작 이 정도라니.

가히 전투의 귀재(鬼才)라고 해도 과언이 아닐 것이다.

"키아아앗!"

불덩어리를 피해서 자세를 낮춘 최하나는 빠르게 접근하는 케이를 향해 사격을 가했다.

벌겋게 익은 눈과 침을 흘리는 입가를 보면 '진짜 케이'와는 확연히 다른 점은 있었다. 놈은 정상적인 생각을 할 수 없는 개체였다.

'못 이길 정도는 아니라는 거야.'

생각을 할 수 없는 케이? 그건 양팔 두 발을 다 묶어 놓고 싸우는 것과 같았다.

최하나는 눈을 빛내면서 마탄을 집적시켰다. 그녀의 팔이 활처럼 휘어지면서 방아쇠를 당겼다.

마탄은 포물선을 그리며 날아갔다.

[스킬, '곡탄(D)'를 발동합니다.]

휘어지는 마탄!

그만큼 공격력이 감소해서 자주 쓰는 스킬은 아니었지만, 대인전에선 꽤나 유용하게 쓰였다.

눈속임용으로는 제격.

케이가 앞서 쏟아진 곡탄에 시선이 쏠린 사이, 그녀는 바로 정면으로 마탄을 쏘아 냈다.

이번엔 직선이다.

타아아앙!

직선으로 날아가는 마탄은 먼저 발사된 곡탄과 비슷한 시기에 케이에게 도달했다.

머리를 관통하는 공격과 어깨를 향하는 총알. 케이는 가까스로 그녀의 마탄을 피해 내고 있었다.

"진짜 괴물이라니까."

하지만 최하나는 미련을 털어 내고 방아쇠를 연신 당겼다.

진짜 공격은 아직 시작하지도 않았다.

그녀가 사용할 기술은 대인전 특화로 그녀가 직접 개발한 '마폭격'이란 이름이었다.

고작 두 발로 끝날 리가 없다.

타앙! 탕! 타아앙! 탕!

무수한 마탄이 휘거나 직선으로 날아갔다. 케이의 정면으로 5발, 측면으로 7발. 터무니없지만 그를 지나쳐 후면을 노리는 총알도 있었다.

여기서 가장 무서운 건 각 공격이 전부 신체의 주요 부위들만을 정확하게 조준하고 있다는 점이었다.

[스킬, '마탄 폭격(B)'를 발동합니다.]
[스킬, '매의 눈(A)'를 발동합니다.]

투두두두두두!

무수한 마탄 세례에 케이는 부랴부랴 공격을 피하는 데에만 전념했다. 금빛으로 눈을 빛내며, 총알 궤적을 읽고 귀신 같은 몸놀림으로 총알 사이를 누볐다.

다시 봐도 사람인가 싶을 정도의 반사 신경이었다.

"저 정도면 사실 케이 님보다 강한 거 아니야?"

마치 컴퓨터로 보정된 최첨단 인공지능을 상대하는 기분이었다. 어느 곳을 노려도 치명상을 입히긴 요원했다.

'그래 봐야 몬스터야.'

최하나는 눈을 빛내며 다음 스킬을 기다렸다.

뒤늦게 수상한 마력의 기척을 느낀 놈이었지만, 이미 때는 늦었다.

'케이의 스킬과 센스를 가졌지만 머리는 없는 괴물.'

해서 최하나가 이기지 못할 이유는 하나도 없었다.

케이의 진짜 강함은 그 전투 센스나 레벨, 스킬보다 상식을 뛰어넘는 발상에서 비롯된 '변칙적인 플레이'에 있었으니까.

"그러니 이만 사라져라."

"……키얏?"

콰앙! 콰콰콰쾅!

[스킬, '폭마탄(C)'을 발동합니다.]

무수한 마탄 중 일부러 케이를 빗맞혀 천장과 바닥에 꽂아 둔 마탄. 전부 '폭마탄'으로 구성된 마탄들은 연쇄 폭발을 일으키기 시작했다.

천장이 무너져 케이를 찍어 눌렀고, 그대로 바닥이 쑥 꺼지면서 놈을 아래층으로 잡아먹은 것이다.

쿠구구궁!

최하나는 스산한 눈으로 꺼진 땅을 내려다봤다. 콘크리트에 깔린 케이가 부들부들 떨면서 벗어나려고 했다.

"진짜 괴물 같은 놈이라니까."

핏빛의 마탄이 집적되더니 일순 케이의 미간을 향해 나아갔다. 곧, 놈의 팔이 축 늘어지면서 겨우 죽음을 알려 왔다.

다신 일어나지 못할 것이다.

전투가 소강상태에 접어들자, 멀찍이 떨어져 있던 라이칸이 진땀을 흘리며 최하나에게 다가왔다.

문득 아래에 죽어 버린 케이를 내려다보던 최하나는, 다소 부질없지만 한 가지 걱정을 해 봤다.

'서준 씨는 괜찮으려나…….'

괜히 불안감만 삼켜 봤다.

콰앙! 콰아아앙!

건물 내벽이 터져 나가면서 무수한 먼지 구름이 일어났다. 스치기만 해도 폭발을 일으키는 무시무시한 악력!

로테타워로 진입한 김강렬 예하 부대원들은 곳곳에서 죽을힘을 다해서 달리고 있었다.

"시바아아알! 달려어어어!"

"미친! 왜 나만 쫓아오냐고!"

한 곳에서 일어나는 일이 아니었다.

각기 뿔뿔이 흩어진 그들은 동시에 누군가에게 쫓기고 있었고, 추격자의 모습은 공교롭게도 전부 같았다.

　김강렬은 우연히 마주친 자신의 팀원을 보며 식은땀을 흘렸다. 그 뒤로도 비슷한 모양새의 추격자가 쫓아오고 있었기 때문이었다.

　"또 있다고?"

　콰아아앙!

　김강렬은 몇 번이고 흔들리는 로테타워를 둘러보며 한숨을 삼켰다. 폭발이 난 곳이 이곳이 아니라면, 또 다른 곳에서도 전투가 펼쳐지고 있다는 증거였다.

　'설마 또 있는 건 아니겠지.'

　하지만 그의 예상을 뒤엎듯 똑같이 생긴 놈들은 무시무시한 공격을 해 왔다. 행동 패턴과 가진 힘이 전부 같아서 더더욱 소름 끼치는 광경이었다.

　"진짜 미치겠군!"

　콰아앙!

　쾅!

　김강렬은 입술을 잘근 깨물면서 그들을 쫓는 사내들을 확인했다.

　익숙한 장비.

　스산한 시선…….

　이쪽을 응시하는 저놈을 그가 모를 턱이 없었다. 아니, 이 세계를 살아가는 모든 사람들이 바로 알 것이다.

'드림 사이드 1의 케이라니!'

하지만 '그놈'은 '흑룡 카무쉬'를 상대로 전투를 벌이고 있어야 하지 않은가. 또한 이처럼 '두 명'이라는 말도 듣지 못했다.

쿠구구궁!

"대위님! 하나 더 나타났습니다!"

"⋯⋯미친!"

수세에 몰린 그들이 가까스로 도망친 곳은 하필 꽉 막힌 영화관이었다. 로테타워에 있는 거대한 스크린을 등 뒤에 두고 '세 명의 케이'에게 쫓기는 팀원들은 옹기종기 모여들었다.

"케이 님은 아군이 아닌 겁니까?"

"⋯⋯포기해. 넌 저게 진짜 케이 님으로 보이냐?"

"아뇨. 하지만 분명 카무쉬와 싸운다고⋯⋯."

"지금은 우릴 공격하고 있잖아."

케이가 그들을 공격하는 이유.

쉽게 짐작할 수 있었다.

로테월드에 생겨난 가장 큰 변화가 무엇인지는 직접 겪어서 아는 문제였으니까.

'이미 기생수가 로테월드를 모조리 장악한 거야.'

애초에 케이는 진짜 케이가 아니었다. 저놈도 사실은 카무쉬와 똑같은 재질로 만들어진 가짜 몬스터.

그 특징이 '몬스터 사냥'이란 게 있어서 한동안 플레이어를 공격하진 않았지만, 지금은 경우가 달랐다.

'남아 있는 몬스터가 없는 거야.'

케이라고 'PK'를 안 해 봤을까.

더 죽일 몬스터가 없으니, 다음은 플레이어를 상대로 드잡이를 시작하는 것이다.

"모두 쫄지 마라. 그래 봐야 레벨 100대의 몬스터야."

김강렬은 덜덜 떨어 대는 팀원들을 독려하며 검을 꽉 쥐었다. 아직 포기할 때는 아니었다.

비록 케이라고 해도 그 수준은 고작 레벨 100 언저리를 머무는 수준.

이길 수 있을 것이다.

김강렬, 그도 나름 고인물이었다.

"전원…… 전투준비!"

그리고 어쩌겠는가.

싸워서 이기지 못하면 죽는 것밖에 답이 없었다.

선택의 여지는 없었다.

한편 때마침 한쪽 문이 열리면서 든든한 지원군을 만날 수 있었다.

마탄을 예열시킨 최하나.

그녀는 케이를 견제하며 김강렬의 옆에 섰다.

"아직 안 늦었죠?"

"······네. 딱 맞춰 오셨습니다!"

하지만 세 방향에서 걸어오는 세 명의 케이는 그저 사신처럼 기분 나쁘게 씨익 웃을 뿐이었다.

"키이이익!"

❦

"흐으으음······."

강서준은 턱을 괴고 고민하고 있었다.

'이제야 로테월드의 실체는 알겠는데.'

대관절 왜 이런 공간이 만들어졌나 했는데, 생각보다 더 복잡한 내용이 뒤엉켜 있었다.

'피에로라······.'

하지만 여전히 의문은 남았다.

놈이 '도깨비보주'를 가지고 있던 건 둘째로 치더라도, 어째서 바로 던전화를 진행하지 않았냐는 것이었다.

당연히 던전화를 위해서 튀어나온 몬스터는 본능적으로 그것만을 움직이는 게 정상이었는데.

이놈만 특별했다.

이유가 뭘까.

'······지능이 있는 건가.'

하지만 터무니없는 추론이었다.

오픈 초기의 던전화는 당연히 던전화만을 목표로 한다. 당연히 보스들은 본능적으로 그것만 우선해야 한다.

'F급 던전 보스는 지능이 없어.'

그게 드림 사이드의 밸런스였다.

하지만 피에로는 의도적으로 던전화를 억제했다. 인간을 인형으로 만들어, 이곳을 관리하기까지 했다.

지능이 있는 게 분명했다.

'드림 사이드 1과는 다르다는 거야.'

문득 서울의 곳곳에 '버뮤다 구역'이 존재한다는 게 떠올랐다. 모르긴 몰라도, 그곳도 이곳과 크게 다르진 않을 것이다.

'……대체 무슨 일이 벌어지고 있는 거지?'

강서준은 입술을 잘근 깨물며, 일단 상념을 접었다. 나중 일까지 생각하다 보면 끝도 없었다.

당장 눈앞의 일부터 처치해야겠지.

"일단 도깨비보주의 주인이 되라고 했지?"

강서준은 덩그러니 놓인 도깨비보주를 내려다봤다. 혼탁한 구슬은 주인을 잃고 아무런 빛을 내질 않았다.

왕의 각인…….

다행히 강서준은 도깨비의 장비에 각인을 하는 법을 알고 있었다.

푸욱!

'카카시의 가시 건틀렛'에서 가시를 뽑아, 그대로 손바닥을 살짝 그었다.

새빨간 피를 한 움큼 쥐어 그대로 도깨비보주로 뚝, 뚝 떨어트렸다.

혼탁한 수정은 점차 붉은색으로 물들었다. 핏방울이 스며들고, 어느덧 두 눈이 멀어 버릴 것만 같은 엄청난 빛이 터져 나왔다.

[칭호, '도깨비의 왕'을 확인하였습니다.]

['왕의 각인'을 시작합니다.]

[3, 2, 1 …… 0.]

['도깨비보주'의 각인이 완료되었습니다.]

['왕의 각인'으로 인하여, '도깨비보주'는 진정한 모습을 되찾았습니다.]

수박만 한 크기의 수정은 점차 그 크기를 줄여 나갔다. 곧, 도깨비보주는 구슬이 박힌 반지로 변했다.

['도깨비 왕의 반지'를 습득했습니다.]

그제야 라이칸이 왜 도깨비보주를 획득해야, '왕의 위엄'을 높일 수 있다고 했는지 알 수 있었다.

도깨비의 왕.

이 칭호를 가진 존재가 도깨비의 장비에 각인을 할 경우, 전용 아이템으로 변하는 모양이었다.

그리고 진정으로 발현된 '도깨비 왕의 반지'를 두 눈으로 내려다본 강서준은 내장된 스킬을 확인해 봤다.

강서준은 떠오르는 시스템 메시지를 가만히 바라봤다.

[칭호, '도깨비의 왕'을 확인하였습니다.]

['왕의 각인'을 시작합니다.]

[3, 2, 1 ······ 0.]

['도깨비감투'의 각인이 완료되었습니다.]

['왕의 각인'으로 인하여, '도깨비감투'는 진정한 모습을 되찾았습니다.]

[장비, '도깨비 왕의 감투'를 습득했습니다.]

'역시 예상대로야.'

도깨비보주에 왕의 각인을 하듯, 같은 과정을 반복하니 도깨비감투도 똑같이 새로운 이름의 장비로 거듭났다.

'칭호를 가진 채로 각인을 해야, 진짜 도깨비 전용 장비를 쓸 수 있는 거였어.'

그래서 같은 각인을 해도 도깨비감투는 그저 '도깨비감투' 였고, 도깨비보주는 '도깨비 왕의 반지'로 변한 것이다.

'전보다 용량이 크고 빨라진 것 같군.'

컴퓨터로 치자면 적은 용량의 HDD가 많은 용량의 SSD로 바뀐 것과 같았다. 100개의 저장 공간이 대뜸 1,000개로 넓어져, 대체로 모든 것들을 좀 더 순탄하게 활용할 수 있었다.

또한 그뿐이 아니었다.

[''도깨비 왕의 감투''를 착용했습니다.]
[''도깨비 왕의 반지''를 착용했습니다.]
[세트 효과가 발생합니다.]
[스킬, '영안(A)'을 습득했습니다.]

'……영안?'

그 내용을 확인해 보니, 강서준은 그 쓰임새를 바로 알 수 있었다. 사실 이 능력을 찾으러 여기까지 온 게 아니었던가.

"이젠 영혼도 분류할 수 있겠어."

'류안'이 마력이나 영력의 흐름을 읽는 눈이라면, '영안'은 영혼 그 자체를 들여다보는 눈.

강서준은 '도깨비 왕의 감투' 속에 보관된 수많은 영혼을 들여다볼 수 있었다.

그중 선령과 악령을 구분하고, 코볼트의 몸속에 갇혔던 신우현과 같은 이들도 찾을 수 있었다.

특히 신우현은 '생령'으로 구분되어 찾기도 쉬웠다.

'살아 있는 영혼들.'

사념이었던 노영수와는 다르게, 죽지 않고 영혼만 빠져나온 형태였다.

'이번 일만 마무리 지으면 모두 원래대로 되돌릴 수 있을 거야.'

훼손된 기억까지 완전히 복구시키진 못하겠지만, 적어도 인간으로 되돌리는 건 일도 아니었다.

세트 효과치고는 마음에 쏙 드는 스킬이 아닐 수 없었다.

'뭐, 그건 나중에 시도해 보기로 하고.'

강서준은 오른손에 착용한 '도깨비 왕의 반지'를 내려다보며 재차 스킬 내용을 확인해 봤다.

진짜 중요한 건 이 녀석이었다.

노영수가 제 한 몸을 희생하며 몰래 양도한 아이템.

확실히 로테월드를 유사 던전으로 만든 만큼 그 능력의 쓰임새는 독특한 데가 있었다.

"영혼을 실체화하는 능력이라……."

로테월드를 그 모양으로 만든 원인은 역시 도깨비보주였다.

한낮의 로테월드에 가득했던 인파나, 야간 개장으로 등장했던 몬스터들은 도깨비보주에 의해 재탄생된 녀석들이었던 것이다.

'사념.'

노영수와 본질은 같되, 몬스터로 재탄생된 이들.

'처음엔 원래 이곳에 등장했어야 할 몬스터를 죽여 만들었을 거야. 차츰 이곳에 들어온 희생자들의 영혼을 주재료로 써서 몬스터를 양산한 거고.'

여기서 '공포의 대상'을 실체화하게 되도록 만든 조건이 늘어난 건 아마 이 던전의 보스인 '피에로' 때문일 것이다.

놈이 가진 어떠한 스킬이 영혼을 실체화하는 도깨비보주를 만나, 현재의 로테월드를 만들었을 테니까.

'원흉은 결국 보스 몬스터다.'

강서준은 나지막이 혀를 차면서, 한편으로는 무척 당황하고 있을 '그놈'을 떠올려 봤다.

놈은 이런 상황을 상상이나 했을까.

'도깨비보주를 잃어버린 놈의 입장에선 무척 황당하겠군.'

그야 강서준이 알 바는 아니었다. 누가 아이템을 다른 사람에게 맡기라고 했나. 모두 그의 책임이었다.

강서준은 어깨를 으쓱이며 조금씩 무너지는 백색의 공간을 둘러봤다. 노영수의 사념이 완전히 소멸됨에 따라서 이 공간도 무너지고 있는 것이었다.

걱정할 건 없었다.

다행히 그의 앞으로 재차 다른 공간으로 이어지는 포탈이 열렸으니까.

['알 수 없는 흐름'에 이끌립니다.]

['인형사 피에로의 비밀스러운 씨앗방'으로 진입합니다.]

우우우웅.

붕 뜨는 느낌과 함께 다시 눈을 뜬 강서준은 금방이라도 무너질 것만 같은 로테타워의 정경을 볼 수 있었다.

어둠 속에 파묻힌 주변.

쿠구구궁!

몇 번이나 돌가루가 떨어지면서 굉음이 울리고 있었다. 그럼에도 건물이 무너지지 않은 게 신기할 정도였다.

강서준은 한쪽을 응시하며 호흡을 정돈했다.

소음의 진원지가 가까웠다. 노영수의 공간을 빠져나오면서 운이 좋게도 다른 사람들 근처에 포탈이 열린 것 같았다.

고맙게도 노영수가 안배를 해 놓은 걸까.

모를 일이었다.

이미 소멸한 사람은 말이 없으니까.

"……."

허공을 말없이 올려다보던 강서준은 빠르게 소음의 진원지로 향했다.

무수한 돌가루와 종종 무너진 콘크리트를 넘어서, 강서준이 도착한 곳은 영화관이었다.

600명도 족히 들어올 수 있을 법한 거대한 크기의 상영관.

도착과 동시에 바라본 풍경은 여기저기 잡동사니처럼 널브러진 사람들의 모습이었다.

"……난장판이네."

융단 폭격이라도 맞은 모양새.

몇 안 되는 플레이어들이 힘겹게 버티는 모습이 보였다. 강서준은 그들을 위협하는 세 마리의 몬스터를 확인했다.

아니, 몬스터라고 하기엔 좀.

"……."

그의 시야에 걸린 녀석들은 다름 아닌 케이였으니까.

사람들 사이를 휘젓고 다니면서 막강한 공세를 펼치는 놈들만 셋. 모니터로 플레이하던 장면을 재생해 놓은 것처럼 익숙하고 생생했다.

강서준은 낮게 혀를 차면서 전장에 뛰어들었다.

채애애앵!

본디시의 검이 케이의 대검을 밀어냈다. 동시에 접근해서 칼을 찌르려던 찰나, 강서준은 빠르게 방향을 비틀었다.

부지불식간에 마법이 날아온 것이다.

가까스로 피한 그를 향해 단검이 날아오고, 종전에 튕겨낸 케이가 달라붙었다.

어째 한 명을 상대해도 세 명의 플레이어가 동시에 달려드는 기분이 들었다.

'이것 참 묘하네.'

소싯적에 꽤 열심히 길렀던 스킬들을 직접 마주하는 것이다. 강서준은 쓰게 웃으면서, 왜 사람들이 여태 그를 상대로 PVP에서 맥을 못 췄는지 실감했다.

"서준 씨!"

무려 두 마리의 케이를 홀로 감당하던 최하나는 기쁜 탄성을 내질렀다. 그녀를 보조하던 라이칸과 장기용도 안도의 한숨을 내뱉었다.

"조금만 더 버텨요! 금방 도와드릴 테니."

"네!"

최하나를 일별한 강서준은 지척으로 다다른 케이를 응시했다. 그의 과거였던 레벨 200대의 케이를 본딴 녀석은 가히 무시무시한 기세를 내뿜었다.

살기 봐라. 반드시 죽이겠다는 저 일념은 독종 그 자체였다.

"……나 그렇게 무섭게 게임 안 했거든?"

"키아아앗!"

강서준은 '류안'을 발동시키며 흐름을 읽어 나갔다. 여전히 스텟 수치는 고정된 놈이라 투로만 알아낸다면 피하는 건 일도 아니었다.

채앵! 채애애앵!

강서준은 금방 놈을 위기로 몰아넣을 수 있었다.

솔직히 그에겐 쉬운 일이었다.

'다 보이니까.'

누가 뭐라 해도 저놈들이 사용하는 기술은 강서준이 오랫동안 써 온 기술이었다. 또한 위태로운 그의 '직업'을 보완하기 위해서 만들어 낸 그만의 전투 방법이었다.

'약점도 말이지.'

강서준은 빠르게 휘둘러지는 대검의 반경을 확인했다. 저 대검은 공격력이 부족하던 시절을 보완하기 위해서 사용하던 무기.

약점은 간단했다.

'짧지만 경직이 생겨난다는 것.'

몇 번의 공격을 피했을까. 순간적으로 머뭇대는 놈의 행동이 보였다.

여태 참고 있던 강서준이 빠르게 짓쳐들어 가는 순간이었다.

그리고 놈이 씨익 입꼬리를 올리는 순간이기도 했다.

'알고 있어.'

후우우웅!

언제 연성했는지 마법이 그를 향해 날아왔지만, 가뿐히 피해 내며 놈의 다리를 베었다.

"키이잇?"

이땐 방어력도 부족했으면서 대검의 속력을 올리기 위해서 한 가지 장비를 포기했던 기억이 난다.

바지.

그쪽은 무게를 줄이고 가능하면 빠른 움직임을 위해서 가벼운 재질로만 입곤 했다.

강서준은 빠르게 몸을 돌리며 케이의 허리를 베었다. 연달아 이어진 공격에도 애써 반응하며 케이가 단검을 빼 들었지만 소용은 없었다.

경험의 차이.

그리고 레벨의 차이.

모든 것이 압도적이었다.

'심지어 전부 옛날 기술들이라고.'

강서준은 다소 허무하게 쓰러지는 케이를 내려다봤다. 그의 눈은 어느덧 푸른 불꽃이 타오르고 있었다.

[스킬, '영안(A)'을 발동합니다.]

영혼을 보는 눈.

강서준은 케이로 형상화된 누군가의 영혼을 직접 마주할 수 있었다.

이름도, 직업도, 나이도 모른다.

다만 그 영혼이 괴로워하고 있다는 사실만 여실히 알 수 있었다.

그는 '악령(惡靈)'이 아니었다.

강서준은 입술을 잘근 깨물었다.

스거걱!

목이 잘려 나간 케이는 실이 끊어진 인형처럼 툭 바닥에 쓰러졌다. 그 위로 누군가의 영혼이 소멸하면서 귀곡성 같은 게 들리는 것 같았다.

슬픈 걸까.

강서준은 어깨를 으쓱이며 고개를 돌렸다. 여전히 힘겹게 전투를 벌이는 최하나가 있었다.

그리고 그곳에서도 사람들을 공격하는 '케이들'의 영혼이 보였다.

강서준은 괜히 치밀어 오르는 욕지거리를 삼키며 더욱 검을 꽉 쥐었다. 가능하면 힘을 아끼는 게 좋겠지만, 지금 이 장면을 오래 보고 싶지 않았다.

[스킬, '마력 집중(F)'을 발동합니다.]

이곳에 온 이후로 레벨은 얼마나 올렸을까. 강서준은 한층 더 강해진 기운을 끌어올리며 빠르게 케이에게 접근했다.

마침 최하나의 사격에 당황하는 놈의 뒤를 잡았다. 기습에 도 반응하는 괴물 같은 반사 신경이었지만, 이번에도 소용은 없었다.

스걱.

케이 하나에 이어 다른 케이를 향해 달려 나갔다. 이번엔 더욱 순조롭게 전투를 마무리할 수 있었다.

스걱!

타앙!

최하나의 총알이 미간을 꿰뚫고, 강서준의 검이 등을 찔렀으니까.

영혼이 소멸하면서 케이는 마치 불타 버린 잿더미처럼 사라졌다.

"후우…… 서준 씨 덕분에 살았어요."

"정말요. 역시 짝퉁은 진짜를 감당하진 못하네요."

"왕이시여!"

겨우 숨을 돌린 일행은 각자 인벤토리에서 HP포션을 꺼내 생존자들을 도우러 흩어졌다.

그들은 회복을 겸하면서 종전의 강서준이 보여 준 전투에 대한 이야기를 꺼내고 있었다.

다들 흥분한 기색이었다.

하지만 강서준의 구겨진 미간은 펴지질 않았다. 당장 보이는 몬스터인 케이를 몰살시켰음에도 그는 심각한 표정을 짓고 있었다.

그는 나지막이 말했다.

"다들 괜찮아요?"

"네. 덕분입니다!"

"그럼 일어나세요. 시간이 없으니까."

다들 지친 얼굴이었고, 치료도 제대로 끝나지 않은 상황이었다. 하지만 섣불리 투정하고 의문을 품기엔 강서준의 태도가 너무 진중했다.

왜일까.

이유는 바로 알 수 있었다.

드드드드…….

강서준은 금방이라도 무너질 것 같은 천장을 올려다봤다. 그의 눈동자는 금빛으로 물들었고, 그곳에서 흘러나오는 거대한 마력의 흐름을 진즉에 깨닫고 있었다.

"얼른 일어나요!"

"네, 네!"

사람들이 부랴부랴 일어나며 옷매무새를 정돈했다. 적당히 치료가 완료된 플레이어들은 저마다 무기를 꽉 쥐고 뭔가를 대비했다.

강서준은 침착하게 말했다.

"옵니다!"

쿠구구궁!

영화관의 전체가 흔들리면서 묵직한 마력이 천장을 무너뜨렸다. 강서준은 그곳에서 모습을 드러내는 거구의 사나이를 볼 수 있었다.

그놈의 이름은 안 봐도 뻔했다.

'보스 몬스터, 인형사 피에로.'

그 강하던 케이조차 사실 도깨비보주로 인해 생성된 몬스터에 불과하다. 진짜 괴물은 이놈이었다.

결국 이번 일의 종지부는 이놈을 제거해야만 찍을 수 있었다.

'가능하면 컴퍼니까지 먼저 상대한 후에 만나고 싶었지만…….'

순서가 바뀌었어도 어쩔 수 없었다. 어쩌면 지금 이 순간은 처음부터 예정된 것일지도 모르니까.

먼지 너머에서 엄청난 마력을 흩뿌리는 피에로가 붉은 눈을 일렁이면서 중얼거렸다.

적대감이 가득한 목소리였다.

"어떤 놈이냐……."

살기가 가득 담긴 눈빛은 돌처럼 굳어 있는 플레이어들을 하나씩 둘러봤다. 놈이 부글거리는 속을 대변하듯 큰 목소리로 말했다.

"내 보주를 훔쳐 간 게 어떤 놈이냐!"

고작 소리를 질렀을 뿐인데도 귀청이 떨어져 나갈 듯이 아팠다. 실제로 몇몇의 체력 수치가 낮은 플레이어는 고막이 터져 나간 듯했다.

"건방진 인간 놈이 감히 왕의 물건에 손을 대다니!"

한편 강서준은 성난 눈초리를 부리부리하게 뜬 피에로를 보며 일단 침음을 삼키고 있었다.

지능이 있을 거라는 추측.

D급 던전의 보스였던 삼깨비보다 훨씬 정확한 발음과 확실한 어조로 입을 여는 것만 봐도 알 수 있었다.

추측은 맞아떨어졌다.

모르긴 몰라도 이놈은 태생부터 '지능'을 갖고 태어난 몬스터였다.

"네놈들은 던전의 제물로도 쓰이지 못할 것이다! 우어어어!"

보스 몬스터의 등장이었다.

인형사 피에로

처음 느낀 감상은 크다는 것이었다.

"건방진 인간 놈이 감히 왕의 물건에 손을 대다니!"

얼굴의 반을 차지하는 건 빨간 코였다. 알록달록한 곱슬머리를 가발처럼 뒤집어썼다.

3m는 되어 보이는 키.

피에로는 악귀처럼 얼굴을 일그러트렸다.

"네놈들은 던전의 제물로도 쓰이지 못할 것이다! 우어어어!"

로테월드를 장악한 던전의 보스, 인형사 피에로. 놈의 시선이 사납게 주변을 훑었다.

눈빛으로도 사람을 죽일 수만 있다면 골백번은 죽였을 눈이었다.

놈이 저런 눈을 하고 느닷없이 이곳으로 난입한 이유는 뻔했다.

'눈 뜨고 코가 베였으니까.'

설마 본인이 조종하던 영혼에게 배신당할 줄 상상이나 했을까.

놈은 예기치 못한 순간에 터무니없는 방법으로 '도깨비보주'를 빼앗기고 말았다.

이런 상황이 생길 줄 알았다면, 도깨비보주를 노영수에게 맡기는 일도 없었을 것이다.

'원인을 따지자면 너무 많은 영혼을 양산한 탓이겠지.'

도깨비보주는 영혼을 실체화하는 능력을 가진 아이템이었다. 한데, 그것은 말 그대로 '실체화할 뿐'이다. 절대적인 지배 권한을 주진 않는다.

물론 창조주에게 충성을 하는 게 당연한 순리여서 조종을 해 왔겠지만, 그조차 수가 너무 많아지면 전부를 다스릴 수는 없다.

'지배 권한은 왕의 것이니까.'

그 상황에 휘하의 영혼을 다스리는 아이템인 '도깨비감투'가 나타났고, '도깨비의 왕'이라는 칭호를 가진 이가 등장했다. 피에로가 전혀 상상도 못한 변수는 여기서 생겨났다.

결국 놈이 여기에 나타난 건 그 탓이다. 엉뚱한 데에서 뒤통수 맞고 가만히 앉아서 기다릴 수는 없었을 테니까.

"네 이노오오오오옴!"

놈은 요란스럽게도 발재간을 놀렸다. 때문에 지진이 난 듯 건물이 세차게 흔들렸다.

아주 안달이 났다.

성난 눈초리로 몇 번이나 영화관 내부를 훑었고, 주변을 노려보는 시선 속엔 무언가를 찾는 느낌이 다분했다. 도깨비보주라도 찾는 건가.

미간을 좁히며 생각을 정리했다.

사실 이놈의 등장은 미리 알고 있었으니 당황할 것도 없었다. 이토록 지독하게 '마력'을 뿌려 대고 있었으니까. 씨앗방으로 진입한 이후, 류안을 발동한 순간 바로 알았다.

하지만 그보다 강서준이 주목한 건 다른 곳에 있었다.

[미약하게 '마기'에 중독됩니다.]

'마기라니……'

마기(魔氣).

마족이나 악마들이 사용하는 마력으로, 당장 피에로의 몸에서 줄기차게 흘러나오는 검붉은 마력을 뜻했다.

이게 왜 신경이 쓰이냐면.

'마기는 마계의 생물만이 가질 수 있는 마력이니까.'

그중에서도 지능을 가진 존재는 '마족'에 한했다. 즉 저놈은 레벨 300 이상의 몬스터만이 득실거리는 마계에서도 상위 개체인 마족이라는 것이다.

강서준은 미간을 구기며 물었다.

"너 마족이냐?"

본래 드림 사이드 1의 정규 업데이트 이후로 시작되는 게, 바로 '마족의 침공'일 것이다.

우후죽순 생겨나는 C급의 던전과 지능을 가진 마족의 등장!

적어도 1주년 업데이트 이후부터 볼 수 있는 흔한 드림 사이드의 풍경이었다.

하지만 피에로는 그의 질문에 답하질 않고, 사납게 으르렁거릴 뿐이었다.

"네놈들을 죽음으로 초대하겠다."

쿠구구궁!

[보스 몬스터 '인형사 피에로(?)'가 권역을 선포합니다.]
[당신은 '인형사 피에로'의 권역에 입장했습니다.]

❈❈

순간이었다.

고작 눈을 깜빡였을 뿐일진대 주변은 온통 어둠으로 뒤섞여 있었다.

안개?

정신을 차려 보면 어디선가 들려오는 바람 소리만 무성한 공간에 서 있었다.

스스슷.

강서준은 빠르게 뒤로 다가오는 뭔가를 피해서 몸을 움직였다. 찰나의 순간 뭔가가 허공을 긋고 사라졌다.

'권역…… 이게 노영수 씨가 말했던 그것이구나.'

피에로의 권역.

놈으로부터 발생한 농밀한 마기가 공간 자체를 뒤덮어 시야를 방해하는 것이다.

이 스킬의 무서운 점은 공간을 뒤덮는 힘이 바로 '마기'라는 데에 있었다.

'마기는 파괴적이니까.'

아무런 대비도 없이 받아들이는 마기는 독이나 다름없다. 또한 겹겹이 에워싼 마기는 강서준에게 있어 눈을 멀게 하는 효과도 톡톡히 해냈다.

사방이 '마기'뿐이니, '류안'은 쓸모가 없었다.

흐름이고 뭐고, 엉망일 테니까.

'귀찮은 스킬이야.'

스스슷!

뭔가가 다가오는 소리에 민감하게 반응했다. 몸을 회전시켜 다가오는 공격에 검을 맞댄 그는 검의 주인을 확인할 수 있었다.

"크르……."

의식을 잃은 듯 침을 흘리는 이는 분명 김강렬의 부대원이었다.

눈의 흰자까지 검게 변해 있었다.

모두 마기에 중독되어 뇌까지 영향을 미친 결과였다.

채애앵!

강서준은 검에 힘을 주어 밀어낸 뒤, 발로 뻥 차 버렸다. 뒤로 나자빠진 그가 다시 일어나는 소리가 들렸지만 강서준에게 재차 달려들진 않았다.

아마 근처의 다른 대상을 찾은 듯했다.

이곳 어딘가에서 미쳐 날뛰거나, 혹은 그 직전인 또 다른 플레이어를.

"모두 숨을 참아!"

"눈조차 뜨지 마!"

마기는 주로 입과 눈, 코 등을 통해서 흡수된다. 피부로도 들어가긴 하지만 뇌까지 영향을 주려면 단연 시간이 걸리는 법이었다.

다행히 최하나 김강렬이 부대원들에게 대처법을 공유해 줬지만, 썩 소용이 있진 않았다.

전투 중에 숨을 참거나 눈을 감는 행위는 애초에 무리였다.

정말로 그 방법으로 잘 대처한다고 해도 피에로가 가만히 있질 않았으니까.

"끄아아악!"

마치 갖고 놀기라도 하듯 다른 곳에서 비명이 들려왔다. 미간을 구긴 강서준은 소음을 쫓아 그곳으로 향했지만 이미 잘려 나간 시체만 덩그러니 놓여 있었다.

문득 강서준은 주변을 에워싼 몇 개의 기척을 더 느꼈다.

그들은 하나같이 똑같은 말을 했다.

"보주를 내놓아라!"

콰아아앙!

'……정말 귀찮은 스킬이야.'

마기로 사람을 미치게 할 뿐만 아니라 조종까지 해 댔다. 그를 노리고 모여든 의식 없는 플레이어를 보면서 강서준은 나지막이 한숨을 쉬었다.

"죽어라!"

휘둘러지는 검을 피해서 몸을 이리저리 움직였다. 귀찮다고 이들까지 전부 죽일 수는 없었다.

강서준은 공격을 회피하는 동시에 그들의 목덜미를 후려쳐 의식을 빼앗았다.

그렇게 셋을 기절시킬 수 있었다.

'문제는 이게 끝이 아니라는 건데.'

어느덧 그를 에워싼 또 다른 기척이 있었다. 이번엔 이전의 배는 되어 보이는 수였다.

강서준은 미간을 구기며 검을 움켜쥐었다.

그사이, 그가 기절시킨 셋도 다시 몸을 일으키고 있었다. 의식을 빼앗아서 더는 말조차 하질 못했지만 몸은 마치 꼭두각시 인형처럼 움직이고 있었다.

'그러고 보면 인형사라고 했지?'

인형을 제멋대로 조종하는 능력을 가진 놈에게 있어서, 그 대상의 의식은 중요하지 않은 것이다.

'이대로는 끝도 없겠군.'

강서준은 다가오는 기척을 모두 확인했다. 그나마 다행인 건 아직 그들 중 최하나는 없다는 것이다.

몇 번의 총성이 울리곤 했으니, 그녀도 아직 마기에 침식당한 건 아니었다.

하나, 얼마나 버틸 수 있을까.

현 레벨의 그녀라면 마기에 대항할 수단을 갖춘 건 아닐 테니까.

'그건 나도 마찬가지야.'

['마기'에 중독되었습니다.]

[스킬, '침착(S)'을 발동합니다.]

[일시적으로 '마기의 침식'을 중단합니다.]

　그나마 강서준이 이만큼 버티는 데에는 '침착' 덕분이었다. 이조차 긴 시간을 마기에 중독된다면 뇌까지 장악당하고 그저 피에로의 인형이 될 것이다.

　그때는 답도 없다.

　'방법은 마기에 정복당하기 전에 놈을 쓰러트리는 것뿐이야.'

　문제는 마기로 오염된 주변은 전, 후, 좌, 우를 구분하기 어려울 정도로 시야가 제한된다는 것이다. 수시로 다가오는 공격을 피하면서 정확한 위치조차 특정할 수 없었다.

　'이래서 도깨비보주를 완전히 장악하란 거였나.'

　강서준은 반지에 집중하며 눈을 꾹 감았다. 노영수가 의도했는지는 모르겠지만 도깨비감투와 도깨비보주가 만나면서 활성화된 스킬이 하나 있었다.

[스킬, '영안(A)'을 발동합니다.]

　그의 눈 위로 푸른 불꽃이 일렁이자, 눈을 꾹 감은 상태에서도 시야가 밝아지고 주변의 영혼이 보이기 시작했다. 아마도 그를 둘러싸고 공격을 가하려는 다른 플레이어들의 영혼일 것이다.

강서준은 빠르게 그 공격을 피하면서 주변을 둘러봤다. 겹겹이 쌓인 마기를 뚫고, 영안은 영혼 그 자체를 볼 수 있었다.

'찾았다.'

한쪽 끝에서 음흉하게 미소 짓고 있는 하나의 영혼.

포악한 피에로는 그의 손아귀에서 놀아나는 플레이어를 보면서 신난 듯 웃고 있었다.

[장비 '도깨비감투'의 전용 스킬, '이매망량'을 발동합니다.]

[이매망량은 영혼을 다룰 수 있습니다. 사용하는 영혼의 개수에 따라, 힘의 크기가 결정됩니다.]

강서준은 도깨비감투에 보관된 무수한 영혼 속에서 악령들만 추려 낼 수 있었다. 악령과 선령은 단순하게 흰색과 검은색으로 나뉘었으니 구분하는 건 더욱 쉬운 일이었다.

'이 정도 악령이라면……'

한편 강서준의 반지에서 푸른 불꽃이 피어나면서 예상 못 한 상황이 발생한 건 그때였다.

[전용 스킬, '이매망량'의 세트 아이템을 확인했습니다.]

[장비, '도깨비 왕의 반지'는 전용 스킬 '도깨비불'을 각성합니다.]

반지에서 생겨난 푸른 불꽃이 금세 본디시의 검으로 옮겨 붙었다. 그렇게 푸른 불꽃이 활활 타오르자, 가까이에 달라붙던 마기가 불타오르기 시작했다.

"……어쩌면 노영수 씨가 말했던 도깨비보주의 진짜 힘은 이걸지도 모르겠네."

마기를 불태우는 힘이라.

강서준은 씨익 웃으면서 자세를 잡았다.

피에로는 자신의 권역에서 이변이 생긴 걸 바로 눈치챘는지, 강서준을 향해 무수한 살기를 쏘아 내고 있었다.

'온다.'

피에로는 무수한 실을 쏘아 냈다.

마기를 담은 실!

닿는 것만으로도 파괴적인 성향을 지닌 실들은 가공할 폭음을 일으켰다. 실제로 닿는 부위마다 폭발을 일으키고 있었다.

강서준은 몸을 회전시키며 검을 휘둘렀다. 도깨비불이 가미된 그의 검은, 마기를 꽁꽁 둘러싼 실조차 일격에 불태울 수 있었다.

"크으으……!"

주변으로 의식을 찾질 못한 플레이어들이 억지로 강서준에게 다가오고 있었다.

하지만 '이매망량'이 된 그에겐 꼭두각시에 불과한 그들의 어설픈 공격은 통하지 않았다.

가뿐히 공격을 피해 낸 강서준은 바로 피에로를 향해 일직선으로 내달리기 시작했다.

"……이익!"

그를 향해 쏘아지는 무수한 실선!

거미줄처럼 주변을 장악한 실선이 광범위하게 펼쳐지며 다가오고 있었다. 강서준은 문득 뒤를 돌아봤다.

이 공격을 피하는 건 쉽겠지만, 그래선 다른 사람들의 전멸은 피할 수 없을 것이다.

피에로도 그걸 노린 거겠지.

고민은 아주 짧았다.

다행히 해결법이 나타났으니까.

"진군하소서…… 왕이시여!"

마기를 뚫고 나타난 거구의 도깨비가 방망이를 있는 힘껏 내리쳤다. 그 엄청난 위력에 크레이터가 생겨나고 일대의 마기가 일순 물러났다.

'라이칸.'

강서준은 빠르게 그 자리를 스쳐 가며 라이칸을 흘겨봤다. 작아졌던 몸체는 어느덧 과거의 보스 몬스터를 상기시킬 정도로 커져 있었다.

'이매망량의 영향인가.'

강서준이 영혼을 다루면서 이매망량이 되자, 그 영향이 휘하의 도깨비인 라이칸에게도 미쳤는지도 모르겠다.

빠르게 라이칸을 교차한 강서준은 드디어 피에로를 목전에 둘 수 있었다. 놈은 광기 어린 눈을 부릅뜨고 있었다.

"어찌 인간 따위가!"

지겨운 레퍼토리와 같은 몬스터의 말을 들으며 강서준은 검을 더욱 세게 말아 쥐었다.

놈이 손을 뻗으면서 수십 개의 실선이 한데 뭉쳐 강하게 공격해 왔지만, 이젠 두렵지 않았다.

['알 수 없는 흐름'에 이끌려 '영혼'이 몰려듭니다.]

피에로에게 접근할수록 놈의 근처에 있던 누군가의 영혼들이 강서준의 검에 휘말려 들고 있었으니까.

이름은 알지 못했다.

정체도 모른다.

악령? 선령? 그들에게 중요한 게 아니었다.

그저 피에로를 배제하고 말겠다는 어떠한 의지만 남았다.

영혼은 달라붙을수록 도깨비불은 더욱 새파랗게 불태웠다.

확신이 생겼다.

불꽃은 금세 피에로의 실에 옮겨붙었다.

화르르륵!

"……마, 말도 안 돼!"

강서준은 차분하게 자세를 잡았다. 베어야 할 게 또렷해졌다.

도깨비불이 근처의 모든 마기를 불태워 버렸으니까.

[스킬, '류안(A)'을 발동합니다.]

강서준은 말했다.

"……이런 걸 업보라고 하는 거겠지."

스거거걱!

그의 검이 피에로의 목덜미를 자르는 순간이었다.

[?급 보스 몬스터 '인형사 피에로'를 처치했습니다.]

[숨겨진 엔딩을 발견했습니다.]

['인형사 피에로의 테마파크'는 던전화에 실패했습니다.]

[!]

['인형사 피에로의 테마파크'가 완성되었습니다.]

['던전화 저지'에 실패했습니다.]

[!]

[!]

[!]

한순간에 시야를 가린 두 개의 메시지. 강서준은 정신없

이 그 주변으로 나타나는 무수한 느낌표를 보면서 침음을
삼켰다.

"……뭐?"

출구가 없는 던전

강서준은 두 눈을 착각한 줄 알았다.

'로그 기록.'

눈앞으로 떠오르는 무수한 시스템 메시지의 행렬 중에서 가장 최근의 내역을 확인해 봤다.

분명 피에로를 죽인 시점에 그에게 나타난 시스템 메시지가 있었다.

거의 동시에 나타나, 소리조차 겹쳐 버린 메시지…….

[?급 보스 몬스터 '인형사 피에로'를 처치했습니다.]

[숨겨진 엔딩을 발견했습니다.]

['인형사 피에로의 테마파크'는 던전화에 실패했습니다.]

[!]

['인형사 피에로의 테마파크'가 완성되었습니다.]

['던전화 저지'에 실패했습니다.]

[!]

다시 봐도 황당한 내용이었다.

보스 몬스터를 죽여 던전화에 실패했다는 메시지와, 던전화 저지에 실패하여 이곳이 던전이 되어 버렸다는 메시지.

두 개의 상반된 메시지가 동시에 상황을 알려 주고 있었다.

강서준은 메시지에서 눈을 떼고 주변을 둘러봤다. 어느 쪽이 정답이든 중요한 건 여전히 그에겐 '던전 입장 메시지'는 나타나지 않았다는 것이었다.

던전화를 막은 걸까?

모르겠다.

아직 무언가가 바뀌었는지도 알 수 없었다.

"으음……."

"……대체 이게 무슨 일이지?"

피에로의 죽음과 함께 이곳을 장악하던 피에로의 권역은 소멸한 탓일까. 주변에 가득하던 마기가 사라지니, 점차 마기에 중독됐던 플레이어들도 정신을 차릴 수 있었다.

하지만 그들은 곧 당황할 수밖에 없었다.

"서, 성준이?"

"으아아앗!"

"이게 뭐야!"

그들의 손에는 뜨거운 피가 묻었고, 그들의 눈앞엔 싸늘하게 죽어 버린 동료의 주검이 있었다.

아마 기억하진 못할 것이다.

마기에 중독된 자들은 말 그대로 뇌까지 마기에 오염된, 그저 피만을 갈구하는 '미치광이'가 될 뿐이니까.

동료의 등에 칼을 꽂고, 죽이고, 종종 먹기까지 했던 일련의 일들은 아무도 기억할 수 없는 것이었다.

그저 그러했다는 결과만이 있었다.

'그나마 이번에 주입된 마기가 적어서 완전히 미쳐 버린건 아니라 다행이지. 안 그랬으면……'

어쨌든 기억은 못 해도, 정신을 차렸을 즈음에 동료의 몸에 칼을 박고 있던 이들 같은 경우는 순식간에 패닉에 빠질수밖에 없었다.

그들은 무기를 떨어뜨린 자신의 손을 내려다보며 부들부들 몸을 떨었다.

"정신 차려! 아직 끝나지 않았어!"

김강렬은 부대원을 한데 모으며 독려했다. 아직 제정신을 차리기엔 시간이 필요한 모양이었지만, 그래도 김강렬의 독려는 그들을 움직이게 했다.

상황이 어떻든, 수습을 해야만 했다.

한숨으로 복잡한 심정을 밀어낸 김강렬은 강서준에게 다가와 넌지시 물었다.

"……혹시 보스 몬스터를 죽인 겁니까?"

강서준은 고개를 끄덕였다.

그의 앞으로 널브러진 피에로의 시체는 이미 싸늘하게 식어 있었다. 놈은 죽었다. 그것만은 확신할 수 있었다.

'경험치가 들어왔으니까.'

그뿐일까.

피에로를 사냥한 업적으로 칭호까지 받았다.

[칭호, '진실을 탐험하는 모험가'를 습득했습니다.]
[미지의 지역에서의 공격력이 10% 상승합니다.]

무려 세 달을 이어 온 던전화. 버뮤다 구역이라 불릴 정도로 무수한 사람들이 실종되던 이곳의 진실을 알아낸 결과였다.

이러니 보스 몬스터가 죽었다는 결론은 확실했다.

그때 최하나가 말했다.

"서준 씨…… 이쪽으로 와 보셔야 할 것 같아요. 뭔가 이상해요."

언제 바깥에 다녀왔는지 최하나는 영화관의 문턱을 밟고 있었다. 그녀를 따라서 이동한 강서준은 영화관 외부를 볼 수 있는 통창을 바라보면서 나지막이 침음을 삼켰다.

이건 솔직히 예상하지 못했는데.

"헉…… 서울이!"

뒤따라 다가온 김강렬이 경악하며 중얼거렸다. 그는 여기 저기 둘러보며 로테타워의 주변을 보고자 했지만 결코 그가 원하는 풍경은 볼 수 없었다.

사방은 이미 새카만 벽으로 둘러싸인 것처럼 어둡기만 했으니까.

"대체 지금 무슨 일이 벌어지는 거죠?"

그제야 강서준은 이곳에서 벌어진 일이 무슨 상황인지 어렴풋이 깨달을 수 있었다.

동시에 나타난 두 개의 상반된 메시지.

오류처럼 보이질 않는 서울의 정경.

덩그러니 남아 버린 로테타워와 사람들.

통창 너머, 흑색으로 물들어 버린 무(無)의 공간을 바라보면서 강서준이 한숨을 삼켰다.

드림 사이드 1의 정보가 떠올랐다.

이 상황이 말하는 바는 단 하나였다.

"우린 고립된 겁니다."

"……네?"

강서준은 로테타워 너머로 펼쳐진 새카만 어둠을 재차 노려봤다. 그저 어두운 게 아니라 저건 아무것도 없는 무저갱

이었다.

최하나가 긴장한 얼굴로 물었다.

"무슨 뜻이죠?"

강서준은 그녀를 돌아보며 나지막이 참았던 한숨을 뱉으면서 대답했다.

"최하나 씨. 혹시 이런 생각을 해 본 적은 없습니까? 만약 보스 몬스터가 죽는 순간…… 던전이 완성되어 버린다면 어떨까. 하는 의문요."

"……."

"그것도 한 치의 오차도 없이 똑같은 타이밍에요."

곰곰이 고민하던 그녀는 고개를 저으면서 대답했다.

"생각해 본 적은 없어요. 애초에 가능한 일인가요? 던전의 보스가 죽는 즉시 던전화는 멈추는데."

강서준은 두통이 이는지 관자놀이를 꾹꾹 누르면서 말했다.

"가능해요. 몇 안 되는 사례지만 분명 비슷한 일은 드림사이드 1에서도 벌어졌으니까."

옆에서 모든 대화 내용을 듣고 있던 김강렬이 떨리는 목소리로 입을 열었다.

"……혹시 그거 '1차 환불 사태' 때를 말하는 겁니까?"

"네."

"젠장. 그럼 정말 우린 여기 갇힌 겁니까?"

간혔다.

그 말만큼 이 상황을 설명할 단어가 있을까. 강서준은 혀 끝으로 느껴지는 쓴물을 삼키면서 입술을 잘근 깨물었다.

'이곳은 던전이다.'

로테월드를 비롯하여 기생수가 집어삼킨 부분까지는 볼 수 있었다. 하지만 그 이외의 공간은 전부 암흑으로 뒤덮인 말 그대로 '무의 공간'이었다.

'보스 몬스터가 없는 던전.'

과거 실제로 드림 사이드 1에서 비슷한 상황을 겪은 이들이 있었다.

1차 환불 사태.

던전화 직전의 보스 몬스터를 처치하는 순간, '던전화'가 완성되면서 우연찮게 버그가 발생한 일에 대해서.

당시의 결과는 하나였다.

'출구가 없는 던전.'

버그 던전.

플레이어들은 일종의 '로스트 던전'이라 불리는 장소에 갇혀, 다시는 빠져나올 수 없었다.

❧

로테월드의 근처.

가까운 상가에서 상황을 지켜보던 나한석 대위는 두 눈을 비벼 봤다. 바뀌는 건 없었다.

그전에 지금 보는 게 현실일까.

크콰카카칵!

기생수의 폭주 때문에 접근조차 불허하는 현장이었다. 그나마 안전한 통로를 찾고자 로테월드를 중심으로 빙빙 돌았지만 들어갈 구멍은 없었다.

해서 일단 상황을 지켜보고자 가까운 상가에 자리를 잡았다.

'지원 팀이라곤 해도 이들은 전부 플레이어 경력이 짧은 신입뿐이야. 무작정 진입하는 건 위험해.'

이곳에 그들이 파견된 이유는 김강렬의 경고 때문이었다. 하지만 이처럼 대규모 던전화가 벌어질 줄 알았다면 대대적으로 플레이어를 소집했어야 했다.

'골치 아프군.'

지금 이 팀이라면 기생수를 상대로 1분도 버티지 못할 것이다. 싸움 자체가 안 되는 데에 무리해서 들어갔다간 전멸을 피할 수 없으니.

진퇴양난이었다.

쿠구구구궁!

그렇게 시간이 흘러, '용'이 로테타워로 머리를 처박을 즈음이었다.

점차 로테월드를 중심으로 휘몰아치던 기생수의 활동이 잠잠해졌다.

안정화 상태로 들어선다는 증거였다.

"대위님, 진입하려면 지금입니다."

"그래. 다들 준비해!"

부랴부랴 상가를 벗어난 그들은 빠르게 로테월드로 향했다.

어느새 요새처럼 둘러싼 기생수는 두터운 성벽처럼 진입을 막는 듯했다.

"여기 입구입니다!"

용케 기생수에게 덜 휘말린 입구를 발견한 그들은 조금씩 진입을 개시했다. 당장 기생수는 얌전해 보였지만 언제 달려들지도 모르는 일이었다.

또한 안심할 수 없었다.

이처럼 기생수가 잠잠해졌다는 건 단 하나를 뜻했다.

"시간이 없어. 던전화가 완료되기 직전에 생존자부터 수색한다."

"네!"

그들이 끼어든다고 얼마나 큰 변화가 있을까. 모를 일이었다. 혹시 안쪽의 사람들이 전멸 직전이라면 어떻게든 데리고 나와야만 했다.

게다가 그들에겐 '많은 물자'가 있다.

가방엔 며칠을 굶었을 김강렬의 부대원들이 먹을 만한 식량이 있었고, 물약을 비롯해서 많은 보급품을 챙겨 왔다.

사실상 그들의 가장 큰 임무는 이 보급품을 전달하는 데에 있었다.

"얼른 움직여! 만약 클라크 님과 케이 님의 정보가 사실이라면 그분들이라도 구해 내야 하니까! 그들을 잃으면 아크는 희망이 없어!"

하지만 세상일은 으레 그렇듯 원하는 대로 순조롭게 흘러가질 않는다. 기생수가 잠잠해지고 그나마 접근이 가능해진 로테월드…….

이젠 그곳에서 더 큰 변화가 시작되고 있었으니까.

"대위님!"

땅이 덜덜 떨리더니 순식간에 지진이 일어나 갈라지기 시작했다. 진입을 명했던 나한석과 이미 진입한 부대원 사이로 보이지 않는 벽이 생겨나고 있었다.

"빠져나와!"

"네?"

"뛰라고!"

소리는 전달되지 않았다. 저쪽에서 말하는 소리도 음소거된 것처럼 들리지 않았으니, 소통조차 어려웠다.

그리고 곧 눈앞이 번쩍였다.

순식간이었다.

"……."

나한석을 비롯한 잔류 인원은 황망한 눈으로 정면을 응시했다. 종전까지만 해도 웅장하게 펼쳐져 있던 로테월드의 전경은 이젠 씻은 듯이 사라진 것이다.

"……대위님."

나한석은 침음을 삼키며 가까이 다가갔다. 고개를 아래로 내려 보니 로테월드가 있던 곳은 포크레인으로 파낸 것처럼 크레이터가 생성되어 있었다. 마치 거대한 싱크홀 같은 구멍이었다.

"대체 이게 어떻게 된 거죠."

"……연락은? 무전은 닿나?"

"안 됩니다. 전혀 답이 없어요."

몇 번이고 다른 팀원에게 무전을 넣어 봤다. 서로 업그레이드된 핸드폰이었으니 던전 내부였어도 연락은 닿았어야 정상이었다.

팀원은 고개를 가로저었다.

나한석은 조심스레 주변을 굴러다니는 돌멩이를 싱크홀 내부로 던져 봤다.

퉁!

"……?"

허공에서 튕겨 나온 돌멩이.

그는 미간을 좁히며 다시 돌멩이를 던져 봤다. 이번에도 아무것도 없는 허공에 막혀서 튕겨 나왔다.

이번엔 그가 직접 그곳으로 다가갔다.

"대위님! 위험합니다!"

팀원들이 말리기도 전에 나한석의 손은 허공에 닿았다. 투명하기만 한 허공은 무언가에 막혀서 그의 진입을 막고 있었다.

나한석이 말했다.

"……이 안에 있는 거냐?"

돌아온 대답은 시스템 메시지였다.

[버그가 발생하였습니다.]

[죄송합니다. 시스템 복구 중입니다.]

"……뭐?"

미간을 구긴 나한석은 구멍 내부를 들여다보고, 시스템 메시지를 다시 한번 읽어 봤다.

'버그라고?'

제아무리 드림 사이드가 게임 출신이었다곤 해도 엄연히 현실이 된 상황이었다.

그런데도 '버그'라는 게 존재한단 말인가.

그보다 시스템 복구 중이라는 메시지는 또 뭐고.

나한석은 곰곰이 생각해 봤다.

그가 아무리 드림 사이드의 랜선이 짧았다고 해도 머리가 나쁜 건 아니었다. 그는 본래 정보 분야의 대가로 불리는 특수부대원 출신이었다.

상황 판단은 빨랐다.

"지금 당장 아크에 연락을 해야겠어."

"네?"

"드림 사이드 1의 사례 중 던전화 당시 버그를 만드는 경우를 찾아야 해. 그리고 그 상황을 벗어날 수 있는 방법도!"

나한석은 눈살을 찌푸리며 소멸한 로테월드를 쭉 둘러봤다. 아무것도 보이지 않는 풍경이었지만 이상하게도 아직 그의 팀원이 안에 살아 있을 것 같았다.

'아니, 살아 있을 것이다.'

그는 다급하게 외쳤다.

"시간이 없다. 얼른!"

시스템을 복구 중이라고 했다. 과연 그게 이 안에 있는 플레이어에게 이득이 될지는 정말 모르는 일이었다.

'변수가 너무 많아.'

하지만 이조차 전부 드림 사이드에서 비롯된 일이었다. 비슷한 일이 드림 사이드 1에서도 벌어진 적이 있다면…….

'방법은 있을 거다. 아니, 있어야만 해.'

나한석은 그렇게 한참을 허공을 노려봤다.

던전 고립 2일 차.

얼추 정신을 차린 일행은 각자 조를 짜서 나뉘어, 고립된 로테월드를 한창 누비고 다녔다.

일단 출구를 찾는 게 우선이었다.

출구가 없는 던전은 없으며, 이곳을 빠져나갈 수 있는 문이 어딘가 분명히 있을 거라고 여겼으니까.

그렇게 믿은 일행은 지하부터 지상까지 빠짐없이 체크했고, 로테타워의 꼭대기까지 올라갔지만 크게 특별한 건 발견하지 못했다.

"핸드폰도 통화권 이탈입니다."

"로테월드 이외의 공간은 전부 제한 구역이에요."

"……길이 없어요."

완전한 고립이었다.

억지로 로테월드 바깥으로 나가려고 해도 검은 공간으로는 한 발짝도 내디딜 수 없었다.

시스템 제한 구역. 일종의 방화벽이 그들을 막고 있었다.

최하나는 허망한 말투로 입을 열었다.

"어떻게 이럴 수가 있죠?"

"……버그니까요. 말 그대로 여긴 시스템에게도 버려진 공간인 겁니다."

그래서 '로스트 던전'이라 불렸다.

잃어버린 던전으로 불린 이유는, 사라진 던전에서 고립된 플레이어가 마을로 귀환하거나, 그 던전이 정상적으로 돌아오는 경우는 없었기 때문이었다.

김강렬은 괜히 어둠뿐인 시스템 제한 구역을 주먹으로 두드리면서 말했다.

"1에서도 로스트 던전에서 많은 계정을 잃었다는 글을 본 적이 있어요. 목숨이 세 개가 남았어도 똑같다고…… 로그인이 안 된다고요."

"그럼 어떡해요? 우린 여기에서 빠져나가지 못하는 겁니까?"

"그건…….."

"전 용납 못 해요."

최하나는 '번 블러드'까지 발동시키며 어둠의 영역을 겨냥했다. 최대한 긁어모은 마탄은 한껏 응축되더니 가공할 기세로 벽을 두드렸다.

콰아아아앙!

폭연은 생겨났지만 물러난 연기 너머로는 변한 게 없는 어둠만이 보였다. 몇 번의 사격을 더 가했지만 상황은 똑같았다.

"무리예요. 시스템으로 제한된 걸 스킬로 어쩔 수 있을 리가 없잖아요."

"서준 씨까지…… 이대로 포기할 거예요?"

다시 총을 겨누는 그녀. 강서준은 그녀의 총구를 살포시 내리면서 말했다.

"아뇨, 포기하자는 게 아닙니다. 다만 방법이 틀렸다는 거죠."

"……네?"

"이곳은 시스템에게 버려진 던전입니다. 말 그대로 버그로 인해 생성된 공간이죠."

강서준이 화두를 열자 김강렬도 귀를 열고 가까이 다가왔다. 그는 강서준을 향해 눈을 빛내면서 물었다.

"혹시 방법이 있는 겁니까?"

강서준은 고개를 끄덕였다.

"드림 사이드 1과 현재의 우리는 명확하게 차이점이 있습니다."

"차이점요?"

"네. 바로 로그아웃이 안 된다는 거죠."

과거, 드림 사이드 1에서 로스트 던전에 갇힌 플레이어는 바로 게임에서 로그아웃이 되고, 다시는 로그인을 할 수 없는 오류만 일어났다.

반대로 현재 그들이 겪는 현 상황은 로그인이 아니라, 로그아웃 자체가 불가능한 것이다.

그렇다면 아직 방법은 남아 있었다.

김강렬이 눈에 이채를 띠면서 물었다.

"좀 더 자세히 설명해 주세요."

"확실하진 않습니다. 하지만 이곳이 아직 '게임'이고, '던전'이라면 시도해 볼 가치는 충분해요."

강서준은 잠시 입을 다물었다. 사람들의 시선은 그의 입술이 열리기만을 기다리는 듯했다.

그는 뜸을 들이지 않았다.

"던전 브레이크를 만드는 겁니다."

강서준은 좌중을 둘러보며 확실한 어조로 말했다.

"던전 브레이크를 일으켜서 이곳을 강제로 개방시켜 보죠."

◆◆◆

그나마 다행인 건 로테월드 내부를 탐색 중에 뒤늦게 이곳으로 들어온 '지원 팀'을 만났다는 것이었다.

"나한석 대위가 이 앞까지 왔다고?"

"네. 하지만 접근하는 와중에 지진과 함께 떨어졌습니다."

"다행히 그들은 갇히질 않았다는 거로군."

"네, 그렇습니다."

억울하게 던전에 고립된 나한석 대위의 지원 팀에겐 참으로 안타까운 일이었지만, 그들이 가져온 보급품은 여러모로 고마운 존재였다.

　고립된 던전에서 얼마나 살아야 할지 알 수 없으니까.

　하지만 의외의 일도 벌어졌다.

　"으아앗!"

　누군가의 요란한 소리와 함께 온갖 물건이 쏟아져 나왔다. 사람들의 시선이 한곳으로 몰렸고, 원인을 제공한 지원 팀의 일원은 멋쩍은 얼굴로 고개를 숙였다.

　"죄, 죄송합니다."

　"괜찮아. 무슨 일이야?"

　"그게요…… 그저 인벤토리를 열었을 뿐인데. 이렇게."

　남자의 앞으로 쏟아진 물건은 각종 잡동사니부터 음식, 장비 등의 아이템들. 보급을 위해서 가져온 물건부터 그의 개인 소지품까지 두서없이 빠져나와 있었다.

　문제는 그뿐만이 아니었다.

　"어라? 이게 왜 이러지?"

　"……혹시 인벤토리가 안 닫힙니까?"

　"어떻게 아셨습니까?"

　가재눈을 뜬 강서준은 한숨과 함께 일행을 돌아봤다. 그러고 사람들을 향해 한 가지 경고를 했다.

　"다들 앞으로 정말 필요한 상황이 아니면 인벤토리를 열지 마세요. 다시 닫을 수 없을지도 모르니까."

　"닫을 수 없다니요?"

"여긴 시스템에게 버려진 공간입니다. 아무래도 게임 시스템이 제대로 작동하진 않는 것 같아요."

그래서 인벤토리를 열자마자, 그 내부의 아이템이 제멋대로 쏟아져 나온 것이다. 다시 넣으려고 해도 고장 난 인벤토리는 작동하지 않을 터였고.

"정말입니다. 버그로 인해 사용이 불가능하대요. 어떡하죠?"

"일단 아이템은 전부 나눠서 들도록 하죠. 어차피 보급품들은 지급할 예정 아니었습니까?"

강서준은 그렇게 상황을 일단락시키고, 로테월드의 가이드북을 펼쳤다. 지도를 살펴보면 아직 제대로 확인하지 못한 구역이 몇 개 남아 있었다.

"분명히 이곳 어딘가에 컴퍼니가 숨어 있습니다. 그놈들이라고 이곳을 쉽게 빠져나갔을 리가 없죠."

"……."

"놈들의 흔적만 찾으면 됩니다. 그러면 여길 벗어날 수 있어요."

나지막이 말을 하던 강서준은 그저 자신을 바라만 볼 뿐인 김강렬의 시선을 의식했다.

"……무슨 일이죠?"

"케이 님. 인벤토리가 제대로 작동하지 않는다는 건, 게임 내부의 시스템이 이곳에선 소용이 없다는 걸지도 모릅니다."

그가 무슨 말을 하려는지 바로 알 수 있었다. '던전 브레이크'도 엄연히 시스템으로 작동하는 기능인 것이다.

인벤토리처럼 제대로 작동하지 않는다면? 모든 계획은 전제부터 글러 먹은 게 된다.

김강렬은 한숨을 푹 내쉬면서 말했다.

"저도 던전 브레이크 이외의 방법은 없다는 걸 잘 압니다. 하지만…… 우린 실패했을 때도 생각해 볼 필요가 있습니다. 제 말 뜻, 이해하시겠습니까?"

강서준은 나지막이 고개를 끄덕여 줬다. 김강렬은 아마도 그에게 '패닉'을 대비하라고 말을 하는 것 같았다.

'희망은 원래 들불 같으니까.'

한번 번지기 시작하면 끝도 없이 커지나, 작은 소낙비 한 번에 꺼져 버릴 수도 있는 그런 불.

그리고 꺼져 버린 불모지엔 다신 불꽃이 피어나지 않는다.

"너무 걱정하지 마세요. 그보다 놈들을 찾는 게 우선이니까."

"……케이 님은 정말 놈들이 우리에게 협조할 거라고 생각하시는 겁니까?"

"네."

"놈들은 컴퍼니입니다. 지구를 멸망시키려는 테러 집단이라고요."

"알아요. 하지만 협조할 겁니다."

컴퍼니는 정상적인 집단이 아니었다. 플레이어끼리 손을 잡고 던전을 공략해도 모자랄 시기에, 애써서 '던전 브레이크'를 유도하고 사방에 '포자 바이러스'를 유포하는 악질적인 집단이었으니까.

하지만 그들의 목적은 의외로 단순했다.

'생존.'

그들도 결국 살기 위한 선택을 할 뿐이었다.

몬스터가 대세인 세상에서 몬스터 편으로 돌아서서, 생존을 탐하는 방식.

그게 컴퍼니가 탄생하게 된 이유였으니까.

"반드시 협조할 겁니다. 놈들도 살고 싶을 테니."

❈

이후로 우여곡절 끝에 그들은 컴퍼니의 흔적을 발견할 수 있었다.

상가의 저변에 있는 창고를 하나 차지하여 몰래 숨어 있던 것이다. 알게 모르게 농성을 준비하는 걸로 보아 강서준 일행을 의식하는 게 분명했다.

강서준은 애써 그들에게 다가가며 말했다.

"야, 컴퍼니들."

스스슷!

그들을 중심으로 한 올 한 올 피어오르는 마력의 향연. 경계심을 끌어올린 강서준의 일행도 무기를 겨누고 일촉즉발의 분위기로 치달았다.

　엄폐물 뒤에서 누군가가 말했다.

　"경고한다. 우린 쉽게 죽지 않을 것이다. 반드시 네놈들한 명씩 데리고 동귀어진(同歸於盡)할 것이다."

　사나운 마력이 그의 말을 증명하는 듯했다. 한 발자국이라도 더 다가가면 공격을 개시하겠다는 강렬한 의지가 돋보였다.

　또한 말뿐인 협박이 아니었다.

　그들이 숨어 있는 곳에서 누군가가 목에 칼을 드리워진 채천천히 걸어 나오고 있었으니까.

　"……장기용. 어디 갔나 했더니만."

　"죄, 죄송합니다."

　그새 컴퍼니의 인질이 된 모양이었다.

　강서준은 침착하게 입을 열었다.

　"성격도 급해. 누가 싸우자고 했냐?"

　"무슨 소리지?"

　"제안할 게 있어. 간단한 얘기니까, 귀찮은 과정은 생략하고 후딱 정리하자."

　컴퍼니 쪽에서 약간의 소란이 일었다. 조금 더 기다리니흑색 가면을 쓴 남자가 누더기 같은 옷을 걸친 채로 엄폐물을 벗어났다.

"개소리 마라. 케이. 우린 죽을 준비가 된 전사들이다. 네 놈들을 지옥에……."

"그럼 왜 나왔냐?"

"……."

"시끄럽고 바로 본론으로 들어가자고."

강서준은 눈을 빛내면서 말했다.

"당황스럽지? 애써 던전꽃을 심어서 던전화를 완성했는데, 엉뚱한 상황에 고립되기만 했으니까."

"……."

"이해해. 어떻게든 몬스터를 피할 수단은 마련했어도 지금처럼 거지 같은 상황을 어찌 예상하겠어. 안 그래?"

말이 없던 흑색 가면인이 겨우 입을 열었다.

"무슨 개수작이지?"

"할 말이 그뿐이냐? 뇌 기능이 조금 부족한 모양인데."

강서준은 흑색 가면인부터 이곳에 숨어 있을 컴퍼니들을 둘러보며 나지막이 말을 이었다.

"만약 나한테 이곳을 빠져나갈 비책이 있다면 어쩔래?"

"……뭐?"

"너희들이 협조해 주면 방법은 쉬워지고, 협조하질 않으면 좀 귀찮아질 뿐이야. 자, 어떡할래?"

흑색 가면인은 가만히 팔짱을 끼더니 퉁명스럽게 답했다.

"글쎄. 구미가 당기질 않는데."

"응?"

"왜 우리가 네놈의 말을 들어야 하는지 모르겠군."

강서준은 흑색 가면인의 흔들림 없는 말투 속에서 그가 뭔가 믿고 있는 게 있다는 걸 깨달았다.

그리고 이 상황에서 저놈이 믿을 법한 내용은 아마 강서준이 떠올린 적이 있는 그것일 터였다.

"설마 '시스템 복구'를 기다리는 건 아니겠지?"

"……."

"바보야, 넌 한참 잘못 생각하는 거야. 시스템 복구가 언제 이뤄질지도 모르고, 막말로 그게 정말 너에게 이로울 것 같아?"

흑색 가면인은 다시 실어증에 걸린 사람처럼 말을 잊었다. 강서준은 일부러 목소리에 마력을 담아 크게 외치듯 말했다.

적어도 그의 말을 모두가 알아듣도록.

"시스템 복구는 당신들이 생각하는 것처럼 수리업체가 와서 뚝딱뚝딱 고쳐 주는 게 아닐 거야."

스각스각.

"게임에서 복구가 뭘 뜻하냐면……."

스각스각스각스각.

말을 하던 중, 강서준은 어디선가 들려오는 기분 나쁜 소음을 깨달았다. 다른 사람들도 점차 그 소음이 난 방향으로 고개를 돌리고 있었다.

소음은 점차 커져만 갔다.

스각스각스각스각!

돌연 허공을 가르고 나타난 건 커다란 가위였다. 아무것도 없던 허공을 사각형으로 오려 내더니 가위는 다시 어딘가로 날아갔다.

또한 컴퍼니들이 숨어 있던 몇 개의 구역으로도 가위는 날아갔다.

곧 비명이 터져 나왔다.

"으아아악!"

흰 가면의 컴퍼니가 부리나케 달려 나오고 있었다. 하지만 한 박자 반응이 늦었는지 가면인의 몸통은 가위에 싹둑 잘려 나가고 말았다.

스각스각스각스각!

피도 없었다.

더는 비명도 없다.

순식간에 벌어진 일이었다.

가위에 잘린 사람은 말없이 그대로 소멸해 버렸다.

"무, 물러나!"

"으아아아!"

문제는 그게 한쪽에서만 벌어지는 게 아니라는 것이었다. 언뜻 하늘을 올려다보니 뭔가가 우두두 떨어지는 게 보였다.

자세히 보니 그 생김새는 '화살표'였다.

"뭐, 뭐야!"

바닥에 착지한 화살표는 대뜸 아무 곳이나 방향을 잡고 내달렸다. 풀악셀을 밟은 자동차처럼 빠르게 가로지른 화살표는 금세 건물을 집어삼키고, 놀이기구를 지워 나갔다.

순식간에 난장판이 된 로데월드.

강서준은 그 모든 광경을 보면서 나지막이 입을 열었다.

갑작스러운 습격으로 인해 미처 꺼내지 못한 말이었다.

"……롤백(roll back)."

게임에서 복구 중 가장 쉬운 법은, 그저 버그가 발생하지 않았던 순간으로 모든 걸 초기화시키는 것이었다.

하늘에 구멍이 나면 이런 기분일까.

"모두 피해!"

"으아아악!"

쏟아지는 화살표를 피해서 사람들은 이리저리 요란하게도 움직였다.

넘어지고, 밀치고, 숨어도 소용이 없었다.

바닥에 떨어진 화살표는 멈추는 법을 잊은 폭주 기관차처럼 무자비하게 달려들 뿐이었다.

장애물은 없었다.

닿는 즉시, 모조리 지워 버릴 뿐이니.

"저게 대체 뭐야!"

누군가의 독백은 누구나 품는 의문이었다. 그리고 강서준은 그 의문에 대한 답을 추측으로나마 알 수 있었다.

'백 스페이스(Back space).'

키보드 자판에 불과한 뒤로 가기 버튼. 하지만 문자열 앞에서는 잔학무도한 검열자가 된다.

강서준은 침음을 삼켰다.

'가위는 얼추 잘라 내기(Ctrl+T)라고 생각하면 돼.'

이곳에서 펼쳐지는 비현실적인 장면들은 모두 시스템의 복구 과정에서 비롯됐다. 누군가의 지시에 의해 그저 지우고 오리길 반복하는 것이다.

강서준은 한쪽 벽면에서 차오르는 검은 물결들을 확인했다.

금세 그들이 선 바닥까지 닿은 물결 위로 해일처럼 검은 물이 흘러왔다. 미처 피하지 못한 사람들은 속수무책으로 휩쓸려 갔다.

사각.

검은 물결이 가위와 맞부딪친 순간.

터무니없는 일이 벌어졌다.

물결이 닿은 부위가 통째로 도려낸 듯 공백만 남은 것이다. 강서준은 입술을 잘근 깨물었다.

'쉬프트(Shift)······.'

이 정도면 확신할 수밖에 없다.

'정말로 공간 자체를 초기화시키려는 거냐.'

진짜 게임처럼.

진짜 프로그래머의 명령이 닿은 것처럼.

컴퓨터 속 어느 공간을 지우고 오려 내며, 이 공간 자체가 모조리 지워지는 중이었다.

"크윽……."

강서준은 물결을 피해 금방 놀이기구 위로 피신한 흑색 가면인을 마주했다. 얼굴은 가려져 있었지만, 그 표정은 훤히 보였다.

"컴퍼니. 아직도 생각은 그대로야?"

크콰카카칵!

모든 걸 집어삼킬 기세였던 기생수보다 더 맹렬한 기세로 밀려오는 검은색 물결.

로테월드 전역에 등장한 화살표와 가위는 닿는 모든 걸 지워 내고 있었다.

저들에 의해 소멸된 데이터는 어찌 될까.

물어보나 마나 뻔했다.

또한, 흑색 가면인에게 들을 대답도 이젠 뻔한 것뿐이었다.

"좋다. 제안은 받아들이지."

놈들이라고 이런 데에서 개죽음당하고 싶지 않을 테니까.

[스킬, '류안(A)'을 발동 중입니다.]

강서준은 금빛으로 물든 눈으로 로테월드 전역을 둘러보
며 가장 흐름이 더딘 곳으로 이동했다.

어느덧 그를 중심으로 양측의 사람들이 모여들고 있었다.
그가 선 곳이 곧 무수한 삭제의 현장에서 가장 안전한 곳이
었으니 당연했다.

그때, 흑색 가면인이 말했다.

"단, 조건이 있다."

"……이 와중에?"

강서준이 눈살을 찌푸리며 반문하자, 흑색 가면인은 아무
렇지도 않은 어조로 어깨를 으쓱이며 강서준을 바라봤다.

"언약을 걸어 줘야겠어. 우리도 보험 정도는 들어 둬야
지."

"날 못 믿어?"

"너라면 날 믿을 건가?"

강서준은 바로 답했다.

"못 믿지."

그는 바로 납득할 수밖에 없었다.

케이와 컴퍼니의 관계는 원래 그랬으니까.

드림 사이드 1에서 컴퍼니가 수도 없이 플레이어의 뒤통
수를 쳤듯, 강서준도 놈들의 뒤통수를 쉴 새 없이 휘갈겨 온

전적이 있었다.

적이니까.

불신과 배신이 빗발쳐도 할 말은 없다.

솔직히 이곳만 벗어난다면, 기습을 해야겠다는 생각을 안 해 본 것도 아니니까.

아쉽지만 이해해 줘야 했다.

철두철미한 놈.

"좋아. 언약을 걸지."

언약.

계약서만큼의 절대적인 효과도 없고, 고작 말뿐인 약속이라 플레이어에게 직접적인 영향을 주진 못한다.

하지만 지키지 않는다면, 어긴 자에게 '언약의 배신자'라는 칭호가 낙인처럼 박히게 된다.

언약의 배신자는 신뢰를 무너뜨린 증거로 다른 플레이어와 거래를 할 시, 일단 '배신자'라는 게 상대에게 메시지가 전달된다.

그뿐일까.

전투에 있어서도 어느 정도 디버프가 생겨나며, 플레이 자체에 여러모로 귀찮은 제약이 늘어난다.

물론 그조차 시간이 흐르면 자동적으로 사라져서 '언약'은 그다지 선호하지 않는 계약법의 일종이었다.

하지만 지금처럼 급박하고 계약서 한 장 없는 상황에선 그 어느 것보다 유용했다.

작은 보험이라도 드는 건 중요했다.

"나 강서준은 이번 일이 끝나고도 최소 이틀 동안은 상대에게 해를 입히지 않을 것이다."

"나 윤병구는 이번 일이 끝나고도 최소 이틀 동안은 상대에게 해를 입히지 않을 것이다."

흑색 가면인, 그러니까 윤병구는 손을 내밀어 악수를 청해왔다. 강서준은 떨떠름한 얼굴로 그 손을 잡아 위아래로 흔들었다.

['언약'을 발동합니다.]

['언약의 배신자'에겐 '페널티'가 부여됩니다. 부디 배신을 하지 마십시오.]

그것으로 언약은 성립됐다.

윤병구는 아직 경계심이 어린 눈으로 강서준을 보면서 말했다.

"그래서 이젠 어떻게 하면 되지?"

"간단해. 너네 던전꽃 쟁여 둔 거 있지?"

놈이 느닷없이 인벤토리를 열려는 듯 허공을 손으로 휘젓기에, 강서준이 일단 만류했다.

"아직 열지 마. 열면 다시 못 닫아."

"……그렇군."

"일단 있다는 거지?"

윤병구는 말없이 고개를 끄덕였다.

"그럼 됐어. 나머지는 이동해서 시작하자."

"어딜 갈 셈이지?"

윤병구는 황망한 눈으로 로테월드를 둘러봤다. 그나마 그들이 선 곳은 건물에서도 상층에 있어서 검은 물결이나 화살표가 금방 찾아오진 않았다.

강서준은 씨익 웃으면서 말했다.

"모든 일이 시작된 곳."

이젠 두 번째 조건을 완성해야, 이곳도 탈출할 수 있을 것이다.

✦✦✦

강서준이 사람들을 이끌고 이동한 곳은 본래 씨앗방이 있던 로테타워 부지였다.

그중 그가 향한 곳은 피에로와 전투를 벌였던 로테타워의 거대한 스크린 관이었다.

윤병구는 약간 꺼림칙한 말투로 물었다.

"혹시 함정은 아니겠지?"

놈은 그곳 바닥에 널브러진 케이의 시신을 칼로 쿡쿡 찔렀다. 다른 가면인들도 시키지도 않았는데도 케이의 사체로 다가가 확인사살을 가했다.

"……뭐 하냐?"

"됐다. 그보다 이곳은 왜 찾아온 거지?"

강서준은 혀를 차면서 의심병 말기 환자인 컴퍼니들을 일별했다. 그리고 한쪽 구석에 홀연히 죽어 있는 한 시체 앞으로 다가가기로 했다.

인형사 피에로.

이 던전의 보스 몬스터.

"역시 있네."

"뭐가 있다는 거지?"

"그런 게 있어."

한편 강서준의 두 눈은 어느덧 푸른 불꽃이 타오르고 있었다.

영안이 발동한 증거였다.

강서준은 천천히 피에로의 사체에 다가가 손을 내밀어 봤다.

'도깨비의 부름.'

[장비 '도깨비 왕의 반지'의 전용 스킬, '도깨비의 부름'을 발동합니다.]

[불러오려는 영혼의 등급이 플레이어의 수준보다 높습니다.]

[높은 확률로 실패합니다.]

스스스슷……

강서준의 손짓에 따라 점차 형상을 갖춰 나가던 피에로는 금세 떨어지는 모래가루처럼 흩날렸다.

[실패했습니다.]

동시에 피에로가 가진 영혼의 일부가 뭉텅이로 소멸되는 게 보였다. 강서준은 미간을 구기면서 다시 손을 앞으로 내밀었다.

'일어나. 네가 싼 똥은 네가 치워야지.'

[장비 '도깨비 왕의 반지'의 전용 스킬, '도깨비의 부름'을 발동합니다.]
[불러오려는 영혼의 등급이 플레이어의 수준보다 높습니다.]
[높은 확률로 실패합니다.]

츠츠츠츳!

이번엔 들려오는 소리부터 달랐다. 점차 몸을 일으키는 피에로는 그 색깔이 몹시 투명하여 자세히 보지 않으면 발견하지 못할 정도였다.

놈은 전처럼 간악하게 웃질 않았다. 또한 살벌한 마기도 흘리지 않았다.

복종.

하지만 강서준은 영혼의 아래에 쓰인 문장도 확인해야 했다.

[영혼 내구도 : 129 / 11,200]

완성된 피에로의 형상이 자꾸만 노이즈가 낀 것처럼 흐릿한 이유였다. 영혼을 실체화하기엔 이미 놈의 영혼에서 소멸된 것들이 너무 많은 것이다.

죽은 지 오래돼서 그렇다.

'하지만 이 정도로도 충분해.'

강서준은 윤병구를 돌아보며 말했다.

"이젠 너희 차례야. 던전꽃을 꺼내 봐."

그들은 순순히 인벤토리를 열고 던전꽃을 꺼내었다. 몇몇은 인벤토리가 폭발해서 내용물이 전부 밖으로 퍼지는 불상사를 일으켰지만, 다행히 던전꽃은 크게 이상이 없었다.

그나저나 던전꽃이 뭐 저리 많아?

꽃집이라도 차릴 생각인가.

'얼마나 쟁여 둔 건지…… 이놈들, 설마 양식하는 건 아니겠지?'

새삼스럽지만 컴퍼니의 저력은 생각보다 대단했다. 당장 눈앞에 펼쳐진 던전꽃의 개수만 해도 그렇다.

"얼마나 더 심어야 하지?"

"몰라. 될 때까지 해야지."

"……확신하지 못하는 건가?"

"그래서 안 해? 이것 말고 다른 방법 있어?"

놈들은 신경질적으로 반응하면서도 순순히 던전꽃을 심어 나갔다. 그렇게 38개쯤 영화관을 중심으로 던전꽃밭이 생성됐을 즈음이었다.

쿠우웅!

큰 소리가 울렸다.

['던전 브레이크'가 발생했습니다.]

다행히 던전의 기능이 남아 있었는지 던전 브레이크는 멀쩡하게 발동했다. 강서준은 눈을 빛내면서 피에로에게 명령을 내렸다.

"네 영혼이 이끄는 방향으로 가라."

피에로는 강서준을 멍하니 바라보더니, 곧 비틀거리는 걸음걸이로 터벅터벅 걸음을 옮겼다.

놈이 향하는 방향은 로테월드였다.

"……저놈을 따라가야 합니다."

"네? 저쪽엔 그 이상한 것들이 잔뜩 있는데요."

"그래도 따라가는 수밖에 없어요. 그쪽에 출구가 있을 테니까!"

피에로의 본질은 누가 뭐라고 해도 이 던전의 '보스 몬스터'였다. 또한 던전 브레이크가 벌어지면 어느 곳을 통해서 나갈 수 있는지 본능적으로 알 수 있는 유일한 개체였다.

"시간이 없어요! 던전 브레이크가 일어난 곳마저 지워지기 전에 얼른!"

그제야 사람들은 로테월드를 향해 다시 내달리기 시작했다. 자칫 잘못하면 소멸되는 곳이었지만 가만히 앉아서 죽음을 기다릴 수는 없는 노릇이었다.

"······서준 씨!"

하지만 곧 그들의 앞으로 스멀스멀 검은 물결이 차오르는 걸 볼 수 있었다. 벌써 로테타워의 가까이로 화살표나 가위들이 날아들고 있었다.

"멈추지 마요!"

강서준은 빠르게 눈알을 굴려 쓸 만한 게 뭐가 있나 찾아봤다. 마침 그의 눈으로 바닥에 곤두박질 친 채로 쓰러진 한 몬스터가 보였다.

흑룡 카무쉬.

'이놈······ 살아 있군.'

종족 특성이 '용'이라 그런지 역시 죽진 않았다.

무슨 짓을 당했는지 전신에 송송 구멍이 뚫렸고, 금방 죽어 버려도 이상하지 않은 상태였지만.

어쨌든 살아 있는 것이다.

'태양광이 약점이란 걸…… 내 분신이 알아차렸나.'

분신이라고 하기에도 뭣하지만. 어쨌든 케이들은 카무쉬의 약점을 발견해 내고 그걸 활용해서 이 모양 이 꼴로 만든 게 분명했다.

강서준은 한층 약화된 카무쉬의 앞에 서서 '도깨비 왕의 감투'를 꾹 눌러썼다. 그의 몸은 도깨비 갑주로 뒤덮이면서 '이매망량'의 기운이 넘실거렸다.

"일어나. 명령이다."

카무쉬가 반은 눈을 감은 채로 몸을 일으켰다. 그리고 강서준을 향해 고개를 푹 숙이며 경의를 표했다.

도깨비감투에 이어, 도깨비보주까지 손에 쥐었다.

놈이 그의 말을 따르지 않을 이유가 없었다. 애초에 도깨비보주로 인해 탄생한 놈이 아니던가.

더는 놈의 주인인 '피에로'가 존재하질 않으니, 이렇듯 쉽게 명을 내릴 수 있는 것이다.

"날자."

강서준은 카무쉬의 등에 올라타며 빠르게 움직였다. 놈이 찢겨 나간 날개를 열심히 퍼덕이며 공중으로 슬슬 날아올랐다.

일행이 다가왔다.

"얼른 타요!"

다들 지척까지 다다른 검은 물결을 피해, 재빠르게 용의 꼬리를 밟고 너도나도 바로 올라탔다.

컴퍼니도 마찬가지였다.

마음 같아서는 버리고 가고 싶었지만 '언약'을 걸어 뒀으니, 그대로 두고 가기엔 찝찝한 법.

'사실 이곳에서의 언약이 제대로 이뤄졌을지는 모를 일이지만.'

인벤토리도 제대로 안 열리는 곳에서의 언약이다. 말만 걸렸을 뿐이지, 그 효과가 제대로 발휘할까.

하지만 던전 브레이크도 발생한 걸 보면 이곳에서 시스템의 기능이 완전히 정지한 것도 아니었다.

"자, 가자!"

사람들을 태운 카무쉬는 빠르게 공중을 비행했다. 종종 힘없이 바닥으로 추락하려는 듯했지만 힘겹게 물결을 넘어 로테월드 방향으로 나아갔다.

멀리 피에로가 공중을 부유하며, 출구로 나아가는 게 보였다.

또한 화살표나 가위가 비산하는 공간에 다다랐다는 걸 알 수 있었다.

"모두 고개를 숙여요!"

한껏 웅크린 사람들은 이를 악물고 눈만 부릅떴다. 카무쉬의 곡예비행으로 겨우 화살표나 가위를 피하고자 했지만 역시 벅찬 일이었다.

안 그래도 카무쉬의 상태는 다 죽어 가고 있었다. 멀쩡해도 피하기 어려운 걸 어찌 다 피할까.

결국 닿는 부위는 생겨났고, 그 근처에 있는 플레이어는 속수무책으로 희생당할 수밖에 없었다.

쿠구구구구구!

하지만 카무쉬는 끝까지 임무를 완수해 냈다. 강서준은 지척에 동그랗게 일렁이는 구멍을 발견했다.

근처에서 피에로의 영혼이 내구성을 다 잃고 소멸하고 있었다.

'……출구다!'

카무쉬는 소싯적 지느러미를 흔들던 힘을 다하여 구멍을 향해 나아갔다.

용은 큰 소리를 내며 땅에 곤두박질쳤다.

"꽉 잡아요!"

쿠구구구구궁!

거친 풍랑을 항해하듯 힘겹게 곡예비행을 하던 카무쉬는 구멍을 통과한 직후, 어느 땅에 추락했다.

카무쉬의 갈기를 꽉 붙잡은 강서준은 거센 떨림이 끝난 뒤에야, 겨우 정신을 차릴 수 있었다.

누군가가 말했다.

"빠져나온 건가?"

고개를 돌려 주변을 둘러봤다.

하늘에서 쏟아지던 화살표의 행렬, 막무가내로 허공을 잘라 내던 가위들…….

해일처럼 몰아치던 검은 물결도 없었다.

무너진 도시의 정경.

여긴 로테월드의 주변에 있는 도로였다. 강서준은 바닥에 구멍이 난 것처럼 거대한 크레이터가 생성된 로테월드를 볼 수 있었다.

바로 알 수 있었다.

'성공이다.'

그들의 도박은 성공했고, 결국 시스템의 초기화 과정에서 벗어난 것이다.

곧 눈앞의 크레이터 위로 빛이 번쩍였다. 질끈 감았던 눈을 떴을 때는 아무 일도 없었다는 듯, 그곳엔 '로테월드'가 있었다.

롤백이 완성된 것이다.

"……사, 살았다!"

"와아아아!"

사람들은 금세 환호성을 질렀다.

죽다 살아난 사람들.

그들 사이엔 '컴퍼니'고 '아크'고, 뭣도 없었다. 그저 살기 위해 몸부림친 생존자만이 보였다.

그저 살아남은 게 기쁠 뿐이었다.

하지만 그때 누군가가 소리쳤다.

"어, 어? 이거 왜 이래?"

"헉……!"

카무쉬의 몸통의 반절 이상이 마치 잘려 나간 것처럼 보이질 않았기 때문이었다.

휑하니 드러난 카무쉬의 뒤쪽은 누가 봐도 비현실적이었다. 잘려 나간 단면부엔 핏물조차 흐르지 않았으니까.

어쩌다 이렇게 됐을까.

답은 쉽게 나왔다.

"설마 꼬리 쪽에 매달렸던 사람들은……."

사람들의 얼굴에 그늘이 내려앉았다. 굳이 뒷말을 잇지 않아도 그 내용을 쉬이 알 수 있었으니까.

사람들의 허망한 시선은 카무쉬의 잘려 나간 빈자리를 바라봤다. 삭제된 부분은 마치 처음부터 없었던 것처럼 느껴질 뿐이었다.

김강렬이 나서서 입을 열었다.

"정신 차리고, 일단 정비부터 하지."

그 말에 사람들은 각자의 상태를 점검하기 시작했다.

무기를 잃어버린 사람, 다친 사람, 지친 몇몇은 인벤토리를 열어 필요한 물건을 꺼냈다.

삼삼오오 모여서 음식을 나눠 먹기도 했다. 강서준은 그 모습을 보면서 침을 꼴깍 삼켰다.

방금 동료가 희생됐음에도, 저들은 바로 재정비를 하고 있었다.

그게 꽤나 익숙해 보였다.

'어쩌면 당연한 풍경이겠지.'

세상이 드림 사이드 2에 의해 전복되면서 다치고 죽은 사람이 몇이나 될까. 셀 수 없을 것이다. 어제의 생존자는 오늘의 희생자가 되어도 이상하지 않았다.

이제 이 세상은 그렇게 생겨 먹었다.

사람들은 죽음이 흔한 세계에서 살고 있었다.

'조금 허무하군.'

그에게 영안이 뜨이면서 전보다 많은 걸 볼 수 있게 된 탓일까. 죽은 자에 대한 상념이 평소보다 조금은 더 길게 이어졌다.

'죽은 자는 누구든 영혼을 남겨.'

하지만 강서준이 보게 된 '죽은 영혼들'은 하나같이 '자아'가 섞인 게 없었다. 그것들은 그저 기억의 집합체에 불과했다.

'노영수의 사념처럼.'

그들은 생전의 기억에 따라서 영혼의 종류, 행동 방향이 결정될 뿐이다. 피에로가 좀 더 인간의 영혼을 쉽게 조종했던 이유도 바로 조종석에 아무도 탑승하지 않은 '기억의 빈 껍데기'였기 때문이었다.

그리고 그 기억조차 모조리 사라지면, 영혼은 흔적조차 남기지 못하고 소멸한다.

'그렇다면 죽은 사람은 어떻게 될까?'

모를 일이었다.

사후 세계가 실존할까? 혹은 게임처럼 세이브 포인트로 돌아가 부활을 할까.

당장 그가 추측할 수 있는 건, 알 도리가 없다는 사실이었다.

알 도리가 없는 사실은 무슨 수를 써서라도 알 수 있는 방법이 없다.

어쩌면 고작 백 스페이스로 한 공간을 지워 버린 것처럼 손쉽게 한 사람의 데이터는 진즉에 지워졌을지도 모르는 것이다.

"그럼 우린 여기서 빠지기로 하지."

컴퍼니는 동료의 죽음을 애도할 마음조차 없는지 바쁘게 안녕을 고했다. 처음 마주했을 때보다 그 숫자가 반절은 줄었음에도 그들은 재빠르게 시야에서 멀어졌다.

어차피 언약 때문에 공격도 못 할 놈들이었다. 강서준은 흔쾌히 손을 흔들어 줬다.

다음에 다시 만나면, 그땐 서로 칼을 꽂을 테니까.

"후우……."

강서준은 다시 한번, 생존자들을 돌아보면서 머릿속에 떠올랐던 잡념들을 밀어냈다.

결론을 내리자.

'산 사람의 도리는 계속 살아가는 것밖에 없어.'

코인이 남았다면, 전진이다.

단순히 게임이었다면 그는 미련 없이 다음 스테이지로 넘어갔겠지. 이런 부질없는 신파극은 스킵을 통해서 넘어갔을 테니, 보지도 못했을 것이다.

[스킬, '침착(S)'을 발동합니다.]

강서준의 눈이 이젠 홀로 남아 버린 카무쉬의 사체 앞에서 멈춰 섰다. 그곳에서 아무런 영혼의 기척조차 느껴지지 않았다.

이곳까지 그들을 데려다주느라 영혼을 전부 불태우고, 무저갱 저편으로 흩날린 것이다.

강서준은 쓸쓸하게 카무쉬의 콧등을 쓰다듬다, 문득 놀라운 사실을 떠올렸다.

"그러고 보니, 이 사체……."

여기서 카무쉬의 존재는 특별했다.

본래라면 등장할 수 없었던 '용족'이자, 도깨비보주와 피에로의 힘에 의해서 새로 태어난 형체.

영혼 속에 담긴 '공포의 기억'이 자아낸 특수한 형태의 몬스터였다.

이놈의 내구도나 여러 스텟 수치는 고작 100레벨짜리로 연약한 수준이었지만.

'써먹을 수 있지 않을까?'

무려 용의 사체였다.

만약 이 사체에 용족의 특성이 남아 있으면 대박일 것이다. 이것으로 용의 무기를 만들 수도 있었다.

강서준은 눈을 가늘게 뜨며 재료의 성질을 확인하고자 했다.

흑룡 카무쉬의 사체

eocnd qjrmfh qjaqjrdl ehoTeksms Emt

예상대로 품명은 '흑룡 카무쉬'라고 적혀 있었지만, 그 내용은 버그로 인해 큰 손상을 입었는지 알 수 없었다.

모르긴 몰라도, 제 기능을 할 것 같진 않았다.

역시 쓸모가 없는 걸까.

강서준은 잠시 고민했다.

'괜히 이거 가져갔다가 백 스페이스가 따라오진 않겠지?'

하지만 그건 기우에 불과할 것이다.

버그는 이번이 처음이 아니었고, 그때는 공간 자체가 격리될 정도로 큰 규모도 아니어서 그런지 '백 스페이스'를 비롯한 아무것도 나타나지 않았다.

'원래 게임에서도 자잘한 버그까지 모두 수정하진 않으니까.'

이번에도 이 버그는 시스템 복구 대상에 속하진 않을 것이다. 강서준은 어림짐작하면서 얼추 카무쉬의 전신을 훑어봤다.

두 번째 문제다.

인벤토리에 들어갈까.

강서준은 고개를 가로저었다.

'……그래. 됐다. 괜히 시한폭탄을 끌고 갈 필요는 없어.'

나중에 탈이 된다면 그건 보약이 아니었다. 강서준이 그렇게 미련을 모두 털어 버릴 즈음이었다.

['고롱이'가 눈앞의 간식에 침을 질질 흘립니다.]

예기치 못한 일이 벌어졌다.

말릴 틈도 없이 주머니로부터 엄청난 흡입력이 생겨나더니, 대뜸 흑룡 카무쉬의 사체가 빨려 들어간 것이다.

"……!"

어느덧 그 커다란 사체는 작은 다람쥐의 트림 소리만을 남기고 사라졌다.

['고롱이'가 '흑룡 카무쉬의 사체'를 섭식했습니다.]
['고롱이'의 포만도가 대폭 상승했습니다.]
['고롱이'에게 '특성 : 용족'이 추가됩니다.]

✦✦✦

잠시 후, 강서준은 털색이 흑갈색으로 변하고 어느덧 자유자재로 몸을 움직이는 한 마리의 다람쥐를 내려다보고 있었다.

폭식의 마수, 고롱이.

강서준의 잘못이라면 이 녀석을 오랫동안 굶주리게 놔둔 것이다. 딱히 음식을 챙겨 줄 겨를이 없던 '유령열차'부터, 던전인지 애매했던 '로테월드'까지.

고롱이도 나름 오랫동안 참아 왔는지도 모른다.

얼마나 배가 고팠으면 그랬을까.

그래.

그런 건 다 이해해.

"그래도 아닌 건 아니지. 내가 허락도 없이 재료 먹지 말라고 한 건 잊었냐?"

고롱이는 나름의 AI를 갖춘 마수였다. 그리고 강서준은 드림 사이드 1에서부터 줄곧 고롱이에게 함부로 재료를 먹어선 안 된다고 교육해 왔다.

그런 커맨드를 입력해 둔 펫이었다.

'물론 드림 사이드 1의 커맨드가 여기까지 이어졌다고 장담할 수는 없지만…….'

여태 강서준의 명이 있기 전에는 먹은 적이 없기에, 당연히 이어지고 있는 줄만 알았다.

'골치 아프네.'

그래. 먹은 것까지 다 좋다 이거야.

근데 하필 '버그템'을 먹으면 어쩌잔 말인가. 자칫 탈이라도 난다면……?

고롱이는 강서준의 소중한 섭종 보상이었다. 지금 당장은 그 성능을 다 보여 주진 못하고 있지만, 이쁘게 성장시켜 놓으면 '열 카무쉬' 안 부러웠다.

"……아까워서 이러는 거 아니야. 전부 다 널 위한 거니까. 고롱아. 벌 달게 받아."

해서 강서준은 고롱이에게 체벌을 주기로 했다.

함부로 재료 템에 손을 댄 죄.

앞으로 같은 일이 반복되지 않도록, 새로 규칙을 바로 세울 필요가 있었다.

고롱이는 양팔을 귀에 붙이고 위로 번쩍 들었다.

의외로 라이칸이 나서서 관리감독을 해 주기로 했다.

라이칸은 강서준 모르게 은근히 다가가서 말한다.

"1에선 당신이 선배였는지는 몰라도, 여기선 내가 선배요. 말 잘 듣는 게 좋아. 안 그럼…… 칵!"

다 들리는데.

라이칸…… 쟤는 고롱이의 레벨을 알고 저러는 건가?

강서준은 어깨를 으쓱이며 일단 둘을 일별하고, 다른 사람들이 모인 장소로 이동했다.

그들은 아크에 연락을 해 보려고 무던히도 스마트폰을 두드리고 있었다.

강서준은 그중 한 사람에게 다가갔다.

"배경화면 바꿨네요."

최하나.

그녀의 스마트폰은 이젠 다시 찾아볼 수 없는 '회전목마'가 배경이었다. 슬픈 미소를 지은 그녀와, 어색하게 입꼬리를 올린 강서준.

불과 며칠이 흘렀을 뿐인데도, 몇 년은 지난 것만 같았다.

"추억이니까요."

"……추억이라."

강서준은 문득 다시 복원된 로테월드를 둘러보았다. 어두 컴컴하고 음산한 느낌만 풍겨 내는 그곳은 그녀의 스마트폰 배경과는 너무나도 상반된 분위기였다.

오히려 스마트폰 배경이 현실 같고, 저곳이 전부 환상 같지 않은가.

꿈이라면 얼른 깨고 싶을 정도의 악몽이었다.

"그래서 이곳은 결국 피에로의 함정에 불과했던 걸까요?"

최하나의 시선이 군데군데 망가진 로테월드를 둘러봤다. 그녀가 무슨 생각을 하는지 알 것만 같았다. 아마 같은 생각을 하고 있을 것이다.

"아닐 겁니다. 고작 피에로의 의도만 있는 곳은 아니니까요."

"네?"

"너무 따뜻했어요."

피에로의 의도는 '낮의 로테월드'에서 '밤의 로테월드'로 넘어갈 때, 괴로운 플레이어들의 비명을 듣는 것이었다.

하지만 고작 그런 이유였다면 그토록 '인형 탈'들이 낮의 로테월드를 지키려고 노력을 했을까.

정해진 시간 이외에 '밤의 로테월드'가 되지 않도록, 인형 탈들이 나서서 소란을 막으려 한 이유는 피에로의 의도와 상반된 것이었다.

강서준은 나지막이 반지를 내려다봤다.

"누군가의 바람이 담겼을 겁니다."

신입사원 노영수.

그는 로테월드에서 죽었고, 피에로에 의해 부활했으며, 우연한 기회로 사념체가 본인의 기억을 자각했다.

하지만 그것만이 전부는 아니었다.

한낮의 로테월드…… 어쩌면 그곳은 노영수가 그토록 만들고 싶었던 일상일지도 몰랐다.

평범하고, 행복한 어느 주말의 한때.

그가 만들고 싶었던 놀이공원.

그래서 지키고 싶었을지도 모른다.

"정말 그럴까요?"

최하나의 질문에 강서준은 헛헛하게 웃으면서 답했다.

"모르죠. 그냥 그랬으면 한다고요."

다시 말하지만, 죽은 자는 말이 없고 이미 초기화된 던전을 연구할 방법은 따로 없다.

그렇다면 제멋대로 해석해도 되겠지.

띠리리링.

그때였다.

최하나의 핸드폰이 활달하게 벨소리를 울려 댔다. 아크에 통신을 연결하려던 김강렬의 부대원이 전부 이쪽을 바라봤다.

최하나가 말했다.

"지상수네요."

최하나는 스피커폰으로 전화를 받았다. 곧, 수화기 너머로 긴박한 지상수의 목소리가 들려왔다.

─오오, 할렐…… 야! 진짜 연결이 닿았잖아!

"뭐야. 무슨 일이야? 왜 이리 시끄러워?"

−잠시…… 기다려 주……!

스피커폰 너머는 마치 박격포라도 떨어진 듯 요란한 사운드가 가득했다. 잠시 한참을 울리던 폭음은 점점 고요해지고 있었다.

다시 지상수가 말했다.

−누나! 서준이 형은요?

"옆에 있어."

−다행이다! 진짜…… GPS 뜨자마자 알아봤다니까요!

지상수는 유난히 흥분된 목소리로 말을 이었다.

−지금 어디세요? 데리러 갑니다.

"아직 로테월드야."

−거기 완전 소멸했다던데…… 뭐, 누나랑 형이 있으니 어떻게든 했겠죠. 결국 이 콤비는 떡상할 수밖에 없다니까?

알 수 없는 말을 하는 지상수.

강서준은 나지막이 물었다.

"근데 무슨 일이야? 방금 폭음은 뭐고."

지상수는 지체하지 않고 답했다.

−아참, 큰일이에요. 지금…… 아크가 침공당하고 있어요!

던전 브레이크

깜빡이는 전등 위로 돌가루가 후두두둑 떨어졌다.

이곳은 지하.

단층을 드러내며 내려앉은 노출 콘크리트와 자꾸만 무너질 듯 흔들리는 벽을 둘러보며 사람들은 긴장한 한숨을 내뱉어야 했다.

대관절 이게 무슨 일인지. 심각한 폭발의 연속이었다.

숨 가쁘게 복도를 내달리는 사람들의 음성도 들려왔다.

"어쩌다가 리자드맨이 여기까지 밀고 들어온 거야?"

"미치겠군. 이러다 무너지겠!"

쿠구구궁!

달려가던 군인은 무너져 내린 돌덩이에 깔려 버리고 말았다. 그건 단순한 돌덩이가 아니었다. 콘크리트 위로 나타난 건 터무니없지만 '버스'였다.

"벌써 여기까지 날아오잖아!"

"모두 피해!"

버스에서 기름이 뚝뚝 떨어지더니, 불꽃과 함께 거대한 폭발이 생겨났다. 미처 피하지 못한 군인들은 화마에 휩싸여 죽어 갔다.

겨우 자리를 잡은 탱커들이 방패를 두르고, 물을 다룰 수 있는 플레이어들이 방어진을 펼쳤다.

전직 소방관 출신의 플레이어들. 그들은 우선 버스에서 생겨난 폭발부터 잠재웠다.

소방관 플레이어가 뒤를 둘러보며 말했다.

"이러다 정말 죽습니다. 빨리 대피해야 해요."

"알겠습……니다."

그 말을 전해 들은 이들은 매캐한 연기를 뚫고 복도를 가로질렀다. 그들이 다시 모습을 드러낸 곳은 어떠한 방.

하얀 가운을 입은 그들이 다급한 목소리를 냈다.

"전선이 무너졌습니다! 얼른 이곳을 빠져나가야 해요! 다들 움직여요!"

이곳은 아크에서도 병자들을 치료하기 위하여 3구역 내에 만들어 둔 유일한 지하 병원. 사람들은 의사들의 말에도 당장 움직일 기미를 보이진 않았다.

그도 그렇다.

전선이 무너졌다고?

사람들의 얼굴엔 금세 그늘이 내려앉았다. 솔직히 그들에겐 더는 갈 곳이 없었기 때문이었다.

환자를 비롯한 보호자들은 문 너머로 넘실거리는 화마를 살피면서 떨리는 목소리로 물었다.

"정말 전선이 뚫렸습니까?"

"네. 여긴 더 이상 안전하지 못해요. 지금 당장 여길 벗어날 겁니다."

의사는 긴장한 얼굴로 말을 이었다.

"터무니없지만 리자드맨 쪽에서 자동차나 버스 같은 거대한 물건들이 날아오고 있어요. 이 추세면 여기도……."

쿠우우우웅!

의사의 말에 추임새라도 넣듯 천장이 흔들리면서 무수한 돌가루가 흩날렸다. 새카만 잿더미를 묻힌 군인이 복도에서 나타난 건 그때였다.

"아직 안 움직이고 뭐 합니까! 시간이 없어요!"

"지금 갑니다!"

"얼른 이동하십시오! 아크 전역에 봉쇄령이 떨어졌어요! 늦으면 들어갈 수도 없다고요!"

"……뭐라고요? 봉쇄령요?"

사람들은 부랴부랴 각자의 짐을 챙겨서 군인의 뒤를 쫓기 시작했다. 흔들리는 지하 통로는 마치 개미굴처럼 이어져 있어서 어떻게든 이곳을 빠져나갈 방법은 있으리라.

이곳은 서울의 지하철을 개조해서 만든 병원.

사람들은 가능한 봉쇄령이 발동되는 2구역으로 들어가기 위해서 무던히도 걸음을 옮기고 있었다.

그리고 그 수많은 피난 행렬 속에 힘겹게 걸음을 옮기는 사내가 있었다.

'……봉쇄령이라고.'

경찰 오대수.

아직 의식을 되찾지 못한 공지원을 등에 업은 채로 따라 걷던 그는 문득, 멈춰 버린 행렬을 나지막이 바라봤다.

그가 물었다.

"무슨 일이죠? 왜……."

앞에서 안색이 하얗게 질린 남자가 답했다.

"길이 막혔어요. 지하가 무너져 내렸대요."

생각보다 리자드맨의 진군은 빨랐고, 놈들이 던져 대는 자동차 따위의 거대한 파상 공세는 지하까지 무너뜨리고 있었다.

막혀 버린 길.

괴력을 가진 플레이어들이 애써 길을 뚫고자 했지만, 그 규모가 생각보다 커서 시간이 걸린다고 했다.

오대수는 상황을 파악하기 위해서 일단 인파를 뚫고 앞으로 나아갔다.

곧, 사람들이 멈춘 원인인 무너진 통로를 확인했다. 그리고 그 앞에서 심각한 얼굴로 대화를 나누는 군인들도 발견했다.

"시간이 없어요. 곧 2구역 문이 봉쇄됩니다. 지하는 무리 예요."

확실히 그들의 앞을 가로막은 벽은 쉽게 파낼 수준은 아니었다. 저들이 제아무리 초인 같은 힘을 다룬다고 해도 그게 만능은 아니었으니까.

오대수는 저들의 고민을 얼추 짐작할 수 있었다.

"……이 길을 뚫는 건 무리라고?"

"네. 시간을 맞출 수 없어요."

무리의 리더 격으로 보이는 소위는 참담한 얼굴로 고개를 끄덕였다.

"어쩔 수 없군. 지상으로 이동한다."

"……네? 지상으로 간다고요?"

깜짝 놀라 되물은 건, 의사였다.

그는 뒤편으로 길게 늘어선 환자들을 가리키면서 말했다.

"지금 저들을 전쟁터나 다름없는 지상으로 데리고 가겠다는 겁니까? 미쳤어요?"

"다른 방법이 없습니다. 이대로면 이도 저도 못하고 고립될 거예요."

"하지만 이 사람들은 올라가면 반은 죽습니다! 몬스터들이

득실거리는 곳으로 어찌 플레이어도 아닌 일반 환자들을 데려가요!"

소위는 머리를 벅벅 긁더니 말했다.

"그럼 어떡합니까! 봉쇄 명령은 떨어졌어요. 정해진 시간 안에 그곳까지 도달하지 못한다면 우린 죽은 목숨입니다!"

구역의 봉쇄 명령은 의사의 사망 선고나 다르지 않았다. 아크는 3구역을 버리고 2구역을 지키겠다고 공표한 것이다.

여길 버리고, 나머지 거점을 살리는 '도마뱀 꼬리 자르는 식'의 명령이었다. 그리고 그게 아크에 남은 유일한 희망인 것이다.

"더는 반문은 받지 않아요. 이대로면 전부 죽습니다."

명령을 내린 군인은 빠르게 지상으로 올라가는 길을 찾았다. 다행히 가까이에 플랫폼이 있어 지상까지 금세 다다를 수 있었다.

그렇게 되니, 군인들의 도움 없인 이곳을 벗어나기는커녕 살아나기조차 힘든 병원 측 사람들은 울며 겨자 먹기로 따를 수밖에 없었다.

이 상황에서 지상으로 올라간다는 건, 모든 위험에 노출된다는 뜻과 같았지만.

살아남으려면 방법이 없었다.

"얼른 움직여요!"

오대수도 긴장한 얼굴로 군인들의 뒤를 따랐다. 지상으로 올라갈수록 전장의 폭음이 점점 커지고, 뜨거운 공기가 피부를 찔러 왔다.

줄줄이 지상으로 올라선 환자들. 그들은 황망한 눈으로 사방에서 솟구치는 매캐한 검은 연기들을 둘러보았다.

그다지 멀지 않은 곳에서, 수상한 괴성도 들려왔다.

"다행히 2구역까지는 그다지 멀지 않습니다. 시간이 없으니 대로를 가로지르겠습니다."

"……네."

사람들은 군말 없이 빠르게 이동을 개시했다. 그나마 지하보다 나은 점은 좁은 길을 따라서 빙빙 돌지 않아도 된다는 것이었다.

그렇게 대로를 빠르게 달리던 그들은 곧, 멀리 모습을 드러낸 2구역의 경계를 볼 수 있었다.

문제는 거기서 발생했다.

"리, 리자드맨이다!"

"벌써 여기까지 밀고 들어왔다고?"

키아아아앗!

창을 꼬나 쥔 채 뒤쪽에서 나타난 리자드맨이 달려들고 있었다. 몇몇은 들고 있는 창을 던져, 제대로 대항하질 못하는 후미의 환자들을 맞혔다.

"으아아악!"

"사, 살……!"

금세 아비규환이 된 현장.

군인들은 무너진 돌벽 등을 엄폐물 삼아 순식간에 진지를 구축했고, 환자들은 부랴부랴 달려서 이동했다.

그럼에도 피해자는 속출했다.

"우측 전방! 리자드맨 출몰!"

"좌측에도 옵니다!"

군인들의 총성이 울리고 갖가지 스킬들이 화려하게 전장을 가로질렀다. 수십의 리자드맨이 기다란 혓바닥을 날름거리면서 달려들었고, 상황이 난전으로 거듭나는 건 금방이었다.

누군가가 큰 목소리로 외쳤다.

"달려요! 2구역…… 그 안에만 들어가면 살 수 있어요!"

그나마 희망이 있다면, 상급 개체의 리자드맨은 보이지 않는다는 걸까?

"으아아악!"

"버텨! 뚫리면 나한테 죽는다!"

군인들의 분투는 계속 이어졌고, 나빠지는 상황 속에서도 시민들의 도주는 계속되었다.

하나 2구역으로 향하는 길에도 결국 리자드맨이 나타나고 말았다.

쿠우우웅!

오대수는 공지원을 업고 달리던 중에 가까스로 멈춰 섰다.

정면에 나타난 한 마리의 거대한 도마뱀.

2구역과 시민들의 사이에서 모습을 드러낸 거대한 도마뱀은 종잇장처럼 찌그러진 SUV 차량을 물고 있었다.

"……저건 대체."

크롸라아아아아!

말이 이어지지 않았다.

그들의 앞에 선 거대한 도마뱀이 포효를 내지르자, 온몸이 구속된 듯 움직이질 않는 것이다.

수많은 사람들은 당황했다. 오대수도 눈앞에 어지럽게 펼쳐지는 메시지를 보며 입술을 짓씹었다.

[몬스터 '???? ? ???'의 포효를 들었습니다.]

[상태 이상 '마비'에 빠졌습니다.]

[상태 이상 '공포'에 휩쓸립니다.]

[상태 이상 '절망'에 사로잡힙니다.]

부정적인 감정들이 마치 족쇄가 되어 몸과 마음을 모조리 묶어 뒀다. 오대수는 침을 꼴깍 삼키며 몬스터를 올려다봤다.

놈은 입에 물고 있던 SUV 차량을 툭, 뱉어 냈다.

마치 총알처럼 튕겨 나간 자동차가 한쪽 건물을 박살 내고 폭발하는 순간이었다.

"모두 도망ㅊ……!"

가까이에 있던 흰 가운의 의사가 장렬히 입을 열고 있었다.

콰아아아아아아아앙!

❦

지상수가 로테월드에 도착한 건 슬슬 해가 질 무렵이었다.

"형! 타세요!"

이동 던전에 탑승한 강서준은 너저분한 내부를 둘러보며, 일단 혀를 내둘렀다. 고작 며칠 사이에 무슨 일이라도 벌어진 건지.

D-10칸.

보스방까지 넘치는 인파로 가득 들어차 있었다.

지상수는 잔뜩 상기된 얼굴로 말했다.

"기다리고 있었어요. 전 돌아올 줄 알았다니까!"

"그래. 근데 이게 다 무슨 일이야?"

"일단 이동하면서 설명할게요!"

지상수는 사람들이 모두 탑승한 걸 확인하자마자, 바쁘게 이동 던전을 출발시켰다. 강서준은 지상수를 향해 되물었다.

"아크가 어떻게 됐다는 거야?"

"영상으로 보여 드릴게요."

보스방에 옹기종기 모여서 앉아 있던 사람들의 머리맡으

로 홀로그램이 떠올랐다. 그곳에 나타난 영상은 마치 개미 떼를 보는 듯했다.

장기용이 헛바람을 내면서 물었다.

"저게 다 리자드맨이라고?"

"아뇨, 저건 후발대예요. 선발대는 이미 전선을 넘었어요."

영상에 스크래치가 생기면서 다음 장면으로 넘어갔다. 그 와중에, 김강렬을 비롯한 아크 소속 플레이어들은 황망히 중얼거릴 뿐이었다.

"……전선이 뚫렸다고?"

"그럴 리가……."

곧 영상으로 치열한 접전이 펼쳐지던 전장이 나타났다. 리자드맨의 파도를 맞아 힘겹게 전투를 벌이는 군인들.

지형과 첨단 과학의 무기, 플레이어 스킬을 고려하여 만든 요새 같은 방어 전략도 소용이 없었다.

해일처럼 밀려오는 리자드맨의 공세에 아크는 물에 젖은 종이처럼 금세 찢어졌다.

강서준이 여기저기 다친 사람들을 둘러보며 말했다.

"혹시 이 사람들이 전부?"

"네. 아크의 피난민들입니다."

과연 보스방까지 가득 들어찰 정도라면 얼마나 많은 피난민들이 이곳에 탑승한 걸까. D-5구역의 규모를 생각해 보면 그의 예상은 아득히 뛰어넘을 것이다.

지상수는 진땀을 닦으며 말했다.

"형, 그게 문제가 아니에요. 이것 좀 보세요."

다음으로 드러난 영상을 보면서 사람들은 나지막이 침을 삼킬 수밖에 없었다. 흑룡 카무쉬와는 조금 다르게 생긴 거대한 용.

아니, 도마뱀은 건물 하나를 꼬리를 휘두르는 것만으로 손쉽게 반파시키고 있었다.

정체는 바로 알았다.

'반룡 몬스터…… 자이언트 혼 리자드.'

덩치는 8m에 다다르는 거대한 괴물. 리자드맨이 출몰하는 던전에서도 C급 던전, 그것도 중간 보스로 등장하는 녀석이 바로 이놈이었다.

강서준은 입술을 잘근 깨물었다.

"'자이언트 혼 리자드'라고……."

자이언트 혼 리자드는 반룡 몬스터답게 용의 특징을 반절은 갖고 있어, 개체값이 대단히 높은 편이었다. 물론 '무적'은 아니었지만 무자비하게 건물을 휩쓸 정도로 강력한 것도 사실이었다.

강서준은 자이언트 혼 리자드가 아크의 군세를 밀어 버리는 장면을 확인했다. 바닥에 떨어진 각종 자동차를 입에 물고 사방으로 던져 대는 것만으로도 무식하게 위협적이었다.

"저놈이 아크의 전선을 무너뜨린 장본인입니다."

물론 아크엔 아직 2구역부터 1구역까지, 더 단단하게 구성된 요새가 갖추어져 있었다.

드림 사이드의 2회 차 유저들답게 빠르게 재료를 수급하고 아크를 건축해 냈다고 했으니까.

아마 자이언트 혼 리자드라고 해도 2구역까지 다다를 순 없을지도 모른다.

강서준은 한숨을 삼키며 말했다.

'문제는 그게 아니야.'

강서준은 미간을 좁히며 몬스터를 응시했다. 저놈이 지금 이곳에서 활개를 친다는 건 딱 하나를 뜻했다.

그래.

이 시점에서 저 정도나 되는 괴물이 지상을 제멋대로 활보한다는 건 한 가지 결론만을 말한다.

"……C급의 던전이 던전 브레이크를 일으킨 거야?"

❈❈

[스킬, '영안(A)'을 발동합니다.]

감투 안에 꼭꼭 보관됐던 영혼을 끄집어내서, 아이들의 원래 몸으로 돌려보내는 일은 어렵지 않았다.

두 개의 아이템. 모두 각인시켜 놓으니 이젠 어지간한 도깨비보다 영혼을 잘 다룰 수 있었다.

"저, 정말 가, 가, 감사합니다."

"……일단 여기서 좀 쉬고 있어."

"네, 네."

아직 말투가 어눌한 신우현을 비롯하여 아이들을 되돌린 강서준은, 일단 그들을 일별했다. 원래 목적이던 아이들을 되돌린 것보다 시급한 일이 생겼기 때문이었다.

강서준은 지상수에게 다가갔다.

"어때?"

"……이 이상은 못 들어가요."

전철에서 내려선 강서준은 그들의 앞을 가로막은 건물 더미를 보았다. 건물은 전철의 철로를 모조리 무너뜨려 길을 막고 있었다.

강서준은 일행을 돌아봤다.

"여기서부터는 걸어서 이동합시다."

그리고 지상수는 신우현과 마찬가지로 전철에 남아 있도록 했다. 대피한 피난민들을 보호할 보호자도 필요할뿐더러, 그에겐 시킬 일이 있었다.

"다녀오는 동안 여기 철길을 좀 뚫어 놔. 너의 힘이 필요할 수도 있으니까."

"걱정 마요. 도깨비 시키면 금방이니까."

지상수는 고개를 끄덕이며 말을 이었다.

"대신 서준이 형, 아크에 도착하면 안부 전해 주는 건 잊지 말아요. 제가 아무리 여력이 남아도 이만한 인원을 오랫동안 먹여 살리는 건 무리니까."

"알았어."

"그리고 그만큼 돈도 좀 뜯……."

강서준은 지상수를 내버려 두고 일단 아크로 향했다. 가는 길은 마치 태풍이라도 만난 듯 초토화된 정경만이 가득했다.

리자드맨이 대대적인 침공을 강행했다더니.

"……처참하군요."

마치 바람에 날려 바닥에 떨어진 빨랫감처럼 널브러진 시체들이었다. 인간과 리자드맨이 어우러진 장면만 봐도 얼마나 치열한 전투였는지 알 수 있었다.

강서준은 아직도 진동하는 혈향을 애써 무시하며 대로를 따라 걸었다. 내내 류안으로 근처를 살펴봤지만 특이한 동향은 느껴지지 않았다.

그의 주머니에서 고개만 빼꼼 내민 고롱이도 아쉬운 듯 입맛을 다셨다.

[고롱이'가 이곳엔 '맛있는 게 없다'며 투정을 부립니다.]
[고롱이'가 먼 곳에 '신선한 음식'이 있다고 은근히 미소 짓습니다.]

아이템의 형태에서 벗어나, 완전히 펫으로 돌아온 고롱이는 전보다 훨씬 의사 표현이 다양해졌다. 심지어 카무쉬를 섭식한 이후로는 입맛도 까다로워져선 어지간한 것들은 입에도 안 대려는 기색도 보였다.

'어쨌든 이 근처엔 몬스터가 없다는 거지?'

좋은 소식은 아니었다. 전철에서 봤던 영상이 보였던 곳까지 도달했는데도 리자드맨이 보이질 않는다는 건, 그만큼 놈들은 아크의 중심부로 훌쩍 다가섰다는 걸 의미했으니까.

강서준은 걸음 속도를 좀 더 빨리하며 김강렬에게 물었다.

"여기서 아크는 많이 멉니까?"

김강렬은 부대원들을 통솔하며 근처에 쓰러진 사람들을 조사하고 있었다. 먼저 탐색을 보낸 부대원이 부랴부랴 달려오는 걸 확인하며, 그가 말했다.

"구역에 따라 다르겠지만, 3구역은 이 근방입니다. 정황상 주거지까지 침투했을 수도 있겠어요."

곧 그는 앞에 선 부대원을 바라봤다. 그의 보고를 듣던 그는 약간 난색을 표하는 얼굴로 입을 열었다.

"역시…… 경계가 무너져 있답니다. 3구역으로 이미 리자드맨이 들어갔어요."

길을 따라 쭉 이동하다 보니, 머지않아 반파된 구역 경계를 발견할 수 있었다. 여태 '벽'을 쌓아서 몬스터의 유입을 최대한 차단한 형태였는데.

그게 통째로 무너진 것이다.

'자이언트 혼 리자드⋯⋯.'

이런 짓을 했을 몬스터는 흔하지 않았다.

리자드맨의 창으로는 찔러도 씨알도 안 박힐 두께의 벽이었다. 이 정도 벽을 파괴하려면 그만한 파괴력이 있어야 했다.

고작 꼬리를 휘두르는 것만으로도 건물을 반파시키던 놈이라면⋯⋯ 이 정도 벽을 부술 수도 있겠지.

강서준은 미간을 좁히며 3구역 내부로 들어섰다. 내부로 들어서니 밖에선 잘 들리지 않던 폭음이 간헐적으로 들려오고 있었다.

메시지도 나타났다.

[플레이어 거점 '아크 : 제3구역'에 입장하였습니다.]
[방음벽이 활성화되었습니다. 외부로 소음이 빠져나가지 않습니다.]

어쩐지 그 많던 몬스터의 울음이 씻은 듯이 조용하더라니. 강서준은 그제야 사방에서 들려오는 리자드맨의 울음소리에 한숨을 삼켰다.

이곳에 놈들이 전부 있다.

'그나저나 플레이어 거점이라⋯⋯.'

역시 아크는 단순히 플레이어들이 모여서 만든 생존자 캠프가 아닌 걸까? 정식으로 시스템에게 인정받은 말 그대로 진짜 플레이어의 거점.

일종의 NPC들의 마을 같았다.

괜히 이곳으로 플레이어들이 집결되고, 터전이 마련된 건 아니었다.

'서울의 안전지대가 바로 여기였군.'

드림 사이드에서도 '던전화'가 펼쳐지지 않는 유일한 공간. 성역처럼 구분되는 그곳은 자연스레 마을이 형성되고, 던전화로부터 살아남은 생존자들이 모여드는 거점이 되기 마련이었다.

'마을의 이름도 아크라는 점도 우연은 아닐 거고.'

어쨌든 3구역 진입과 동시에 류안을 발동한 강서준은 사방에서 마력이 불안정하게 떨리는 걸 확인했다.

그리고 동시에 부대원들의 휴대전화가 진동을 울렸다.

우우우웅.

"……김 대위님, 봉쇄령입니다."

"뭐? 언제?"

"벌써 3시간이나 지났어요."

그들의 휴대전화에 도착한 문자는 아크에서 송신하는 '긴급 재난 문자'였다. 그리고 알 수 없는 문제로 인하여 끊어졌던 연결은 3구역 내로 들어오면서 다시 활성화된 듯했다.

김강렬은 나지막이 탄식하며 강서준을 바라봤다.

"아무래도 너무 늦은 것 같습니다."

"무슨 뜻이죠?"

"여긴 이미 봉쇄됐어요. 아크는 최악의 경우엔 구역 봉쇄를 통해 몬스터의 유입을 원천 차단하고 있거든요."

아크는 기본적으로 1구역을 중심으로 빙 둘러 2구역이 형성되었고, 또 이를 빙 둘러 3구역이 만들어져 있다.

당장 3구역이 뚫린 시점에서 봉쇄령이 떨어졌다면, 아마 3구역에서 2구역으로 들어가는 모든 길이 차단됐다는 걸 말하는 것이다.

즉, 당장 아크로 진입할 방도가 없었다.

"어쩌죠? 이러면 우리도 아크로 들어갈 방법이 없습니다."

김강렬은 잠시 턱을 쓰다듬으며 스마트폰을 두드렸다. 하지만 전파가 닿았던 건 순간이었는지, 다시 먹통이 되어 연락을 할 수 없었다.

"······진짜 머저리 같은 핸드폰!"

다른 사람들도 마찬가지였다.

듣기론, 종종 이렇게 수많은 몬스터가 엉키는 장소에선 스마트폰이 제대로 작동하질 않는다고 했다.

마력으로 구동하기 때문이었다.

해서 아크에선 '두 번째 버전 업그레이드'를 개시했지만, 김강렬 부대원에겐 아직 보급되지 못한 것들이었다.

강서준은 일단 그들을 돌아보며 입을 열었다.

"그래도 2구역까지는 가 보도록 하죠. 아직 봉쇄되지 않은 문이 있을 수도 있어요."

"그건 흠…… 알겠습니다."

잠깐 머뭇거리던 김강렬은 이내 고개를 끄덕이며 앞서 나갔다.

그리고 왜, 그가 머뭇거렸는지.

알게 되기까지는 그리 오래 걸리지 않았다.

❄❄

숨 가쁘게 도로를 내달리는 사람들이 있었다.

환자복을 입거나, 다치거나, 혹은 부랑자와 같은 옷을 걸친 이들.

그중 오대수는 여전히 의식을 차리지 못하는 공지원을 업고서 죽을힘을 다하여 뛰고 있었다.

쿠구구궁! 쿠구궁!

뒤쪽에서 들려오는 간헐적인 폭음은 죽음을 알리는 경종이었고, 굳이 고개를 돌려 확인하질 않아도 무슨 일이 벌어졌는지 알 수 있는 예고였다.

'괴물……!'

사람들은 쫓기고 있었다.

거대한 도마뱀이 꼬리 한 번 내리찍으면 일대가 흔들렸고, 놈의 무서운 악력은 건물을 콘크리트째로 무너뜨렸다.

영화 속에 나오던 거대 괴수가 딱 저 모양이었다.

콰아아앙!

오대수는 일단 가까운 지하차도로 뛰어 들어갔다. 같이 도망치던 몇몇의 사람들도 그 안으로 달려 들어가 몸을 숨길 수 있었다.

지상을 빠르게 도망치는 사람들과 지하차도로 숨어드는 사람들.

다행히 괴물은 지상의 사람들을 쫓아갔다.

"헉, 헉……."

거친 숨을 내뱉으며 호흡을 정돈하려고 했지만 쉽게 되질 않았다. 심장이 너무 빨리 뛰고 있었다.

도대체 저 괴물은 뭘까.

차라리 리자드맨에게 포위당하는 게 나았다. 그건 전투라도 벌일 수 있었으니까.

저런 괴물을 감히 상대할 수 있는 사람이 이 세상에 존재할까? '달리는 유령열차'에서 보았던 삼깨비도 저 정도로 위압감이 들진 않았다.

"으아아악!"

한편 지하차도 안에서도 문제가 벌어졌다. 안쪽에서 리자드맨들이 속속들이 모습을 드러내고 있었다.

숨어 있던 걸까.

이를 악문 오대수는 지척에 다다른 리자드맨을 확인하며 창을 꽉 쥐었다.

푸슈우욱!

다행히 이 녀석들의 개체값은 D급도 안 되는 걸까. 손쉽게 외피가 찢겨 나간 리자드맨은 단말마의 비명을 지르며 쓰러졌다.

그의 창술에 놀란 리자드맨의 시선이 모여들었고, 마찬가지로 생존자들도 그를 중심으로 뭉치기 시작했다.

키이이잇!

동시에 세 마리의 리자드맨이 접근해 왔다. 머리, 심장, 배를 찌르는 창은 물 흐르듯 자연스럽게 오대수를 수세로 몰아넣었다.

역시 이래서 리자드맨은 골치 아프다.

군단으로 움직이는 놈들인 만큼 공격이 대개 팀플레이 위주로 이루어져 있었다. 혼자서 여럿을 상대하기란 요원한 일.

더군다나 오대수의 등엔 공지원이 업혀 있었다. 제대로 전투가 가능할 리가 없었다.

하지만.

"빌어먹을 도마뱀 새끼가!"

"으아아앗!"

지하차도로 숨어든 대략 일곱 명의 플레이어들이 투박한 장검을 쥐고 리자드맨을 공략했다.

저렙인지, 씨알도 박히질 않는 공격들이었지만 리자드맨들의 시야를 어지럽히는 데엔 충분했다.

그리고 그 정도 틈이라면, 파고들 여유가 있었다.

적어도 이놈들은 '달리는 유령열차'에서 봤던 새끼 도깨비들에 비해선 개개인이 그다지 무섭진 않았으니까.

'레벨이 전부 생각보다 낮아!'

푸슈슈슛!

푸슛!

오대수의 창이 빠르게 리자드맨의 몸을 관통하고 빠져나왔다. '맹렬한 파도'가 발동하며, 그의 푸른 창에서 파도가 넘실거리더니 리자드맨의 외피를 찢어 댔다.

결국 전부 쓰러트릴 수 있었다.

"후욱, 후욱……."

플레이어들은 거친 숨을 내뱉으며 서로의 얼굴을 바라봤다. 문제는 아직 끝난 게 아니라는 점이었다.

쿠구구구궁!

엄청난 굉음과 함께 지하차도의 한쪽이 무너져 내렸다. 그곳으로 커다란 꼬리가 쑥 떨어져 있었다.

거대한 도마뱀의 꼬리였다.

"……."

숨이 막힐 듯한 긴장감 속에서 사람들은 꼬리의 움직임을 주시했다. 한 번 부르르 떨던 도마뱀의 꼬리는 다행히 다시 위로 올라갔다.

그리고 몇 번의 간헐적인 폭음이 울렸을까. 놈의 움직임에 따라 진동은 점차 멀어졌다.

사람들이 참았던 숨을 토해 낸 건 거의 동시였다.

"후우우······."

오대수는 지하차도로 숨어든 대략 14명의 사람들을 둘러봤다. 저렙 플레이어로 보이는 이들을 제외하면 전부 플레이어조차 아닌 일반인들이었다.

그는 호흡을 정돈하며 말했다.

"2구역······ 얼른 2구역으로 갑시다."

경찰복, 고렙 플레이어······ 아무래도 사람들에겐 암묵적으로 리더 역할을 하기엔 충분한 요소였다.

군말 없이 그를 따라 이동하기 시작한 사람들. 오대수는 머지않아 봉쇄된 2구역의 앞으로 잔뜩 뭉쳐서 소리만 지를 수밖에 없는 일련의 무리를 마주할 수 있었다.

아직 이곳까진 리자드맨이 도달하진 않았다.

"문 열어! 리자드맨이 오고 있다고!"

"문 열라고······ 개자식들아!"

쾅! 쾅!

하지만 꾹 닫힌 2구역의 문은 열리지 않았다. 구역 경계인

벽 위에선 군인들도 절박한 사람들의 말을 귓등으로 듣질 않고 있었다.

도리어 외친다.

"비켜서세요! 분란을 일으키면 발포합니다!"

"미친? 뭐라는 거야! 당장 문 안 열어?!"

"물러서십시오!"

"너 내가 누군지 알고 이러는……!"

투우웅!

작게 소음기가 장착된 총성이 울리면서 큰 소리를 내던 사내의 어깨가 관통당했다. 2구역의 문으로 다가가던 오대수가 발걸음을 멈추는 순간이었다.

"현 시간부로 봉쇄된 문으로 접근하는 자는 일제히 몬스터로 간주합니다. 사살할 겁니다. 죽기 싫으면 물러나세요!"

경계의 군인들의 총구는 싸늘하게 시민들을 향해 겨누어지고 있었다.

<※※>·

강서준이 리자드맨 무리를 발견하기까지 그다지 오래 걸리진 않았다.

'많기도 하네.'

조금만 걸어가도 수많은 리자드맨이 거리를 배회하고 있

었다. 수십, 수백의 리자드맨은 괴성을 지르면서 숨어 있는 인간들을 찾아 헤맸다.

해서 강서준은 일단 가까운 건물에 몸을 숨겨 동태를 살피기로 했다.

리자드맨들이 대개 현대식 건물에 익숙하질 않아서 그런지 그 안쪽까지 살펴보려는 놈들은 없어서 당장 들킬 걱정도 없었다.

그렇게 얼마나 있었을까.

미심쩍은 눈으로 리자드맨을 노려보던 최하나는 조심스레 입을 열었다.

"……역시 이상해요."

"하나 씨도 느꼈습니까?"

"네. 앞뒤가 맞질 않아요."

강서준은 고개를 끄덕이며 애꿎은 쓰레기더미에 창을 찔러 보는 리자드맨을 내려다봤다.

현재 그들의 위치는 상가의 2층.

유리창을 통해 리자드맨의 동태를 살피기엔 좋은 위치였다. 강서준은 놈들을 내려다보면 말했다.

"리자드맨 병사……."

번들거리는 녹색 외피, 흐느적거리는 꼬리. 창을 쥐고 갈라진 혓바닥을 날름거리며 매서운 눈초리로 먹잇감을 찾는 몬스터.

강서준이 알고 있는 리자드맨 계열의 몬스터 중에서도 '리자드맨 병사'에 해당하는 놈이었다.

그래.

그게 이상한 거다.

"있어야 할 게 없어요."

"네. 여태 나타났던 모든 리자드맨이 그랬죠."

"흐음……."

그때 대화의 흐름을 따라가지 못하던 김강렬이 의문을 품고 물었다.

"두 분…… 무슨 얘기를 하시는지?"

문득 시선을 돌려 보니, 김강렬과 비슷한 얼굴을 한 사람들이 있었다. 아크 쪽 플레이어들은 대다수 무슨 말인지 감조차 못 잡는 눈치였다.

하기야 이 사람들…… 레벨이 그다지 높진 않았다.

김강렬 쪽은 어느 정도 레벨은 있었었지만, 뒤늦게 로테월드에서 만난 지원 팀은 신입들로만 구성되어 있었다.

그렇다면 모를 법도 하지.

강서준은 대수롭지 않다는 듯 쓰레기 더미를 헤집던 리자드맨을 손으로 콕 찍으며 말했다.

"너무 약해요."

"……네?"

한눈에 봐도 상당한 근육질에, 방금 전 찌르기는 벽을 허물었다. 겉보기엔 전혀 약한 인상은 아니었지만.

'고작 새끼 도깨비 정도야.'

놈들이 아무리 군단으로 움직이는, 단체 특성의 몬스터라고 해도 이건 아니었다.

"약해요. 숫자만 많지 전부 개체값이 너무 떨어져요."

그리고 그건 이곳에 도달하기 전에 일행이 추측했던 한 가지 가설을 전면적으로 부정할 만한 정보였다.

최하나가 말했다.

"정말 C급 던전이 던전 브레이크를 일으켰을까요?"

"흐음……."

강서준은 미간을 좁히며 생각을 이어 나갔다.

'자이언트 혼 리자드의 등장은 분명해.'

하지만 보이는 리자드맨이 모두 예상했던 수준을 훨씬 못 미치는 게 이상한 것이다. 혹시 본대가 아니기 때문에?

곰곰이 지상수가 보여 줬던 영상을 떠올리던 강서준은 한 가지 사실을 더 깨달을 수 없었다.

"……없었어요. 최전선, 자이언트 혼 리자드의 옆에도 전부 리자드맨 병사뿐이었어요."

역시 이상했다.

C급 던전이 던전 브레이크를 일으켰다면, 당연히 이곳에 등장하는 몬스터들의 수준도 C급이어야 하지 않을까.

리자드맨의 상위 개체.

병사의 윗 단계인 백부장, 천부장조차 보이지 않는 건 말이 되질 않았다.

블루 리자드맨이나 레드 리자드맨 같은 속성력을 품은 특수 개체를 찾는 게 아니었다.

못해도 십부장이라도 있어야 하지 않나.

"……상황이 어찌 됐든 일단 이동합시다. 슬슬 이 근처를 배회하는 놈들도 적어졌으니."

강서준은 김강렬을 필두로 외진 길을 따라서 이동했다. 다행히 2구역으로 가까워질수록 리자드맨의 숫자는 그다지 많질 않았다.

놈들이 길을 헤맨다는 증거였다.

'저놈들의 이동 방향만 봐서는 2구역으로 향하는 게 아니야.'

아무래도 빙 둘러진 3구역을 따라서 리자드맨은 크게 한 바퀴 돌려는 것 같았다.

김강렬은 앞에 보이는 골목을 가리키며 말했다.

"이곳입니다. 이 앞에 2구역 G번 경계문이 보일 거예요."

여기까지 왔으니 지체할 이유는 없었다. 바쁘게 걸음을 옮겨, 김강렬이 말한 곳까지 도달한 일행.

입구 근처는 사람들로 가득했다. 모두 2구역으로 넘어가기 위해서 각지에서 모여든 피난민들이었다.

한데, 그들의 움직임이 심상치 않았다.

들어가도 모자랄 시간에 도리어 밀려서 나오는 것이다.

이유는 바로 알 수 있었다.

투타타타타타!

소음기를 장착한 라이플이 무심하게 시민들을 향해 총알을 난사했다. 억지로 구역 경계를 넘으려던 수많은 시민들은 총알에 꿰뚫려 신음을 토해 냈다.

비명과 절규가 어우러진 아비규환.

총알을 피해 도망치는 사람들의 얼굴엔 도저히 주워 담을 수 없는 절망과, 어떻게 해야 할지 모르겠다는 불안감이 요동쳤다.

"······이게 다 어떻게 된 일이죠?"

나지막이 내뱉은 의문에 김강렬이 참담한 얼굴로 답했다.

"봉쇄령입니다. 선택과 집중을 하는 거겠죠."

"선택과 집중이라고요?"

"네. 아크의 식량은 극히 한정적이고, 저 많은 사람들을 2구역에 몰아넣는다면 아마 싸우기도 전에 굶어 죽게 될 겁니다."

"······그렇다고 해서 총을 쏩니까?"

이에 마땅히 할 말이 없는지 김강렬은 몇 번이나 입술을 들썩였다. 그도 썩 내키진 않는다는 얼굴로 겨우 입을 열었다.

"아크는 인류 보전만을 목적으로 하는 집단이니까요."

그 말에 강서준은 망치로 머리를 두드려 맞은 듯한 기분이 들었다. 절로 미간이 구겨지고 입술을 짓씹게 되는 말이었다.

왜 잊고 있었을까.

'아크'란 원래 그런 곳인데.

'아크는 본래 귀족들을 위한 집단이야.'

노아의 방주가 지구상의 모든 생명체 중에서 각 1종 쌍으로 받아, 오직 생명만을 보전하려는 것처럼.

드림 사이드의 아크는 우수한 혈통의 인간을 위주로 보전하며, 후대를 기약하는 집단이었다.

쌓여 가는 던전으로부터 도망치는 난민들을 보호하는 기관?

이 나라는 지키기 위해 수립된 정부?

어쩌면 그런 건 진즉에 사라지고 없는 것이다.

'그래도 한국은 조금 다를 줄 알았는데⋯⋯.'

괜히 국뽕이 차올라서 떠오른 생각이 아니었다. 대한민국은 본래 위기에 강한 민족이었으니까.

오랜 외세의 침략으로부터 꿋꿋이 버텨 온 긴 역사가 이를 증명했다.

또한 드림 사이드에도 고렙 플레이어가 다수 분포된 만큼, 드림 사이드 1의 세계와는 조금 다른 결론을 내렸기를 바랐는지도 몰랐다.

"⋯⋯."

강서준의 시선엔 괴물이 아닌, 같은 사람의 총에 맞아 쓰러진 시신들이 나지막이 보였다.

변변찮은 아이템도 가지질 못한 부랑자…… 혹은 환자. 노인, 어린아이, 플레이어조차 되지 못한 무능력자들.

3구역은 그런 자들만이 거주하는 공간이었다.

'정말 뭐 같군.'

인류 보전을 목적으로 하는 데에 있어서 그 논리나, 정의는 부정할 생각은 없었다.

세계가 이 꼴이 난 마당에 우수한 사람이 더 많아야, 던전의 공략 성공률도 높아지는 법이었다.

마냥 비난할 수는 없었다.

하지만.

하지만 말이다.

'이건 아니잖아.'

눈앞에서 살려 달라는 사람을 향해 총구를 겨눈다. 고작 구역을 넘질 못했다는 이유로 사살을 한다.

이런 일이 자행되는 게, 과연 '정의'라고 할 수 있을까.

비참한 학살극.

그 이외의 무엇으로도 포장할 수 없을 것이다.

"후우……."

강서준은 슬그머니 피어오르는 분노를 눌러 삼켰다. 아크의 누군가가 이런 선택을 했다는 건 당장 중요한 게 아닐 것이다.

일단 눈앞에서 벌어지는 빌어먹을 짓부터 막아야 한다.

투욱.

하지만 그전에,

그보다 먼저 앞으로 나선 사내가 있었다. 푸른 창을 쥐고 은은히 물결치는 파도를 두른 사내.

그는 경찰복을 입고 있었다.

"……오대수 형사님?"

그의 등장에 잠시 총격도 멈추었다.

그가 들고 있는 '파도잡이의 창'은 누가 봐도 섭종 보상이 라고 할 만큼 그 생김새가 유려했다.

군인들도 섣불리 오대수를 쏘진 않았다.

오대수가 말했다.

"부디 이 문을 열어 주십시오."

"……누구십니까? 소속을 밝히십시오."

"전 최근에 아크에 합류한 오대수라고 합니다. 부탁합니 다. 문을 열어 주세요!"

경계의 벽 위의 군인들은 서로 무어라 속닥거리기 시작했 다. 다시 시선을 돌린 그들은 오대수를 향해 총을 겨누고 있 었다.

"제아무리 경험자라 해도 봉쇄된 아크는 그 누구도 들일 수 없습니다. 미안한 일이지만, 돌아가십시오."

"다친 사람들이 많습니다. 이대로면 여기에 있는 사람들 전부 죽는다고요!"

"그래도 안 됩니다. 봉쇄된 아크는 열 수 없어요. 알아서 살길 찾으십시오!"

오대수는 한 발짝 앞으로 나섰다. 그러자 총성이 울리면서 그의 앞바닥에 구멍이 뚫렸다.

"더 다가오면 당신이라 해도 적으로 간주하겠습니다. 다가오지 마세요."

정말이지, 꽉 막힌 게 명절의 고속도로보다 답답한 놈들이었다. 저놈들의 총구가 불에 타듯, 강서준의 속도 점점 타들어만 갔다.

그때였다.

군인들은 대뜸 이상한 말을 꺼냈다.

"미안하지만 모두 케이 님의 명입니다. 나 같은 말단은 거역 못 해요. 저도 여러분을 쏘고 싶지 않습니다. 제발 돌아가세요!"

……이건 또 뭔 소리야?

오대수는 지지 않고 한마디를 거들었다.

"제가 그 케이 님의 지인입니다. 제가 직접 말씀드리죠. 부디 케이 님에게 말 좀 전해 주십시오!"

"그것부터 안 된다는 겁니다. 케이 님이 무슨 동네 개 이름인 줄 아십니까? 우리도 함부로 그분에게 말을 걸 수 없어요!"

소란스러운 말싸움은 3구역의 사람들에게도 닿고 있었다. 그중 얼굴이 붉어진 몇몇은 벽 위의 군인들을 향해 침을 칵 뱉으며 말했다.

"개뿔! 케이고 뭐고…… 뭘 어쩌라는 거여! 너그들은 애미 애비도 없냐!"

"다가오지 마십시오. 사살합니다."

"그래, 시방. 쏴라. 쏴! 빌어먹을 인생……. 몬스터에게 잡아먹히나 네놈들 총에 뒈지나. 똑같지!"

사람들의 분위기는 다시 과열되고 있었다. 어차피 이곳을 벗어나질 못하면 죽는다는 결말.

그렇다면 차라리 돌파를 시도하는 게 낫다는 여론이 점차 사람들의 뒤흔들기 시작했다.

"들어가자고! 어차피 죽으면 끝이여!"

"오, 오지 마세요! 진짜 쏜다고!"

다시 군인들이 총구를 겨누고 방아쇠에 손가락을 걸었다. 무작정 달려드는 3구역의 사람들을 향해 무자비하게 난사되기 직전이었다.

쿠구우우우웅!

그들 사이로 커다란 먼지구름이 일어나면서, 느닷없이 나타난 존재가 있었다. 그는 검을 두어 번 휘둘러 검풍을 만들었다.

금세 먼지구름이 걷혔다.

벽 위의 군인들이 말했다.

"……도깨비?"

아마도 그들이 본 건 커다랗게 부풀어 오른 '삼깨비'의 거대한 형체였다. 강서준은 푸른 빛깔로 타오르는 검을 쥔 채로 벽을 노려봤다.

또한 흥분하던 3구역의 사람들도 보았다.

그 누구도 움직이지 못했다.

겁을 먹었을까.

그도 아니면, 갑작스러운 상황에 사고가 마비된 걸까.

천천히 시선을 돌리던 강서준은 호흡을 길게 내쉬면서 금빛으로 빛나는 눈을 떴다.

고요한 분위기 속, 강서준의 말만 낭랑하게 울렸다.

"그만. 여기까지."

그는 벽 위의 군인들에게도 말했다.

"정말 안 열 겁니까?"

"……다, 당신이 누구든 열어 주지 못해요. 그것이 아크의 방침입니다."

"그렇군요."

강서준은 미련 없이 몸을 돌려 3구역의 사람들에게 다가갔다. 당황한 몇몇이 강서준을 경계했지만 그의 걸음엔 막힘이 없었다.

"일단 물러나죠."

"뭐, 뭣?"

"그럼 저놈들 총에 맞아 죽을 겁니까?"

3구역 사람들은 벽 위의 군인들을 보며 침을 꼴깍 삼켰다. 아직 겨누어진 총구는 그대로였다.

그리고 그제야 그들도 머리에 찬물을 뒤집어쓴 표정으로 현 상황을 이해할 수 있었다.

강서준이 막질 않았다면, 전부 죽었을 것이다.

"……그래도 이대로 물러나면 우린 전부 죽은 목숨이여."

"아뇨. 그럴 일은 없습니다."

강서준은 단호한 시선으로 그들을 응시하며 말했다.

"제가 왔으니까요."

가짜와 진짜

　다행히 3구역 사람들은 일단 경계에서 조금 멀어지는 데에 찬동했다.

　당장 경계로 접근한다고 그들이 문을 열어 줄 것도 아니며, 오히려 목숨만 위험하기 때문에 사실 그들에겐 선택의 여지가 마땅히 없었다.

　그렇게 하여 이동한 곳은 가까운 건물의 상층이었다.

　리자드맨의 동태를 살피고 2구역의 경계도 얼핏 볼 수 있는 위치여서 거점으로 삼기 좋았다.

　대충 이부자리만 적당히 만들어 놓아 어설폈지만, 여러 사람이 뭉치니 하룻밤 정도는 쉬기 적당하리라.

　게다가 아직 리자드맨들은 건물의 상층까지 올라오는 경

우가 없지 않은가.

그래도 강서준은 안전 대책을 하나 더 강구해 냈다.

"가까이 뭔가가 다가오면 바로 알려 줘."

키이이잇…….

그는 말없이 고개만 흔들거리는 리자드맨을 바라봤다. 놈은 3구역의 골목에 쓰러져 있던 리자드맨의 사체에서 추출한 영혼이었다.

[리자드맨 병사 : 277 / 1,020]

사후 시간이 꽤 됐는지 영혼의 에너지는 다소 깎여 있었다.

전투를 하기엔 모자라겠지만 밤새 사주경계를 펼치는 데엔 손색이 없는 정도였다.

'일단 여긴 이렇게 마무리하고…….'

다음으로 강서준이 찾은 건 오대수가 있는 쪽이었다. 그는 박스 위에 공지원을 눕혀 안색을 살피고 있었다.

"……강서준 씨."

약간 적대심을 품은 오대수의 눈을 내려다보며 강서준은 침음을 삼켰다.

오대수가 물었다.

"진짜 강서준 씨 맞습니까?"

"……무슨 의미죠?"

"제가 알기론 서준 씨는 이미 구역 내에 있으니까요."

"제가요?"

모르긴 몰라도 단단히 착오가 생긴 게 분명했다.

강서준은 경계의 군인과 오대수의 대화를 상기하며 미간을 좁혔다.

"왜 그렇게 생각하셨는지는 몰라도 전 오늘 이곳에 처음 왔습니다."

"네?"

"아무래도 할 얘기가 많은 것 같군요."

눈을 멀뚱멀뚱 뜬 채로 바라보는 오대수의 곁으로 최하나도 천천히 다가왔다.

그리고 아크에 정착한 이래로 오대수가 겪었던 터무니없는 이야기를 찬찬히 들을 수 있었다.

❄❄❄

케이.

드림 사이드의 랭킹 1위였고, 그 누구도 대체할 수 없는 전설적인 플레이어라고 불리는 자.

현실이 게임이 된 이후로 더더욱 케이의 이름은 사람들의 입을 오르내렸고, 누구나 절망적인 상황을 맞닥뜨리면 종종 이런 말을 했다.

─케이만 돌아오면 된다.

나날이 곳곳에서 두각을 드러내는 천외천의 활약은 걷잡을 수 없이 커져만 갔고, 그 정점에 이르렀다는 케이에 대한 기대감도 나날이 증폭될 수밖에 없었다.

세간엔 케이를 상대로 하는 종교도 생겨났다. 거진 우상숭배 수준으로 케이의 무사귀환을 기도하는 모임까지 가지고 있었다.

그게 현재 아크에서의 케이에 대한 인식이었다.

오대수는 강서준을 바라보며 말했다.

"한 달 전, 아크에 케이가 나타났습니다."

"……한 달 전이라고요?"

"네."

그날은 이동 던전 '달리는 유령열차'에서 국정원을 따라 아크에 이동한 오대수가 3구역에 발을 디딘 지 이틀 되는 날이었다.

"잠깐, 오늘 며칠이죠? 형사님이 아크에 도착한 지 벌써 한 달이 넘었다고요?"

"예."

강서준의 목울대로 절로 침이 넘어갔다. 원인을 조심스레 추측해 볼 수 있었다.

'시간의 흐름이 다르다.'

강서준은 로테월드에 진입하고 여기까지 도달하는 데에 사흘 정도의 시간만이 흘렀을 뿐이다.

한 달이라고?

이런 경우엔 '롤백되던 로테월드'와 '현실'의 시간이 다르다면 납득할 수 있는 문제였다.

"더 자세히 알려 주세요."

강서준의 재촉에 오대수는 고개를 끄덕이며 마저 말을 이었다.

"그때 사람들이 나누던 대화는 아직도 선명하게 기억납니다. 다들 아크에도 광명이 깃들었다, 빌어먹을 도마뱀은 끝이다…… 기뻐하는 분위기였죠."

진짜 문제는 아크에 들어선 '케이'의 모습은 많은 사람들이 기대했던 '구도자'와는 거리가 멀었다는 점이었다.

케이의 진면목은 금세 소문을 타고 퍼져 나갔다.

"저도 헛소문인 줄 알았습니다. 들려오는 얘기로는 케이는 렙업에 혈안이 됐고, 독선적이며, 포악하고, 모든 아이템을 독식하려고만 하는 욕심 많은 작자였으니까요."

"흐음……."

"게다가 무섭다고 합니다. 역시 케이라는 말이 나오도록 강하기는 더럽게 강하고요. 실제로 그간 아크의 골머리를 썩

게 하던 리자드맨의 백부장을 단칼에 죽였다더군요."

강서준은 눈에 이채를 띠며 리자드맨 백부장에 대한 정보를 떠올렸다.

적어도 그놈은 이깨비를 훌쩍 뛰어넘는 수준의 몬스터였다.

'아직 그만한 플레이어는 보기 드물어.'

최하나조차 리자드맨의 백부장을 일격에 쓰러트린다는 건 불가능할 것이다.

'……흐음.'

오대수는 그가 아는 한도 내에서 '케이'에 대한 소문을 풀어냈다. 그가 애매하게 떠올리는 내용들이 있으면, 가까이에 있던 3구역의 다른 생존자들이 앞서서 말해 줬다.

"그 천인공노할 케이인지 게이인지 할 놈은, 하루아침에 우리들의 식량을 반으로 줄여 버렸지."

"들리는 얘기로는 무슨 전투를 준비하기 위해서 전투식량을 만든다던데. 개뿔……!"

"그 새끼는 악마야, 악마!"

고작 한 달 동안 해 댄 짓들이 많기도 했다. 강서준은 3구역 생존자들의 원성을 들으면서 헛웃음을 지었다.

오대수는 머리를 긁적이며 말했다.

"하지만 이렇게 서준 씨를 직접 마주하니 오해가 풀리는군요. 역시 아크에 들어온 케이는 가짜가 맞지요?"

3구역의 생존자들은 오대수의 말에 강서준을 뚫어져라 쳐다봤다. 왠지 침을 삼키는 소리도 들릴 정도로 고요해진 실내였다.

강서준은 쓰게 웃으면서 답했다.

"……전 사람들이 순순히 믿었다는 게 더 이상한데요."

"역시! 전 가짜일 줄 알았습니다."

"그보다 어떻게 다들 그놈을 진짜라고 믿은 겁니까? 아크에도 천외천은 있다고 들었는데…… 그 사람도 믿습니까?"

"아, 링링 님요?"

천외천에서도 랭킹 3위의 링링.

그녀는 마법을 사용하는 데에 있어선 타의 추종을 불허한다고 알려진 유명한 플레이어였다.

특히 플레이하는 난이도가 극악에 치달아 거의 사장되다시피 한 직업인 '마법사'로 정점을 찍은 사람이었다.

그런 링링에게 따라오는 수식어는 바로 '천재'였다.

'마법사는 아무나 할 수 있는 게 아니니까.'

드림 사이드에서 괜히 마법사라는 직업이 사장됐을까. 고작 파이어볼 하나를 발동하는 데에 입력해야 할 커맨드는 몇몇 개의 수학적인 접근은 기본으로 했다.

C언어를 사용한다던가.

때로는 마법 자체를 프로그래밍해야 쓸 수 있다고 들었다. 게임을 하려고 공부를 해야 하는 터무니없는 직업…….

몇몇의 해커들이나 프로그래머는 되어야 겨우 써먹는 직업이었다.

'근데 조금 이상하군. 링링이 아무런 의심도 하지 않았을까?'

그녀는 단순히 프로그래밍을 잘하는 천재가 아니었다. 그녀는 똑똑하기로 유명한 마법사 중에서도 정점을 찍은 진짜 천재.

그녀가 드림 사이드에서 새로 프로그래밍해서 만들어 낸 마법이 존재할 정도로 규격을 벗어난 플레이어였다.

그런 그녀가 케이를 못 알아볼 리가 없었다.

"링링 님은 현재 아크에 안 계십니다."

오대수가 말하길, 링링은 근처에 생겨난 D급 언데드 던전을 처리하러 잠시 아크를 비웠다고 한다.

갑자기 우후죽순 늘어난 D급 던전들이 계속해서 던전 브레이크를 앞두고 있었기 때문에, 쉽게 돌아오지 못하고 있다고도 들었다.

또한 아크의 통신이 불안정하므로, 현재로서는 그녀와의 연락도 두절된 상태였다.

오대수는 강서준을 응시하면서 말했다.

"케이는 증거가 있습니다."

"증거요?"

"네. 가짜 케이는 본인이 케이라는 증거를 갖고 있었습니다.”

‘케이’가 ‘케이’라는 증거.

드림 사이드에선 외국인이라는 소문이 돌 정도로 딱히 신상이 밝혀진 적이 없는데.

과연 증명할 수 있을까?

오대수는 강서준의 눈치를 살피며 물을 이었다.

“그는 케이의 장비를 갖고 있었습니다. 이름이 분명 ‘재앙의 유성검’이라고 하더군요.”

재앙의 유성검.

강서준은 뒤통수를 세게 후려 맞은 듯한 기분을 느끼며 침음을 삼켰다.

이제야 어떻게 된 일인지 알겠다.

……빌어먹을. 그런 거였어?

강서준은 미간을 구기며 자신을 바라보는 여러 시선들을 둘러봤다. 많은 사람들은 그저 강서준의 대답을 기다리는 표정이었다.

“케이의 무기를 가졌기에, 케이라.”

“네. 현재는 그것보다 확실한 확인 방법은 없을 겁니다.”

맞는 말이었다.

재앙의 유성검은 특히 강서준이 오랫동안 사용했던 아이템인 만큼 사람들의 눈에도 익숙했고, 유니크 아이템이니 아무나 쉽게 가질 수도 없었다.

그리고 최하나는 무슨 말도 안 되는 소리냐며 고개를 절레
절레 저으며 말했다.

"사칭범이군요. 지상수를 따라 했던 '젝' 같은 놈이에요."

"……."

"강서준 씨가 케이라는 점은 제가 보증합니다. 서준 씨 말
고 누가 또 케이겠어요."

그녀는 똑 부러지게 말을 이었다.

"그 재앙의 유성검도 분명 정교하게 만들어진 가짜……."

"아뇨, 진짜일 겁니다."

"네?"

깜짝 놀라 강서준을 바라보는 최하나는 뒤통수를 얻어맞
은 토끼 같은 눈을 크게 떴다.

"무슨 소리예요?"

강서준은 한숨을 내뱉으며, 어깨를 으쓱였다.

"재앙의 유성검요. 그거 진품일 겁니다. 진짜 제가 드림
사이드 1에서 쓰던 무기."

"……양도하셨었어요?"

"아뇨. 전 제 무기에 애착을 갖는 편이라."

"그럼 어떻게 진품이죠?"

"물건을 사기당한 적은 있죠."

곰곰이 머리를 굴리던 최하나의 시선이 한쪽에 선 삼깨비
라이칸에게 닿았다. 그리고 창 너머, 어둠이 내려앉은 그곳

을 응시하던 그녀는 원인을 깨달을 수 있었다.

아마 저 방향 끝엔 어둠 속에서 전철이 있을 테지.

"……지상수."

말하자면, 재앙의 유성검은 던전 상인 '잭'에게 도둑맞은 물건이었다.

공교롭게도 드림 사이드 2로 누군가가 섭종 보상으로 가져와, 이렇듯 케이의 증거로 써먹은 것이다.

강서준은 서늘하게 웃었다.

"이제야 윤곽이 잡힙니다."

3구역의 보급 중단.

아크의 봉쇄령.

그리고 고립된 수많은 사람들과 무너진 전선.

마지막으로 리자드맨의 수상한 동태.

툭툭 떨어져 있던 모든 것들이 보이지 않던 실에 의해 엮여 있었다. 그리고 그 실은 '류안'을 발동하지 않아도 확인할 수 있는 흐름이었다.

'그렇다면 내 사칭범의 진짜 목적은 뭐냐는 건데…….'

아크를 무너뜨릴 생각이었다면, '봉쇄령'은 의미가 없었다. 차라리 자이언트 혼 리자드에 의해 유린당하도록 유도하는 게 나았겠지.

굳이 3구역 사람들만 특정해서 죽이려는 목적은 뭘까?

과연 대체 뭘 노리고.

"허업……!"

오대수의 앞에 누워 있던 공지원이 큰 숨을 들이마시면서 눈을 뜬 건 그때였다. 그는 벌떡 몸을 일으키더니 크게 숨을 들이마시고 뱉길 반복했다.

"아…… 도깨비, 빌어먹을 도깨비!"

무언가 중얼거리던 공지원은 가만히 서 있던 라이칸을 보게 됐다. 인형처럼 작아진 라이칸이었지만 공지원은 숨이 막힌 듯한 얼굴로 몸을 파르르 떨어 댔다.

오대수가 한달음에 다가가 말했다.

"공지원 씨! 정신이 듭니까?"

"어…… 형사님? 여긴."

"다행입니다. 천만다행입니다!"

공지원은 비몽사몽한 얼굴로 오대수를 바라보다 문득 무언가를 떠올렸는지 긴박한 얼굴로 입을 열었다.

"도, 도망쳐야 해요! 이곳에 도깨비가 있어요!"

"……네?"

"뭐 하시는 겁니까? 얼른!"

강서준은 괜히 발작을 일으키는 공지원을 보면서, 일단 라이칸을 뒤로 물리기로 했다.

제정신을 차리기 전엔 라이칸을 근처에 두면 안 될 것 같았다.

제 키만 한 방망이를 어깨에 짊어지고 서운한 듯 축 늘어지며 뽀짝뽀짝 걸어서 멀어진 라이칸의 뒷모습.

그사이 공지원은 점차 진정할 수 있었다.

오대수가 차분하게 설명을 해 줬기 때문이다.

"아크라고요?"

"네. 일단 진정하세요."

"네, 네……."

뒤이어 최하나가 공지원에게 다가와 서로의 안부를 물었다. 그는 최하나를 보며 눈에 띄게 안정하는 기색을 보였다.

아무렴 최하나였다.

단순히 아이돌 가수라는 것보다는 그녀를 수식하는 단어가 바로 '천외천'이라는 점이 안심하게 만들었다.

현 세계에서 천외천의 옆만큼 안전한 곳은 없었으니까.

다른 사람은 몰라도 그녀와 오래 함께한 공지원은 최하나의 진짜 정체에 대해서도 너무나도 잘 알고 있었다.

그때 상황을 관망하던 3구역의 생존자들 중 얼굴에 수염이 그득한 한 남자가 조심스레 손을 들었다.

"그래서요…… 진짜 케이는 누구라는 겁니까?"

크아아악!

아스라이 리자드맨의 울음이 배경음처럼 울리는 3구역에서의 첫날밤이었다.

어두운 밤.

창 너머로 아스라이 아크의 정경을 내려다보는 사내가 있었다.

금발에 푸른 눈.

다소 이국적으로 생긴 남자는 독한 보드카를 천천히 입안에 굴리면서 나지막이 중얼거렸다.

"무성영화 같군."

침공당한 아크.

멀리 벽 너머로 불이라도 났는지 환했고, 검은 연기가 피어올랐다.

시선은 너무나도 시끄러웠지만 정작 들리는 소리는 일절 없는 특이한 광경이었다.

2구역의 봉쇄령.

밖으로 빠져나가는 소리나 들어오는 소리조차 모두 차단됐다.

바깥의 소음을 들으려면 경계에 직접 오르거나 바깥을 나가는 것 말고는 방법이 없었다.

남자는 따분한 얼굴로 보드카를 털어 넣었다.

"재미없군."

그때였다.

"하르트 님, 수상한 정황을 포착했습니다."

그의 그림자에서 마치 물처럼 뭔가가 솟구치더니, 서서히 사람의 형태를 갖추었다. 부복한 남자는 하르트를 향해 보고를 이어 나갔다.

"2구역의 G번 경계 앞으로 거대 도깨비가 출몰했다는 소식입니다."

"거대 도깨비?"

"추정 몬스터는 일주일 전, 케이에게 강탈당한 삼깨비입니다."

하르트는 약간 몸을 멈칫하며 그림자를 응시했다. 약간 떨리는 목소리로 되물었다.

"……버뮤다 구역에서 실종된 게 아니었나?"

"마침 관련 정보도 입수했습니다. 사라진 걸로 알려진 현장 팀이 본부에 복귀했다더군요."

그리고 그 소식은 다른 가능성을 시사한다.

"케이도 돌아온 거로군."

"네. 케이의 생존은 확인되었습니다."

미간을 좁힌 하르트의 시선이 여전히 굳건한 경계의 벽을 바라봤다. 그곳은 소리 없이 조용하기만 하여 더욱 비현실적으로만 느껴졌다.

"케이가 돌아왔다라……."

하르트는 적게 남은 보드카를 들어 천천히 흔들었다. 양은 꽤 되었고, 적적한 시간을 때우기엔 이만한 것도 없었을 터.

하지만 이젠 달랐다.

술 따위에 홀릴 시간은 없을 것이다.

"과연 놈은 어떻게 나오려나……."

하르트는 보드카의 뚜껑을 열어 통째로 마시기 시작했다. 완전히 술병을 비워 버린 그는 자리에서 일어나면서 말했다.

"작전은 어디까지 진행됐지?"

"순조롭습니다. 일주일이면……."

"3일."

하르트는 그림자를 향해 선명하게 명령을 내렸다. 굵직한 음성에 잠시 몸을 부르르 떤 그림자는 변명의 여지도 없다는 듯 답했다.

"알겠습니다."

"그래."

우우웅.

책상 위에 올려 둔 스마트폰이 진동하며 메시지가 도착했다.

하르트는 문자 내역을 확인하더니 미간을 구겼다.

[회의가 소집되었습니다. 참석 요망.]

하르트는 손짓으로 그림자를 물리고 천천히 걸음을 옮겼

다. 복도 끝에 마련된 거대한 회의실 앞으로는 신원을 확인
하는 군인들과 여러 플레이어들이 줄지어 서 있었다.

그들은 하르트를 발견하더니 이렇게 말했다.

"이쪽입니다. 케이 님."

⁂

2구역의 대강당.

커다란 스크린 앞으로 계단식으로 만들어진 자리엔 많은
사람들이 앉아 있었다.

정장을 갖춘 사람부터, 군복 그리고 각종 장비를 마치 훈
장처럼 몸에 지닌 사람들까지.

아크에서도 수위권에 드는 플레이어이자, 아크를 주름잡
는 권력층의 사람들이었다.

그들은 한창 떠들썩한 회의를 이어 나갔다.

그중, 링링의 측근이라 불리며 현재 아크의 참모 역을 수
행하는 '국회의원 박명석'이 말했다.

"다행히 현재 3구역까지 진입한 리자드맨은 2구역으로는
관심을 끊고, 3구역을 빙 돌고 있습니다. 영상부터 확인하
시죠."

3구역 곳곳에 설치된 CCTV는 리자드맨이 어디서 무얼 하
는지 전부 보여 주고 있었다.

밤이 되니, 한층 더 흉포한 기세로 3구역의 시민들을 유린하는 장면이 보였다.

하필 CCTV의 성능이 너무 좋았다.

사람들의 비명, 리자드맨의 울음, 생살을 씹는 소리까지 고스란히 담아서 회의실에 재생됐다.

"저런……."

"……허."

탄식이 절로 나왔다.

몬스터에게 인간이 잡아먹히고, 찔리고, 장난감처럼 철저하게 가지고 놀아나는 장면.

당연히 보기 흉했고, 눈살이 찌푸려졌다.

누군가가 참다못해 손을 들고 말했다.

"방금 다행이라고 말했습니까?"

박명석은 뻔뻔하게 고개를 끄덕였다.

"네."

"지금 아크의 시민들이 몬스터들에게 당하고 있어요. 그런데도 다행이란 말이 나옵니까?"

"네, 나옵니다."

"뭐? 당신이 방금 무슨 말을 한 건지는 알고 하는 거야?"

자리를 박차고 일어난 이는 얼굴이 붉으락푸르락한 사내였다. 위에서부터 아래까지 풀 플레이트 메일을 걸친 전형적인 탱커.

레벨은 현재 회의실 내부에서도 그다지 높지도 낮지도 않은 적당히 중간에 있는 자였다.

"정종철 씨. 지금 큰 착각을 하고 계시는 것 같은데……이 상황은 우리에게 하늘이 내려 주신 기회이자, 천만다행인 상황입니다."

"뭐? 이 새끼가 끝까지!"

"우린!"

목소리에 마력을 담았는지, 박력 있게 울린 목소리는 금방이라도 박차고 나갈 기세였던 정종철의 행동을 멈추게 했다.

"지금 생사의 기로에 서 있습니다. 언제 무너질지도 모르는 벽 하나를 두고 겨우 목숨을 연명하고 있단 말입니다. 아직 모르겠습니까?"

그는 스크린을 가리키며 말했다.

"다행입니다. 저들이 죽어 줘서 천만다행입니다. 왜냐고요? 저들이 희생하지 않았다면, 오늘 우린 전부 죽은 목숨이었으니까!"

그럼에도 정종철은 여전히 화를 삼키지 못하는 얼굴로 말을 이었다.

"다들 뭐 하는 거야? 저 개소리를 계속 듣고 있을 거냐고!"

하지만 아무도 정종철의 말에 반응하질 않았다. 몇몇은 작은 목소리로 이렇게 중얼거리기까지 했다.

"······솔직히 플레이어가 죽는 것보다는 무능력자들이 죽는 게 이득이긴 하지."

"어쩔 수 없어."

"인류를 위해서니까······."

떠들썩하던 회의실은 점차 조용해졌다. 박명석도 참담한 심정을 삼키는 듯한 얼굴로 다시 입을 열었다.

"저희 어머니도 현재 3구역에 계십니다. 오래전 다리를 다쳐 제대로 걷지도 못하고요."

"······."

"정종철 씨. 아시겠습니까? 당신만 힘든 게 아닙니다."

찬물을 끼얹은 듯 고요한 회의실. 정종철도 더는 말을 꺼내지 못하고 다시 자리에 앉았다.

박명석은 다시 스크린의 앞으로 나아가 회의를 진행했다.

"그리고 이것이 이번 봉쇄령의 가장 큰 원인입니다."

다음으로 CCTV에 드러난 영상은 가히 오금이 저릴 정도로 무시무시한 몬스터의 형상을 담고 있었다.

자이언트 혼 리자드.

오랫동안 리자드맨을 상대로 싸워 온 플레이어들, 그리고 드림 사이드의 경험자들이 모를 수가 없었다.

하나같이 낮게 중얼거린다.

"C, C급 중간 보스가 어떻게 여기에······."

말하던 중, 깨닫는다.

C급의 보스 몬스터가 던전을 빠져나왔다는 게 무얼 뜻하겠는가.

"던전…… 던전 브레이크가 일어난 겁니까?"

"아직 추정입니다. 좀 더 확인해 봐야죠. 하지만 만약 사실이라면 봉쇄령을 하지 않은 아크는 몰살입니다."

회의실의 분위기는 가라앉을 곳도 없는 심해보다 더 깊숙이 가라앉았다. 그들은 하나같이 종전의 박명석이 한 말을 되새기고 있었다.

다행.

저 몬스터 무리가 2구역으로 향하지 않고 3구역을 빙빙 돈다는 것에 진심으로 감사했다.

어쩔 수 없었다.

현재 아크의 전력으로는 C급 던전에서 벌어진 던전 브레이크를 수습할 능력은 없었고.

자이언트 혼 리자드를 상대할 플레이어는 거의 전무한 실정.

아니, 단 한 사람만 빼고는 불가능이었다.

사람들의 시선은 한곳으로 향했다.

그나마 아크에도 희망이 있다면, 드림 사이드의 랭킹 1위. '케이'가 드디어 아크에 정착했다는 점일까.

박명석은 그에게 까놓고 물었다.

"케이 님, 자이언트 혼 리자드를 쓰러트릴 수 있으시겠습니까?"

지루한 듯 가만히 눈을 감고 미간을 구기던 케이는, 푸른 눈을 뜨고 천천히 답했다.

그 내용은 사람들의 기대를 무참히 밟아 버리는 것이었다.

"불가능."

"……조금이라도 시간을 끄는 것도 안 되겠습니까?"

케이는 고개를 끄덕이며 말했다.

"현재 내 레벨은 173이다. 저놈은 못해도 180에서 190은 되는 놈이지."

이 회의장에서 가장 높은 레벨에 속하는 플레이어가 겨우 130을 넘는 수준이었다.

당장 170을 넘는다는 말은 역시 케이라는 말이 나올 정도로 대단한 수준이었지만.

그조차 역부족이었다. 사람들의 어깨는 더욱 무거워졌다.

케이는 천천히 입을 열었다.

"방법은 하나야. 저놈이 2구역의 존재를 눈치채지 못하길 바라야지."

"그건…… 가능합니다. 케이 님의 추천대로 봉쇄령을 적시에 발동하여, 몬스터들은 이곳을 볼 수 없으니까요."

"그렇다면 뭐가 문제지? 막말로 이미 봉쇄령이 떨어진 마당에 무얼 회의하려는지 모르겠군."

박명석은 한숨을 내뱉으며 스크린을 다음 장면으로 넘겼다. CCTV에 걸린 영상엔 수십, 아니 수백 명의 사람들이 벽을 두고 오고가지도 못하는 모습이었다.

"현재 경계의 벽 앞으로 수많은 피난민들이 몰려 있습니다. 아직 리자드맨은 저들을 발견하지 못했고, 지금 문을 연다면 구할 수도 있을 겁니다."

회의실 사람들은 당연히 열어야 한다는 의견을 쉽게 내뱉었다.

3구역의 사람들은 대개 플레이어가 아닌 무능력자들.

구해야 할 가치는 우선순위에 밀리더라도 가능하다면 구하는 게 마땅한 이치였다.

저대로 놔두면 언제 리자드맨에게 발각당해 죽을지도 모르니까.

"하지만 문을 열게 되면 봉쇄령으로 인해 발동한 2구역의 마법진이 깨집니다."

"그런······."

"다시 마법진이 복구되기까지 3시간. 빠르면 2시간 이내에 끝내겠지만, 그동안 자이언트 혼 리자드의 눈을 속일 수 있을지 장담 못 합니다."

그제야 사람들은 왜 박명석이 굳이 봉쇄령이 내려진 상황에서 회의를 열었는지 알 수 있었다.

그는 선택을 강요하고 있었다.

3구역의 사람들도 구하기 위해서 리스크를 짊어질 것인가.

아니면 현재의 2구역을 보존하고 3구역의 사람들을 포기하겠는가.

종전까지만 해도 당연히 열어야 한다고 주장하던 사람들의 입이 점차 무거워졌다.

그때 케이는 뭐가 문제냐는 얼굴로 쉽게 말한다.

"아크의 목적은 인류의 보전이 아니었나? 고작 저딴 놈들의 목숨을 구하기 위해서 인류를 멸망시킬 건가?"

"……."

"선택하고 말 것도 없다. 이건 게임이 아니야. 확률이 낮은 쪽은 포기하는 게 옳아."

투표는 빠르게 진행됐다.

그리고 50명 중 문을 열어야 한다고 투표한 사람은 고작 7명이었다.

케이는 신경질적으로 자리를 박찼다.

"괜한 짓을 했군. 시간만 낭비했어."

차차 사람들은 회의실을 빠져나갔다. 이미 다수결로 결정난 사안이었다.

2구역의 문이 열릴 일은 없으리라.

마지막으로 회의실에 남은 박명석은 3구역에서 애타게 경계의 벽을 바라보는 사람들을 응시했다.

"……참담하군."

한편 회의실을 정리하던 플레이어 한 명이 3구역 영상을 바라보던 박명석을 발견했다.

그는 조심스레 위로의 말을 건넸다.

"참모님…… 어머니는 괜찮으실 겁니다."

"응? 무슨 소리야?"

영문을 모르겠다는 얼굴의 박명석은 곰곰이 생각하더니, 뭔가 깨달은 듯 씨익 웃으면서 말했다.

"그거 뻥이야. 엄마는 진즉에 돌아가셨어."

"……네?"

"머리 좀 식히라고 한 말이니까, 신경 쓰지 마."

"…….."

그리고 박명석은 어깨를 으쓱이며 회의실을 벗어났다. 그는 혼잣말로 작게 중얼거렸다.

"이럴 때 진짜 케이가 나타나 주면 좋겠는데…… 뭐, 그건 너무 큰 바람이려나?"

박명석.

국회의원이자, 대한민국에 유일하게 남은 정부의 고위 인사.

젊은 나이에도 정치를 할 정도로 머리가 비상한 그는 이미 아크의 케이가 진짜가 아니라는 걸 알고 있었다.

그럼에도 그를 밝히질 않는 이유.

"그나저나 그놈은 실력은 좋아도 인성은 쓸모가 없단 말이야. 흠…… 이걸 어찌해야 하나. 하필 링링은 이럴 때 자리를 비우고 말이야. 쯧."

그는 나지막이 이 자리를 비운 링링의 뒷담도 까면서 천천히 복도를 가로질렀다.

다음 날 아침.

밤사이에 근처를 오고 다니는 리자드맨 때문에 거의 뜬눈으로 밤을 지새운 3구역의 사람들은 다크서클이 짙게 깔린 얼굴을 하고 있었다.

강서준은 어느덧 사위가 밝아지고 해가 확실히 뜬 걸 확인한 뒤 말했다.

"슬슬 야간 버프도 사라졌겠고. 어제 말한 계획을 시작해 보죠."

"……그게 정말 통할까요?"

강서준의 옆에 선 오대수는 걱정이 많은 얼굴로 그를 보고 있었다. 강서준은 그를 향해 씨익 웃으면서 답했다.

"성공할 가능성은 낮아요. 어쩌면 도박에 가깝죠."

"……그럼 안 되잖아요."

"하지만 형사님. 이건 게임이 아닙니다."

"네?"

"확률 따위는 개나 줘 버리세요. 개같이 어려워도 반드시 해내는 수밖에 없어요."

확률이 낮다고 포기할 거라면, 이 게임.

시작조차 안 했다.

어차피 세계는 멸망할 테니까.

이른 아침, 어둡던 3구역으로 광명이 깃들고 포악하게 빛나던 리자드맨의 눈동자가 조금은 진정됐을 즈음이었다.

오대수는 여전히 걱정이 많은 얼굴로 물었다.

"정말 괜찮으시겠습니까?"

"뭘요?"

"만약 추측이 잘못된 거라면, 우린 인류를 멸망시키는 종범이 될 겁니다."

강서준은 슬슬 소란스러워지는 주변의 소음을 들었다. 이러나 저러나 이미 그의 계획은 시작됐다는 증거였다.

"이미 엎질러진 물을 주워 담진 못합니다. 그런 걸 고민할 시기는 지났어요."

"하지만……."

"두고 봅시다. 정말 우리가 인류를 멸망시키게 될지."

사방에서 들려오는 건 리자드맨의 괴성이었다. 보이는 거리로 족족 징그러운 도마뱀들이 창을 꼬나 쥐고 모습을 드러냈다.

"사람들을 구할 영웅이 될지."

작전의 시작이었다.

❈

그 시각.

벽 위의 군인들도 슬슬 경계를 낮추고 있었다.

몬스터들의 버프가 사라지는 '해'가 떠올랐고, 지난날 그토록 소동을 부렸던 3구역의 사람들도 밤새 보이지 않았던 것이다.

그들은 대개 숙소로 돌아가 지친 몸을 쉬고 싶을 뿐이었다.

실제로 지금 이 추세라면 조만간 경계 수위는 낮아질 것이다. 이미 리자드맨의 무리가 다른 방향으로 이동했다는 첩보도 들었으니까.

경계의 군인, 병장 김호철은 중얼거렸다.

"날씨도 으슬으슬한 게, 뜨끈한 국밥 한 그릇 말아먹어야 하지 않겠냐. 야, 오늘 배식 뭐야?"

"전투식량입니다."

"지랄…… 또 전투식량이라고?"

"적어도 앞으로 한 달간은 전투식량 선지급이라고 중대장님께 들었습니다."

김호철은 찌그러진 맥주 캔처럼 얼굴을 구기더니 주머니에서 담배를 꺼내 물었다. 하얀 연기가 스멀스멀 경계 위로 올라갔다.

"김 병장님. 작전지에선 금연이지 말입니다."

"시끄러. 먹는 낙이 없는데, 피우는 낙이라도 있어야 할 거 아니냐."

"하지만 간부님께 걸리면 진짜 큰일 납니다."

"하, 진짜. 안 걸린다니까? 이 시간에 이런 구석까지 나오는 간부가 어디에 있……."

김호철은 엘리베이터를 타고 방금 경계의 벽 위로 올라온 한 남자를 발견할 수 있었다. 잘못 본 게 아니라면, 그는 아크에서도 최고층에 있다고 알려진 남자였다.

박명석.

"……있네."

김호철은 빠르게 담배를 비벼 끄며 바로 경례 자세를 취했다. 혹시 걸렸을까? 긴장한 얼굴을 한 그 앞으로 박명석이 다가왔다.

"필승. 근무 중 이상 무!"

경례를 받은 박명석은 다행히 대충 손을 휘저으며 경계의 벽 아래를 둘러보고 있었다.

슬슬 동이 터 올 무렵이라, 동문에 해당하는 G번 경계는 특히 햇살을 가장 먼저 만날 수 있었다.

박명석은 3구역을 쭉 둘러보더니 말했다.

"……밤새 별일 없었습니까?"

김호철은 식은땀을 흘리며 곰곰이 머리를 굴렸다. 담배 피우던 걸 걸린 건 아니었지만 당연히 긴장이 됐다. 말 한 번 잘못하면 영창 가리라.

밉보여서 좋을 게 없었다.

"……없었던 것 같습니다."

"없었던 것 같다?"

"아뇨. 없었습니다. 아무런 특이 사항도 발견하지 못했습니다."

밤사이에 3구역의 생존자들이 은밀하게 어딘가로 이동하는 걸 보기는 했다. 하지만 그걸 이상하다고 여기긴 어려웠다.

이쪽으로 온 것도 아니니까.

김호철은 잔뜩 긴장한 얼굴로 박명석을 바라봤다. 어느덧 그는 김호철에게 시선조차 주질 않고 있었다.

오직 3구역을 내려다보고 있었다.

"어제 도깨비가 나타났다고 들었는데요."

김호철은 부동자세로 바로 답했다.

"네! 뿔이 세 개인 도깨비였습니다. 등장과 동시에 사라져서 자세히 보진 못했지만 분명합니다."

"⋯⋯삼깨비라고요."

박명석은 손으로 턱을 잡으면서 뭔가 곰곰이 생각했다. 아직 부동자세로 대기하던 김호철에게 사진 한 장을 보여 준 건 그때였다.

"혹시 이렇게 생긴 고딩은 못 봤습니까?"

미간을 좁히며 스마트폰을 들여다보는 김호철. 그곳엔 기차에서 도깨비들의 호위를 받는 고등학생의 모습이 있었다. 그는 고개를 가로저었다.

"보지 못했습니다."

아무리 높은 경계의 벽 위에 있던 그라도 얼굴을 못 볼 정도로 '탐색 스킬'이 낮은 것도 아니었다. 그가 경계의 벽 근무를 서게 된 이유도 '참새의 눈'이라는 E급 스킬 덕이니까.

박명석은 사진을 한 장 넘겨 다른 걸 보여 줬다.

"이 사람은요?"

"⋯⋯최하나 아닙니까?"

"네. 봤습니까?"

김호철을 빠르게 고개를 가로저었다. 아무리 생각해 봐도 최하나를 보진 못한 것 같다. 그녀를 봤다면 당연히 기억했으리라.

대신 가장 인상적이었던 또 다른 한 사람을 상기해 냈다.

"경찰복을 입은 플레이어는 있었습니다. 섭종 보상 같은 창을 들고 있었죠."

"……경찰?"

"네."

박명석은 빠르게 스마트폰을 넘겨 다른 사진을 보여 줬다.

"이 사람 맞죠?"

사진을 본 김호철은 바로 고개를 끄덕이며 긍정했다. 그리고 순간적으로 떠오르는 생각에 등허리가 식은땀으로 확 젖어 버렸다.

불현듯 그 경찰이 했던 말이 머릿속을 스치고 지나갔기 때문이었다.

'케이 님과 아는 사이라고 했었는데……?'

의심을 안 한 건 아니었다. 하지만 정말 케이의 지인이라면 어째서 봉쇄령이 적용되도록 3구역에 남아 있었는가. 들어왔어도 진즉에 2구역으로 들어왔어야지.

그래서 거짓인 줄 알았다. 2구역으로 들어오기 위한 허세인 줄만 알았단 말이다.

'진짜…… 지인이라고?'

이렇듯 사진을 보여 주며 신상을 캐묻는 박명석을 보고 있노라면, 괜스레 가슴이 철렁였다.

만약 이 소식이 케이의 귀에 들어간다면 어떻게 될까.

동료들 사이로 떠도는 무시무시한 케이에 대한 소문은 절로 김호철의 목 언저리를 서늘하게 만들었다.

박명석은 다급한 목소리로 다시 입을 열었다.

"이 사람, 지금 어딨습니까?"

"······도깨비의 등장과 함께 그분은 이곳을 떠나셨습니다."

어느새 존칭이 나왔다.

"어디로요?"

"우측의 도로로 들어가셨으니, 아마 H번 경계 방향으로 가신 건 아닌지······."

"알겠어요."

박명석은 빠르게 걸음을 옮겨 다시 엘리베이터 쪽으로 걸어갔다. 그 뒷모습을 보며 식은땀을 흘리던 김호철이 재차 경례를 하려는 순간이었다.

쿠구구구우우웅!

돌연 경계 밖에서 알 수 없는 폭발이 터졌다.

순식간에 경계의 벽은 사이렌이 울렸고, 조금은 느슨하게 풀어졌던 군인들도 잔뜩 긴장한 얼굴로 3구역 쪽을 바라봐야 했다.

곧, 또 다른 폭발이 일어났다.

콰아아아앙!

돌아가려던 박명석도 다시 김호철이 있는 곳으로 다가왔다. 폭발이 난 곳을 바라보던 김호철은 떨리는 목소리로 입을 열었다.

"사람······ 사람입니다."

폭연을 뚫고 달려오는 건 지난밤 이곳으로 몰려들었던 수많은 3구역의 사람들이었다. 그들은 요란스럽게 소리를 지르며 달리고 있었다.

"⋯⋯대체 무슨 속셈이지?"

자세히 보니 그들의 손에는 스마트폰이 들려 있었고, 그곳에서 시끄러운 EDM 사운드가 울리고 있었다.

김호철이 저들의 목적을 알아차리는 건 금방이었다.

키이이잇!

"⋯⋯미친?"

사람들의 뒤를 따라서 달려오는 건 수십의 리자드맨 무리였다.

야간 버프가 해제되면서, 전투력은 조금 떨어졌더라도 저만한 숫자가 붉은 눈을 부라리며 쫓는 모습은 가히 위압감이 들었다.

그리고 3구역 생존자들이 향하는 방향은 단연 경계의 벽이었다.

"설마 문을 안 열었다고 몬스터를 데려온 거야?"

이러한 일은 한 곳에서만 벌어지는 게 아니었다. 각 방향에서 몰려든 수많은 사람들은 아슬아슬하게 리자드맨에게 붙잡히지 않을 정도로 달리고 있었다.

그 속도는 절대 일반인이 아니었다. 플레이어가 아니고서야 낼 수 없는 속도였으니까.

"이쪽이다!"

키이이이이이이잇!

어그로에 끌린 리자드맨이 성난 울음을 토해 내며 사람들의 뒤를 쫓았다. 머지않아 사람들은 경계의 군인들이 한계선으로 정해 둔 곳까지 다다랐다.

경계의 군인들이 잔뜩 긴장한 얼굴로 총구를 겨눴다.

그때 박명석이 빠르게 김호철의 무전기를 빼앗아 말했다.

"박명석입니다. 사격하지 마세요."

"……네?"

"절대 대응 사격을 하면 안 됩니다."

플레이어로 추정되는 일련의 사람들은 한계선을 넘어선 뒤로는 점차 속도를 줄여 나갔다. 숨을 고르며 달려오던 리자드맨을 응시하는 그들.

이상하게도 리자드맨은 그들의 앞에 있는 3구역의 생존자들을 보고도 더는 공격하질 않았다.

방황하는 눈치였다.

그리고 그건 당연했다.

이것이 2구역의 경계의 벽에 설치된 마법진. 몬스터에게만 적용되는 '암막 커튼'의 효과였으니까.

몬스터는 2구역 경계를 쉽게 찾을 수 없을 것이다.

하지만 안도의 한숨을 내뱉기엔 이른 시점이었다. 김호철은 한계선을 넘은 3구역 사람들이 손을 좌우로 크게 흔드는 걸 발견했다.

……뭐지?

그들은 뭐라고 외치고 있었다.

"저길 보라고!"

"뭐?"

쿠구구구궁!

종전부터 계속 들려오던 폭음이 더 가까워지더니 멀리 건물을 부수며 나타난 괴물이 있었다.

눈동자 하나가 자동차만 한 크기.

놈은 화가 난 듯 뭔가를 찾아서 포효했다. 박명석은 저도 모르게 중얼거리며 입술을 깨물었다.

"자이언트 혼 리자드……."

실물로 보게 된 자이언트 혼 리자드는 무시무시한 박력과 함께 발돋움을 시작했다. 그리고 놈이 노려보는 방향에서는 누군가가 매서운 총격을 가하고 있었다.

타아아앙!

"……최하나?"

박명석이 그녀를 발견한 순간.

키아아아아아앗!

자이언트 혼 리자드가 2구역 경계를 향해 무식한 돌진을 감행하고 있었다.

한편 가까운 건물에서 모든 상황을 주시하던 강서준은 뒤편에 선 수많은 생존자들에게 말했다.

"곧 경계의 문이 열릴 겁니다. 그 순간을 놓치지 말고 전력을 다해 뛰어요."

"……네."

결연한 얼굴을 한 그들을 뒤로하고 강서준은 다시 전장을 바라봤다. 거대한 자이언트 혼 리자드가 발돋움을 하고 있었다.

"슬슬 때가 됐는데……."

돌진을 감행하던 자이언트 혼 리자드 앞으로 무수한 폭격이 떨어진 건 그때였다.

예상했던 대로 군인들이 무수히 쏟아져 나와 자이언트 혼 리자드의 사방을 점하며 어그로를 끌기 시작한 것이다.

역시 저 큰 놈이 몸을 들이박을 때까지 안에서 기다리고 있을 리가 없지.

강서준이 말했다.

"지금입니다!"

건너편 건물에 숨어 있던 생존자들도 신호에 맞추어 부리나케 도로를 벗어나 달렸다. 가까이 리자드맨의 무리가 있었지만 다행히 놈들의 관심은 새로 등장한 2구역의 군인들에게 닿아 있었다.

"슬슬 우리도 가 보자."

강서준은 '도깨비 왕의 감투'를 꾹 눌러쓰며 '이매망량'을 발동시켰다.

라이칸의 크기가 커지면서 거구의 삼깨비로 변신해 가까이에서 생존자들을 노리던 리자드맨의 머리통을 통째로 터뜨렸다.

"라이칸을 도와 생존자들을 지켜라."

또한 강서준의 명이 떨어지자 주변의 바닥에서 파란 영혼들이 순식간에 몬스터의 형체를 갖췄다.

가까이 죽어 버린 리자드맨의 영혼들.

놈들은 생존자들을 공격하려던 리자든맨을 물고 뜯어 댔다.

숫자는 10마리에 불과했다.

"아직 이 정도가 한계인가. 아쉽지만 어쩔 수 없지."

10마리 정도면 충분히 생존자들이 경계의 벽을 넘을 때까지 버티고도 남았다.

"라이칸, 부탁한다."

"왕이시여! 영광입니다!"

영혼의 통제를 라이칸에게 모조리 넘긴 강서준은 고개를 돌려 문제의 한 몬스터를 올려다봤다.

금방이라도 구역 경계를 향해 달려갈 태세였던 자이언트

혼 리자드는 그를 둘러싼 수많은 플레이어를 보며 성난 콧김을 내뱉었다.

"산개하라!"

"끄아아악!"

군인들이 각자 자리를 잡고 열심히 전투를 벌였다. 보아하니 자이언트 혼 리자드의 시선을 끌어, 다른 방향으로 유도하려는 기색이 다분했다.

좋은 전략이었다.

그때, 강서준의 옆에서 가벼운 착지음이 생겨났다.

"당신이군요. 이런 미친 짓을 자행한 게."

"……누구지?"

"전 박명석이라고 합니다. 아크의 참모를 맡고 있죠."

강서준은 박명석의 얼굴을 가만히 바라봤다. 그리고 그 얼굴을 보면서 나지막이 미간을 구겼다.

"저런 괴물을 일부러 경계까지 끌고 오다니…… 대책 없이 이런 짓을 벌이진 않았겠죠? 방법은 뭐죠?"

"…… ."

"뭡니까? 대답 안 해요?"

왜냐면 그는 웃고 있었기 때문이었다.

뭐가 그리 재밌는지 입꼬리를 귀까지 건 박명석은 계속해서 강서준을 향해 말을 걸었다.

"최하나 님이 나타난 순간 알았습니다. 그가 돌아왔다고.

당신…… 제가 아는 그라면 분명 방법이 있잖아요.”

“…….”

“안 그렇습니까? 뭐 해요? 이러다 다들 죽겠어요.”

강서준은 박명석을 향해 나지막이 시선을 던지다 고개를 돌려 자이언트 혼 리자드를 노려봤다.

박명석의 행동은 다소 수상했지만 적의는 느껴지지 않았다.

무엇보다 지금 자이언트 혼 리자드를 제압하는 것 말고 중요한 건 없었으니까.

“자! 얼른 보여 주시죠!”

강서준은 애써 그를 무시하며 바닥을 박차고 자이언트 혼 리자드를 향해 달려 나갔다.

그의 눈이 금빛으로 물들었다.

계획은 간단했다.

‘문을 열어 주지 않는다면 열게 만드는 수밖에 없어.’

강서준은 2구역 경계 전체적으로 펼쳐진 기이한 흐름을 읽었다. 모르긴 몰라도 그게 ‘마법진’이라는 사실은 알 수 있었다.

‘아마도 기척을 지우는 성질이겠지.’

실제로 라이칸은 2구역 경계가 무척 흐릿하다고 말했다. 인간이 아니면 제대로 인지하지 못하도록 설정해 놓은 게 아닐까 싶었다.

3구역에 난입한 리자드맨이 2구역으로 향하지 않고 빙 둘러서 이동하는 이유일 것이다.

"……어디 무너질 때까지 안 움직이는지 보자고."

강서준은 최하나와 김강렬의 부대원에게 부탁해서 '자이언트 혼 리자드'를 이쪽으로 끌고 오도록 했다.

보이진 않아도 물리력은 닿는 법.

눈 먼 꼬리 한 방이면 경계의 벽은 손쉽게 무너지고 마법의 효능도 사라질 것이다.

군인들이 더는 3구역 생존자들에게 총을 겨눌 여유조차 없어지겠지.

무엇보다 그들이 바보일까.

자이언트 혼 리자드가 나타난다면 분명 경계로 다가오기도 전에 문을 열고 상대하려 할 것이다.

적어도 2구역으로 들이는 것보다는 바깥에서 싸우는 게 훨씬 그들에겐 안전한 선택이니까.

'정말 경계가 무너지게 두진 않을 거지만.'

위협이면 충분했다.

그리고 설령 무너지더라도 상관없었다. 2구역의 플레이어들이라면 능히 리자드맨을 막을 여력이 있었으니까.

그들이 겁을 집어먹고 봉쇄령을 내린 이유는 아마 'C급 던전'이 던전 브레이크를 일으켰다고 착각했기 때문이니까.

"가까이에서 보니 확실하네."

강서준은 묵직한 움직임으로 2구역 군인들을 상대로 드잡이를 벌이는 자이언트 혼 리자드를 응시했다.

역시, 이놈은 진짜가 아니다.

크기는 더럽게 크지만 놈의 몸속에 뭉쳐 있는 마력이 제대로 통제되질 않고 폭주하는 기색이 다분했다.

C급의 중간 보스가 고작 마력을 제어하질 못한다고? 웃기는 일이다.

강서준은 이와 같은 경우를 전에도 겪은 적이 있었다.

'라이칸.'

'달리는 유령열차'에서 컴퍼니에 의해 개조된 라이칸은 폭주했고, 영혼을 먹어 대며 C급의 무지성 도깨비로 성장했다.

하지만 무식하게 강한 그 힘을 제어할 지능은 없었고, 폭주하는 힘을 제대로 다루지도 못했다.

자이언트 혼 리자드한테도 같은 병변이 보였다.

'이놈은 배 쪽이군.'

배 쪽에서부터 수상한 기운이 용솟음쳤다. 약점…… 혹은 이놈이 이렇게 괴물같이 성장한 이유였다.

어쩌면 컴퍼니는 벌써 몬스터의 등급을 강제로 올리는 아이템을 양산했는지도 모르겠다.

'또한 리자드맨의 던전에도 컴퍼니가 관여했다는 증거겠지.'

강서준은 상념을 접으며 빠르게 접근해, 자이언트 혼 리자드의 다리로 향했다.

동시에 그를 노리고 날아드는 꼬리가 있었다. 묵직하게 커다란 꼬리는 건물을 부수며 빠르게 휘둘러 왔다.

[스킬, '류안(A)'을 발동합니다.]

쿠우웅!

트럭만 한 꼬리가 강서준을 덮치고 지나갔지만 기이하게도 강서준이 꼬리에 튕겨 나가는 일은 없었다.

도리어 공격을 가했던 꼬리가 터져 나갔다.

'조잡하군.'

진짜 C급이었다면 이 정도나 되는 공격력일 수가 없었다. 역시 겉모습만 무식하게 강해 보이는 짝퉁이라는 거겠지.

강서준은 단칼에 터져 나가는 자이언트 혼 리자드를 보면서 더욱 확신을 더해 나갔다.

또한 근처의 플레이어들도 이상함을 깨닫기 시작했다.

"생각보다 약하잖아?"

"……지금이야! 무너뜨려!"

플레이어들의 각종 스킬이 난무하면서 자이언트 혼 리자드를 뒤덮었다.

그저 무식하게 클 뿐인 놈은 날카로운 공격에 상처만 늘어났다.

탱커의 밀치기에 그 커다란 몸이 흔들렸고, 마법사의 폭격은 놈의 몸통을 정통으로 터뜨렸다.

그중 최하나의 마탄은 발군이었다.

한 발은 놈을 '애꾸'로 만들었고, 다시 한 발은 시력을 완전히 빼앗았다.

수많은 공격에 자지러지는 자이언트 혼 리자드를 보며 강서준은 거리를 쟀다.

요동치는 놈의 몸통에서도 슬슬 배 쪽이 더욱 잘 보이고 있었다.

"후우우……."

[스킬, '마력 집중(F)'을 발동합니다.]

무식한 힘이 뭉쳐 있는 개체였다. 건물을 부수는 힘은 어지간한 플레이어들에게도 충분히 위협적이었다.

그러니 시간을 끌 필요가 없었다. 일격에 모든 걸 담으리라.

자이언트 혼 리자드의 아래쪽으로 진입한 강서준의 검은 '푸른 불꽃'에 휘감겼다. 자세를 잡은 그는 지체하지 않고 힘껏 수직으로 뛰어올랐다.

쿠아아아아!

배 속에서 가장 활발하게 뭔가를 생성하던 원인.

강서준은 라이칸을 떠올리며 그대로 놈의 뱃가죽을 뚫고, 그 원인과 함께 놈의 등까지 관통해 냈다.

검끝엔 던전꽃이 마치 살아 있는 생명처럼 바르르 떨고 있었다.

[몬스터 '???? ? ???'를 처치했습니다.]
[레벨이 올랐습니다.]
[레벨이 올랐습니다.]
[아이템 '리자드맨의 조잡한 갑옷'을 습득했습니다.]

잠시 공중에 떠오른 강서준은 아래로 쉽게 허물어지는 자이언트 혼 리자드를 내려다봤다. 어느덧 그의 눈은 푸른 불꽃이 떠올라 있었다.

[스킬, '영안(A)'을 발동합니다.]

저 커다란 몸집에서 보이는 영혼은 고작 한 마리였다. 그것도 작디작은 한 마리의 '리자드맨 병사'.

"역시……."

추측은 맞아떨어진 것이다.

이후 상황은 빠르게 정리됐다.

가장 난적으로 보이던 자이언트 혼 리자드의 죽음. 정확히는 모종의 술수로 성장한 가짜 C급 중간 보스가 죽었기 때문에 더는 아크가 봉쇄령을 유지할 이유가 없었다.

"애초에 말이 안 되는 이야기였어."

아크를 침공한 리자드맨 부대의 실체를 깨달은 2구역 이내의 플레이어들은 기세등등하게 3구역까지 나아갔다.

결과적으로 그들은 리자드맨 군단을 패퇴시키고 다시 전선을 되찾는 쾌거까지 이뤄 냈다.

그건 당연한 일이었다.

본래 여기까지 밀린 게 이상한 것이니까. 이게 전부 '자이언트 혼 리자드'를 보고 지레 겁먹어 소극적인 전략을 펼친 탓이다.

강서준은 코웃음을 치며 말했다.

"C급 던전이 벌써 던전 브레이크를 일으킬 리도 없는데 말이야."

-뭐…… 그렇죠?

"어쨌든 여긴 괜찮아. 걱정할 거 없어."

-네. 네. 다행이네요.

강서준은 전화기 너머로 들려오는 미적지근한 음성에 고

개를 갸웃했다. 괜히 걱정할까 봐 전화까지 해 줬더니 영 반응이 시원찮았다.

이유는 바로 알았다.

－그보다 형. 아크 쪽 사람들은 만났어요? 저희들의 활약상은 충분히 전하셨겠죠?

"만나기야 했지. 아직 경황이 없어서 제대로 대화를 나누진 못했지만."

－저희들은 아크의 피난민들을 전부 수용했잖아요. 이건 금전적인 보상이 분명히 필요합니다. 게다가 3구역의 사람들을 구해 내고 보스급 몬스터도 레이드를 했죠.

"그래서?"

－이번 참에 뜯을 수 있는 데까지 뜯어 봅시다. 얕보이면 호구 잡히는 거 아시죠? 뭐, 잘하실 거라 믿습니다.

강서준은 미간을 구기면서 답했다.

"상수야. 너 혹시 3구역 사람들을 보면 무슨 생각부터 들어?"

－……잠재적 고객님?

"말고."

－돈 먹는 하마?

문득 강서준의 시선엔 지쳐서 쓰러진 수많은 사람들이 걸렸다.

3구역의 생존자들은 가진 능력이 없고, 힘도 없고, 아무것도 없어서 아크의 보호를 받질 못한 이들.

강서준이 나서지 않았다면 아크는 결코 봉쇄령도 풀지 않았을 것이다.

한편 지상수는 단호하게 말했다.

—형이 무슨 생각으로 물었는지 알아요. 저도 늘 걱정이 많습니다. 아크가 무너지기라도 하면 어쩌나, 여태 생긴 손해를 어떻게 메우나.

"……."

—아, 물론 형은 믿었습니다. 아크는 무너져도 형은 안 죽잖아요. 어떻게든 원금 회수는 해 주실 분이라고 믿어 의심치 않…….

새삼스레 깨닫는다.

이놈은 사막에 떨어뜨려 놔도 모래를 팔아 수익을 낼 놈이다. 이런 놈에게 뭘 기대하겠는가.

하기야 '던전 상인 잭'은 원래 이런 사람이었다.

현실의 지상수를 떠올려서 잠시 감상적인 기분이 들어서 그렇지, 게임 속 그를 떠올리면 이쪽이 훨씬 잘 어울렸다.

그는 '선인'도, '악인'도 아니다.

그저 '상인'이니까.

"됐고. 뭐 좀 물어보려고 하는데."

—네?

"너 '재앙의 유성검'은 누구한테 팔았냐?"

—…….

잠시 조용하던 지상수가 조심스럽게 입을 열었다.

─……왜요. 그 건에 대해선 지난번에 이야기가 전부 끝난 게 아니었나요…….

"뭐라 하려는 게 아니야. 여기서 이상한 소문을 들어서 말이지."

강서준은 오대수에게 들었던 '아크의 가짜 케이'에 대한 소문을 지상수에게도 전해 줬다.

지상수는 가짜 케이가 '재앙의 유성검'을 가지고 있다는 부분에서 딸꾹질을 크게 했다.

─미, 미안해요. 일이 이렇게 될 줄은.

"됐어. 누군 이렇게 될 줄 알았냐. 그보다 누구한테 팔았는지나 알려 줘. 내가 아는 놈이야?"

─몰라요. 암시장에 경매 내놓았었는데.

"……뭐?"

─케이의 무기가 경매에 붙으면 얼마에 팔릴까 궁금해서…….

결국 누가 '재앙의 유성검'을 가지게 됐는지는 알 수 없다는 것이다.

─정말 미안해요.

"됐어. 그보다 복구 작업은 어때?"

─거의 다 끝났어요. 역시 도깨비들은 힘이 남다르더라고요.

"마음껏 부려 먹어. 그놈들이 전엔 인간이었지만 지금은 금수만도 못한 자들이니까."

─아무렴요. 돈 굳는 훌륭한 노예들이죠.

"……됐다."

열차의 도깨비 중에서도 던전 브레이크가 아님에도 자유자재로 던전을 빠져나올 수 있는 도깨비는 전부 플레이어 자격을 갖춘 이들 뿐이었다.

그리고 그들은 원래 악인에 속했던 이들.

서로 생각하는 의미는 달라도 결국 그들이 고통받는 데에 있어선 강서준도 만족할 만한 처사였다. 오히려 지상수가 더 지독하게 부려 먹어 줄 것이다.

공짜니까.

"공사 끝나면 다시 연락해."

－네. 다음에도 하나 누나한테 걸면 될까요?

"조만간 나도 폰 업그레이드해서 연락처 줄게."

전화를 끊은 강서준은 일행이 있는 곳으로 돌아갈 생각이었다. 근데 가는 길목에 요란스럽게 사람들이 뭉쳐서 뭔가를 구경하는 게 보였다.

뭐지?

소란은 점점 더 커졌다.

"말려야 하는 거 아니야"

"무슨 수로? 저분이 누군지 몰라?"

"저러다 사람 잡겠는데?"

"하지만 우리가 무슨 수로 막냐고!"

강서준은 사람들의 틈을 비집고 들어갔다. 몇몇은 그를 알아보고 먼저 길을 비켜 주기도 했다.

대체 뭘까.

사람들이 모여서 보고 있던 한 곳. 거기엔 누군가가 무릎을 꿇고 손바닥에 불이 나도록 간절하게 빌고 있었다.

"죄송합니다. 정말 죄송합니다. 죄송합니다……."

"죄송?"

무릎을 꿇은 사내를 내려다보는 이는 금발의 푸른 눈을 한 외국인이었다. 짐짓 사나운 어조로 그가 말했다.

"죄송하다면 그 값을 치를 준비도 되어 있겠지."

외국인은 순식간에 허리춤에서 검을 뽑아 들었다. 손잡이부터 검신까지 새카만 단검이었다.

보는 것만으로도 빨려 들어갈 것만 같은 분위기. 사람들은 그 무기를 보자마자 침음을 삼켰다.

"값을 치러야지. 목숨으로."

"……그, 그것만은!"

"왜, 더는 죄송하지 않은 모양이지?"

사나운 기운이 물씬 느껴지는 단검이 천천히 움직였다. 가까이 다가가는 것만으로도 공포에 질렸는지 무릎을 꿇은 사내의 아랫도리로 노란 물이 주르륵 흘러내렸다.

"……더럽군."

단검은 멈추지 않았다. 그대로 쭉 파고 들어가면 사내의 경동맥을 잘라 목숨을 빼앗을 게 뻔한데도 일직선으로 나아갈 뿐이었다.

채애앵!

아찔한 순간.

흑색 단검이 하얀색 검신에 튕겨 나갔다. 별 충격 없이 단검을 회수한 외국인은 강서준을 노려보며 말했다.

"……넌 뭐야?"

이에 강서준은 한층 겁에 질려 안색이 새파랗게 질린 사내를 내려다봤다. 아직 살갗에 닿기 전이라 작은 상처도 없었다.

다행이었다.

저 단검에 조금이라도 닿았다면 이 남자는 죽었겠지.

"대답 안 하나?"

강서준은 어느새 자신의 목을 겨눈 단검을 확인했다. 그리고 외국인의 파란 눈을 지그시 노려보면서 말했다.

"케이."

"뭐?"

"케이라고. 짝퉁 새끼야."

현재 아크에 떠도는 케이에 대한 소문은 썩 좋질 못했다.

'잔악무도하고 포악하며, 성질은 더러우면서 오만하기까지 한 남자.'

이처럼 각종 나쁜 수식어는 전부 모아 놓은 소문부터 익히 예상할 수 있는 문제였는지도 모른다.

그가 없는 사이에 자리를 꿰차고 들어앉은 '가짜 케이'는 명백히 악인이며, 폭군이라는 것.

결코 좋은 사람은 아닐 것이다.

'하지만 이 정도로 질이 나쁠 줄이야.'

강서준은 주변에서 사람들이 쑥덕대는 소리를 통해서 정황을 얼추 파악할 수 있었다.

'고작 어깨를 부딪쳤다는 이유로 사람을 죽이려고 들어?'

앞에서 무릎을 꿇고 손을 싹싹 빌면서 사죄를 하는 이유, 당장 목에 단검을 들이미는 이유가 고작 그거란다.

어깨를 부딪쳐서.

짝퉁은 눈을 가늘게 뜨며 강서준을 향해 말했다. 광기에 젖은 푸른 두 눈동자가 장난감이라도 발견한 듯 번쩍이고 있었다.

"······케이라고?"

채애앵!

놈이 단검을 찔러 온 건 순식간이었다.

강서준은 빠르게 본디시의 검을 휘둘러 단검을 맞부딪쳤다.

그것만으로도 알 수 있었다.

이놈, 이름만 훔친 허울만은 아니었다.

'······강해.'

두 사람의 격돌로 주변에 스파크가 비산했다. 마력의 충돌로 인하여 폭풍이 생겨났고, 구경꾼들은 하염없이 뒤로 튕겨 나가야만 했다.

그럼에도 둘의 거리는 좁혀지지도, 멀어지지도 않았다.

강서준은 사납게 물었다.

"……넌 대체 누구냐?"

"글쎄."

빠르게 공방이 오갔다. 놈의 단검이 기이한 각도로 찔러 오면, 강서준은 검로를 막아 튕겨 내면서 그대로 검을 사선 으로 베었다.

단검이 비스듬히 공격을 흘리고, 이어서 강서준의 심장을 찔렀지만 손쉽게 막아 냈다.

서로에게 아무런 데미지조차 주질 못하는 공방.

놀랍지만 이놈은 강서준의 신체적인 능력을 따라왔다.

'전력을 다하질 않는 건 서로 마찬가지다.'

슬슬 강서준의 검에선 하얀 서릿발이 피어나고, 놈의 단검 에선 어둠이 스멀스멀 흘러나왔다.

흑백의 격돌.

두 사람의 전투가 빠르게 치닫는 동안 주변에서 물러났던 사람들 대신 아크의 군인들이 몰려왔다.

치열한 공방을 앞두고 총구를 겨눈 그들은 다소 겁을 집어 먹은 얼굴로 말했다.

"즉각 전투를 중지하십시오! 다시 말합니다. 전투를 멈추십시오!"

재차 떨리는 목소리로 말을 이었다.

"이러다 건물이 무너지겠습니다!"

그제야 강서준은 놈을 힘껏 밀어내고 자세를 정돈했다. 안 그래도 이대로는 결판이 나질 않을 것 같았다.

더 힘을 끌어내면, 군인들의 말처럼 건물이 위태로웠다.

그리고 군인들은 빠르게 강서준을 향해 총을 겨누면서 말했다.

"누구십니까? 신원을 밝히십시오."

"……왜 나한테만 총구를 겨눠요?"

"저분의 신원은 이미 알고 있습니다."

비록 총구를 겨눴지만 군인들의 말투는 정중하기 그지없었다. 강서준은 가볍게 한숨을 내뱉으며 말했다.

"케이입니다."

"……예?"

"제가 진짜 케이라고요."

✻✻

발 없는 말이 천 리를 간다고 하던가?

지금 아크는 발칵 뒤집어지고 있었다.

"그게 무슨 소리야. 케이 님이 둘이라고?"

"몰라. 지금 그것 때문에 난리도 아니야."

"자세히 말해 봐. 뭐가 어떻게 된 건데?"

"2구역에서 벌어진 일인데, 케이 님이 3구역 사람들이랑 시비가 붙어서……."

강서준이 케이를 상대로 대등한 전투를 벌이고, 스스로를 진짜 케이라고 자칭한 건 많은 사람들의 입을 오르내리기 좋은 소재였다.

새로운 케이의 등장.

이는 여태 '폭군 케이'에 대해서 반발을 했던 수많은 아크의 시민들에게 아주 좋은 빌미가 된 것이다.

"쯧…… 그럴 줄 알았어. 난 케이 님이 그럴 리가 없다고 믿고 있었다고."

"맞아. 나쁜 새끼…… 감히 케이 님을 사칭해?"

"얼른 참교육을 당했으면 좋겠군."

또한 케이는 짝퉁이 나타나기 이전부터 꽤나 우상화가 되어 있던 존재였다.

고작 어깨를 부딪쳤다는 이유로 죽이겠다는 케이와, 그걸 정면으로 막아서서 지켜 주는 케이.

수많은 사람들은 알게 모르게 후자가 진짜 케이이길 바라고 있었다.

듣기로는 새로운 케이는 죽을 위기에 처했던 3구역의 사람들을 직접 구해 냈다고 하질 않은가.

하지만 반대 의견도 다분했다.

"어느 한쪽은 거짓을 말하고 있는 거야."

"⋯⋯당연히 나중에 나온 놈이 가짜 아니야? 재앙의 유성 검이라는 증거가 있잖아."

"난 조심스러워. 근데 증거는 확실하지."

결국 이 화제는 아크의 중역들의 귀에도 자연스레 흘러 들어갔다. 관련된 내용으로 회의가 벌어지는 것 또한 일사천리였다.

아크에서 케이의 위치는 생각보다 훨씬 높았으니까.

"회의를 시작하겠습니다."

박명석은 일단 회의실에 모인 사람들을 향해 간단히 브리핑을 진행했다.

현재 3구역으로 진입한 아크의 군대가 드디어 전선까지 완벽하게 수복했다는 기쁜 소식.

하지만 사람들은 듣는 둥 마는 둥 제대로 집중하질 않고 있었다.

이유는 간단했다.

회의실 한쪽에 앉은 두 사람.

예의 소문으로 퍼진 '두 케이'에게 시선을 끌린 것이다.

박명석도 사람들의 반응을 이해했다. 해서 빠르게 브리핑을 끝내고, 본론으로 넘어갔다.

"오늘 여러분들을 불러 모은 이유는 브리핑 이외에도 중차

대한 안건이 있기 때문입니다."

박명석의 시선이 한쪽에 닿았다.

금발, 푸른 눈을 가진 남자와 전형적인 한국인의 얼굴을 한 남자.

둘은 너무나도 달랐지만 '케이'라는 공통점이 있었다.

"다들 아시겠지만, 금일 경계의 벽 내부에서 소소한 다툼이 있었습니다. 사건의 발단은 케이 님과 3구역의 시민이 충돌한 데부터 있는데……."

쿠웅!

그때였다.

거구의 남자가 대뜸 테이블을 박차고 일어났다.

"불쾌하기 짝이 없군! 할 게 없어서 감히 케이 님을 모함하는 회의를 열어?"

"자리에 앉으세요. 아직 브리핑은 끝나지 않았습니다."

"들으나 마나야! 당신들이 지금 무슨 잘못을 저지르는지 상상이나 해 봤어?"

사내는 답답한 듯 가슴을 두드리며 말했다.

"이러다 케이 님이 아크에 정이 떨어지셔서 떠난다면 어떻게 책임질 거야? 응? 그리고 '재앙의 유성검'이 곧 증거 아니냐고!"

박명석은 길길이 소리치는 사내를 눈여겨봤다.

장석구. 분명 폭군 케이의 측근으로 기억했다.

그에겐 당연히 강서준이 케이로 보일 리가 없겠지.

비슷하게도 현 케이를 추종하는 몇몇의 사람들은 불쾌함을 표현하길 망설이지 않았다.

장석구는 사납게 입을 열었다.

"더 할 말 없겠지? 남은 안건이 케이 님을 모함하는 개수작이면 난 이만 가겠어."

"……후회하실 텐데요."

"웃기는군."

장석구를 필두로 많은 사람들이 자리에서 일어났다. 놀랍게도 반 이상을 일어나서 강서준을 쓰레기 보듯 시선을 던져댔다.

박명석도 그들의 막무가내식 태도에 눈살을 찌푸렸다.

그에겐 저들을 막을 방법이 없었다.

'링링이 있었으면 쥐 죽은 듯 가만히 있었을 놈들이…….'

하지만 누굴 탓하겠는가.

박명석은 본인의 약함을 잘 알았고, 저들보다 레벨 또한 형편없음을 인정했다.

그나마 그의 말을 듣고 따라 주는 건, 국회의원이었다는 특수성과 비상한 머리로 아크의 참모직에 앉아 있기 때문이었다.

'뭐, 됐어…… 알아서 정리되겠지.'

박명석은 다소 느긋하게 회의장을 벗어나는 장석구를 바

라봤다.

슬슬 올 때도 됐는데.

마침 문이 열리면서 회의장을 나서려던 사람들이 일제히 걸음을 멈췄다. 사람들에게 가려져 보이진 않았지만 낭랑한 목소리는 들을 수 있었다.

"회의는 끝난 겁니까?"

"······최하나?"

박명석은 빠르게 마이크를 잡아 말했다.

"들어오세요. 회의는 이제 막 시작한 참입니다."

회의장을 벗어나려던 사람들은 엉거주춤한 자세로 뒤로 물러났다.

길이 생겨나자, 최하나는 그녀에게 꽂히는 시선을 당당히 무시하며 안쪽으로 들어왔다.

회의장 내부는 금세 시끄러워졌다.

"진짜 최하나잖아?"

"······살아 있었네."

"와, 실물 미쳤네. 아포칼립스 세계관에서도 저런 얼굴을 유지할 수 있어?"

"근데 여긴 무슨 일이지?"

박명석은 사람들의 관심이 일제히 그녀에게 고정되는 걸 느꼈다. 연예인은 역시 연예인인 걸까. 옷차림은 다소 꾀죄 죄했는데 최하나가 입었다는 이유만으로 명품처럼 보일 정도였다.

어느덧 회의장을 벗어나려던 사람들도 속속들이 자리에 앉았다.

박명석은 최하나를 옆으로 불러들였다.

"여러분들도 알다시피 최하나 님입니다."

그녀는 사람들의 시선을 익숙하게 받아들였다. 박명석은 사람들의 반응을 즐기기라도 하듯 잠시 기다렸다가 입을 열었다.

"그리고 최하나 씨는 드림 사이드 1에선 마탄의 사수로 불렸습니다."

갑자기 정적이 찾아왔다.

냅다 찬물을 뒤집어씌워 놓은 듯한 고요함이었다. 사람들은 황당한 얼굴로 박명석을 노려봤다.

그 반응이 재밌는지 박명석은 씩 웃으면서 말했다.

"오늘 케이 님에 대한 안건을 회의에 올린 건 사실 클라크 님의 증언 때문입니다."

"……증언?"

"네. 클라크 님은 현재 아크에 계신 케이 님을 사칭범이라고 주장하시니까요."

최하나는 박명석이 건네는 마이크를 받아 들더니, 대뜸 폭탄선언을 이었다.

"맞아요. 저거 짝퉁이에요."

그녀의 한마디에 다시 회의실 분위기는 들끓기 시작했다. 다들 믿질 못하겠다는 눈치였다.

장석구가 당황한 듯 말을 더듬었다.

"우, 웃고 있네. 네가 뭘 알아?"

"당신보다는 잘."

"……뭐?"

"저놈 어딜 봐서 케이라는 거예요? 눈은 장식이세요?"

최하나의 냉랭한 말투에 장석구의 얼굴색이 붉어졌다.

그는 화를 참질 못했는지 약간 마력마저 뿜어내며 말했다.

"뚫린 입이라고 말을 함부로 하는군. 연예인이라고 봐줄 줄 알면 착각이야."

최하나는 피식 웃으며 장석구의 시선을 맞부딪쳤다. 눈을 가늘게 뜬 장석구가 최하나의 앞에 다다른 건 금방이었다.

"건방진 년. 주제를 알려 주마."

장석구는 최하나의 어깨를 꾹 짓눌렀다. 덩치는 그녀의 두 배는 넘었기에 외관상 확실히 불리해 보였다.

하지만.

"뭐 하세요?"

"……어, 어라?"

"비켜요. 걸리적거리지 말고."

순간적으로 최하나의 몸에서 가공할 만한 기세로 마력이

솟구쳤다.

화들짝 놀란 장석구가 뒤로 훌쩍 물러났다.

"쯧."

가볍게 혀를 찬 최하나는 장석구에겐 일절 관심조차 주질 않고 경악으로 물든 좌중을 둘러보며 말을 이었다.

"내가 증명해요."

"……?"

"저딴 짝퉁이 아니라, 이분이야말로 진짜 케이라는 걸."

그때 잠시라도 최하나의 기세에 밀렸다는 사실을 참을 수 없었는지, 장석구는 얼굴을 새빨갛게 물들이더니 곧 스킬을 발동시켰다.

[플레이어, '장석구'가 스킬 '수인화(늑대)'를 발동합니다.]

몸을 부들부들 떨더니 온몸에 털이 자라났다. 한 마리의 늑대인간이 된 그는 울음소리를 섞어서 말했다.

늑대인간이 되니 더는 최하나의 기세에도 밀리지 않을 수 있었다.

"크르…… 건방진 년이 죽고 싶어 환장을 했구나!"

하지만 그보다 먼저.

철컥!

장석구의 미간을 조준한 권총이 있었다.

"아까부터 말투가 거슬리는데. 감당할 자신은 있겠죠?"

정중하고 차분한 말투. 하지만 정작 대상이 된 장석구는 종전보다 훨씬 빠르게 뒤로 물러났다.

최하나의 기세를 이기기 위해서 꺼낸 비장의 카드인 늑대 인간으로의 수인화.

아이러니하게도 동물적인 감각이 한껏 올라간 몸이었기에 본능적으로 최하나를 피해 뒤로 물러난 것이다.

그 사실을 뒤늦게 깨닫고 장석구가 재차 일어나려고 했지만, 주변의 플레이어들이 만류하여 겨우 멈출 수 있었다.

그제야 장석구도 보게 됐다.

"……마, 마탄의 리볼버?"

재앙의 유성검만큼이나 유명한 무기였다. 천외천 클라크만이 가지고 있는 유일무이한 유니크 장비였으니 말이다.

회의실이 대번에 소란스러워졌다.

그리고 그때였다.

"으아아아, 시끄러워. 시끄러워. 시끄럽다고!"

돌연 짜증 섞인 목소리가 울리면서 회의실 내부를 크게 뒤흔들었다.

어느덧 권총의 총구엔 꽃 한 송이가 피어났고, 장석구의 전신엔 꽃이 수십 송이가 자라났다.

눈을 깜빡였다 뜨니 그 모든 건 사라져 있었다.

하지만 분위기는 한 번에 사그라들었다.

박명석은 나지막이 중얼거렸다.

"이 기술은……."

그의 시선이 회의실 뒤편으로 향했다. 늘어지게 하품을 하면서 한 소녀가 천천히 앞으로 걸어오고 있었다.

"……링링. 언제 돌아왔습니까?"

실질적인 아크의 수장, 천외천 링링.

그녀는 귀찮은 듯 박명석의 말을 대충 무시하며 회의실의 단상으로 올라섰다.

그녀의 무심한 눈이 사람들과 최하나 쪽으로 향했다.

케이식 던전 공략법

속담 중 이런 말이 있다.

─사공이 많으면 배가 산으로 간다.

회의실에서 바라본 아크의 풍경이 딱 그 짝이었다.
통제 불능의 자유분방함.
목소리 큰 쪽이 이길 것만 같은 전반적인 분위기.
'봉쇄령'과 같은 막중한 작전을, 어째서 고작 일주일 전에
나타났다는 케이의 말을 따라서 졸속 처리했는지 여실히 알
수 있는 대목이었다.
강서준은 헛웃음을 삼켰다.

아크엔 지금 사공이 많아도 너무 많다.

'중심을 잡아 줄 리더가 없군.'

그나마 박명석이 나서서 고삐 풀린 망아지 같은 플레이어들을 어떻게든 이끌려는 모양새였지만, 그조차 쉬워 보이진 않았다.

아무래도 박명석의 발언권은 다른 플레이어보다 대단히 높은 편은 아닌 듯했으니까.

'……문제네.'

원인을 찾아본다면 아무래도 너무 많은 사람들이 죽은 것부터일 것이다.

세 달 전.

지구 전역으로 나타난 던전화 현상은 지위와 나이를 막론하고 벌어졌으니까. 누구도 몬스터의 습격에 안전할 수 없었다.

똑똑하든.

돈이 많든.

권력이 대단하든.

중요하지 않았다.

드림 사이드 2의 정식 오픈으로 인한 던전화에서 살아남기 위한 제1조건은 오직 몬스터를 상대할 수 있느냐는 것이다.

이 나라의 대통령조차 몬스터를 비롯한 던전에서의 생존력을 장담할 수 없다면 쉽게 허물어질 수밖에 없었다.

그리고 그런 현상에서 가장 도드라질 수 있는 존재는 오직 단 한 종류일 뿐이리라.

'플레이어.'

여기서 고질적인 문제가 등장한다.

플레이어의 연령. 그들은 대개 10~20대로 고정됐다는 점이다. 아무래도 높은 연령대의 사람들은 온라인 게임이 생소한 편이었으니까.

'게임 경험은 풍부해도 인생 경험이 부족한 사람이 태반이라는 거야.'

실제로 회의실에 앉아 있는 플레이어의 연령대는 대개 젊은 층에 속했다. 기껏 많아 봐야 30대 후반이었다.

또한 대다수의 실력은 고만고만한 정도.

'서로를 인정하지도 않는 거야.'

비슷한 연령대의 사람들이 비슷한 실력을 갖고 있다. 이 상황에서 누가 누구를 위로 보고, 명령을 내린단 말인가.

제각각 강했고, 제각각 선택을 할 뿐.

그나마 여태 천외천 '링링'이 '박명석'과 손을 잡고 이곳을 어떻게든 잘 가꿔 온 것이다.

그조차 링링이 자리를 비우니 개판이 되는 게 현실이었지만.

'오합지졸이야.'

이런 점에 있어서는 확실히 드림 사이드 1이 편했다.

그 세계는 왕과 귀족, 평민과 천민이 존재하는 '계급 사회'였다. 봉쇄령 같은 일이 졸속 처리될 만한 일은 없는 세계였다.

　또한 굴러온 돌이 박힌 돌을 제거하는 건 또 요원한 일.

　'이곳이 이 모양 이 꼴이니, 짝퉁 녀석이 더 쉽게 아크를 장악한 거야.'

　제각각 힘은 강하고 능력은 출중해도 누구 하나 책임질 존재가 없다. 그것이 아크의 현 주소였다.

　그리고 그곳에서 자격이 없는 짝퉁이 왕 노릇을 하며 으스대고 있었다.

　'침몰 직전의 배에 탑승한 기분인데.'

　어쨌든 최하나의 등장과 함께 온탕과 냉탕을 수시로 오가던 회의실은, 링링의 등장으로 또다시 새로운 상황을 직면하고 있었다.

　강서준은 그녀를 보며 침음을 삼켰다.

　게임 속 모습과 다를 게 없었다.

　'본인 입으로 천재라는 말을 입에 달고 살더니…….'

　키는 160cm 정도 될까.

　총총걸음으로 강단에 선 그녀는 작은 키였지만 충분히 플레이어들을 압도하는 기세가 있었다.

　천외천의 천재 마법사 링링.

　그녀는 다소 귀찮다는 듯 미간을 찌푸리며 말했다.

"그냥 둘 다 하면 안 돼?"

"……뭘요?"

"귀찮게 뭘 가려. 그냥 둘 다 케이 하라고."

게임 속에서 봤던 터무니없는 엉뚱함마저 똑같은 그녀였다.

———❦———

그 뒤로 진행된 링링의 설명은 과거에도 그랬듯, 엉뚱한 발상조차 납득하게 만드는 논리였다.

"……둘 다 케이로 인정하자는 겁니까?"

"응. 굳이 한 사람일 필요는 없잖아? 진짜 케이라는 게 그리 중요해?"

"당연하죠. 케이 님은 랭킹 1위였습니다. 그 방대한 경험은 그 누구도 대체할 수 없고……."

"뭐래."

링링은 박명석의 말을 가볍게 잘라 먹으면서 말했다.

"요점은 케이는 게임을 잘한다잖아."

"……그렇죠?"

"우리에게 필요한 건 결국 '드림 사이드 1의 랭킹 1위'가 아니야. '던전 공략을 더 잘하는 플레이어'지."

"그……렇죠?"

저도 모르게 말려들고 있음을 알면서도 박명석은 대답을 할 수밖에 없었다. 링링은 한심하다는 듯 사람들을 둘러보며 말했다.

"진짜 케이가 누구냐는 것보다, 어떤 놈이 더 도움이 되냐는 게 중요한 거야."

링링은 잠시 강서준과 짝퉁을 차례로 둘러봤다. 그녀의 눈빛이 예리하게 빛났다.

"그런 면에서 둘은 제각각 쓸 만하지. 두 사람 전투 실력은 비슷하다며?"

강서준과 짝퉁이 복도에서 펼친 짧은 전투는 이미 소문이 날 대로 난 상태였다.

꽤나 대등했던 싸움.

회의실의 사람들이 설령 강서준을 케이로 인정하진 않더라도, 그를 대놓고 무시하질 못하는 이유였다.

누가 뭐라 해도 그는 강한 플레이어였으니까.

"그러니까 그냥 둘 다 케이라고 치자는 거야. 대충 '국산 케이'랑 '외국산 케이'라고 하면 되겠네."

"구, 국산 케이……."

"이제 됐지?"

하지만 대충 말을 정리한 그녀를 바라보는 시선 속엔 여전히 풀리지 않는 의문만이 가득했다. 링링은 미간을 구기면서 말했다.

"……꼭 정해야 돼?"

"네. 실리적으로 보자면 틀린 말도 아니지만, 케이 님의 위치는 꽤 중요하거든요. 머리가 둘일 수는 없으니까."

케이의 영향력은 생각보다 훨씬 컸다. 제아무리 망나니 같은 외국산 케이조차 케이라는 이유로 우대받았으니까.

랭킹 1위의 존재감. 그와 함께라면 허무하게는 죽진 않을 거란 확신이 있는 것이다.

어쩌면 그게 링링과 다른 플레이어가 케이를 바라보는 시각의 차이였다.

링링에겐 케이가 대단히 중요하진 않았다.

"아, 귀찮은데……."

링링은 진심으로 귀찮다는 듯 말하다 문득 손가락을 튕겼다.

"둘 중 진짜만 알아내면 되지?"

"방법이 있습니까?"

"응."

"오오……."

링링의 확언에 사람들의 얼굴색이 밝아졌다. 어린 나이에도 이렇듯 당당히 제 의견을 말하고 사람들이 그걸 따르는 이유는 단순히 천외천이기 때문만은 아닐 것이다.

강서준은 링링의 총명한 눈을 보면서 내심 무슨 말을 할지 기대했다.

'링링은 진짜 천재니까.'

게임에서도 가볍게 말했던 그녀의 화려한 전적이 떠올랐다. 9살에 서울대학교를 입학하고, 10살에 박사 과정 통과. 나사(NASA)에서도 그녀에게 조언을 구한다고 들었다.

링링은 사실 최하나만큼이나 대한민국에서 유명한 인재였다.

"외국산 케이는 '재앙의 유성검'이 있고, 국산 케이는 '클라크의 증언'이 있어. 둘 다 유력하지. 그치?"

"네. 어느 쪽이 정답이라고 말하기 애매합니다. ……혹시 케이 님을 구분할 다른 정보가 있는 겁니까?"

"없는데."

"네?"

"하지만 방법은 있어."

링링은 본인의 스마트폰을 조작해 스크린 위로 영상을 띄웠다.

그곳엔 똑같이 생긴 두 개의 문이 나란히 나타났다. 둘 다 붉은색의 던전 브레이크 징조를 보이고 있었다.

"이건 갑자기 왜……."

"케이를 골라 달라며."

"네."

"이번에 내가 발견한 던전이야. 이거면 케이를 골라낼 수 있을 거야."

쌍둥이 던전.

두 개의 던전이 마치 거울처럼 동시에 생성된 경우였다. 아마 내부의 구조나 몬스터의 형태까지 모조리 똑같을 것이다.

그녀는 익살스럽게 웃으면서 말했다.

"실력도 비슷해, 증거도 만만해. 그렇다면 케이의 가장 유능한 점을 증명하면 될 일이야."

"설마."

"두 케이가 동시에 던전을 공략해. 그러면 누가 더 던전 공략을 잘하는지 판가름 나겠지?"

이른바 '던전 공략'을 두고 내기를 하자는 말이었다. 그녀는 차차 설명을 이어 나갔다.

"그리고 가장 케이다운 공략을 해내는 자가 진짜 케이가 아니겠어?"

"……누가 더 빨리 던전을 공략하는지에 따라서요?"

"그것도 평가에 반영되겠지."

문득 박명석은 미간을 좁히며 물었다.

"……혹시 두 개 다 돌기 귀찮아서 그러는 건 아니죠?"

"맞는데."

"이걸 빌미로 던전을 떠넘기게요?"

"뭐, 어때. 둘 다 강하잖아."

뻔뻔한 말투에 박명석은 탄식을 내뱉었다. 하지만 링링은 당당하게 설명을 이어 나갈 뿐이었다.

"이 던전은 24시간 후면 던전 브레이크를 일으켜. 제아무리 내가 천재라고 해도 두 개의 던전을 동시에 공략하는 건 무리거든."

그래서 링링은 던전 공략을 미뤄 두고 일단 아크로 돌아왔다. 팀원을 더 늘려서 동시에 던전을 공략하기 위함이었다.

한데, 그사이 아크는 리자드맨의 침공을 당했고, 봉쇄령이 떨어졌었으며, 지금은 케이를 두고 논란이 벌어진 상황인 것이다.

"귀찮은 던전도 처리하고, 유능한 케이도 뽑고. 꿩 먹고 알 먹을 수 있는 개이득 내기인데?"

링링의 말에 어느덧 다른 플레이어들도 고개를 끄덕였다. 어쩌면 조금은 흥미가 동했는지도 몰랐다.

실력만으로는 이중 그 누구도 감당하질 못하는 '외국산 케이'와, 정면에서 맞부딪치고도 밀리질 않았다는 '국산 케이'였다.

둘이 내기를 한다면 누가 이길까.

무엇보다 플레이어들의 입장에선 '케이의 던전 공략'이 몹시 궁금했다.

대체 뭘 어떻게 하길래, '랭킹 1위'가 된 걸까.

막연하게 사람들의 머릿속엔 기대감이 자라났다.

한편 불쾌감을 표시하는 이도 있었다.

대표적으로 외국산 케이를 지지하는 장석구가 그러했다.

"어찌 케이 님을 두고 내기를 벌인답니까. 오직 케이 님은 이분뿐인데!"

하지만 링링은 장석구의 말에 대꾸조차 하질 않았다. 그저 스마트폰을 조작하여 스크린에 문장을 띄웠다.

국산 케이 vs 외국산 케이
*팀 대항전
*랭커 참여 불가

"이게 조건. 양쪽 케이는 랭커를 제외한 플레이어를 위주로 던전을 공략하고 와."

세세한 설명도 첨언했다.

"쌍둥이 던전이 D급이긴 하지만, 언데드 던전이야. 어렵진 않겠지. 기왕이면 저렙 플레이어들을 데리고 가면 플러스 점수도 있다?"

마지막으로 그녀는 강서준과 짝퉁을 노려보며 말했다.

"각자 조원은 잘 짜고."

"……이미 하는 걸로 결정된 겁니까?"

"그럼 쟤네 의사도 물어야 하니?"

박명석을 향해 귀찮다는 듯 얼굴을 찌푸리던 링링이 하는 수 없이 다가왔다.

"혹시 쫄려?"

그 말에 짝퉁 녀석의 눈썹이 미미하게 꿈틀거렸다. 약간 사나운 눈초리를 한 그가 말한다.

"진짜 케이가 누군지 보여 주지."

"그럼 외국산은 결정됐고. 국산은 어때?"

강서준은 일사천리로 진행되는 링링의 진행에 어깨를 으쓱였다. 여기까지 판이 깔린 이상 거절할 이유는 없었다.

짝퉁 녀석과 케이라는 이름을 걸고 싸운다는 것 자체가 여러모로 우스운 일이라는 생각은 들었지만.

흥미가 동하지 않았다면, 그도 거짓말일 것이다.

던전을 두고 내기라······.

"할게요."

팀원의 경우는 링링의 선택에 의해서 그 후보가 결정됐다. 대개 '저렙 플레이어'로 구성된 사람들은 한눈에 봐도 햇병아리들. 그중 10명씩 뽑아 가기로 했다.

얼추 서로의 팀이 구성됐다.

외국산 케이는 자신의 팀원을 향해 서늘하게 말했다.

"방해하면 죽인다."

"······."

"대신 내 뒤만 쫓아라. 진정한 케이의 공략이 뭔질 보여 주지."

거침없는 언사였지만 의외로 팀원들은 불만을 말하지 않았다. 그의 복장에서부터 드러나는 존재감.

고렘의 번쩍거리는 아이템부터 '재앙의 유성검'이라는 특
유의 분위기가, 케이의 강함을 대변했다.

반면 강서준의 팀원은 다소 걱정스러운 안색이 다분했다.

그도 그럴 게, 복장이 비교되는 것이다. 그들은 강서준의
허름한 복장을 보며 입술을 짓씹었다.

로테월드 이후로 적당한 장비를 갖추질 못한 그는 대충 가
까이에 있는 옷 가게에서 찾아낸 일상복에 불과했으니까.

"저…… 케이 님?"

팀원 중 한 명이 조심스럽게 말을 걸어왔다.

조현호.

레벨은 97로, D급 던전에 들어가도 죽지 않는 수준의 실
력자였다.

그는 떨리는 목소리로 물었다.

"혹시 레벨은 어떻게 되시는지……."

숨길 것도 없었다.

강서준은 가볍게 말했다.

"73요."

팀원들의 얼굴이 사색이 되는 순간이었다.

22세 조현호, 레벨은 97.

일명 '국산 케이'인 '강서준 팀'에 소속된 그는 붉게 물든 두 개의 던전을 보고 있었다.

양쪽으로 똑같은 형태로 갈라진 기이한 형태의 던전인 '쌍둥이 던전'이었다.

"이곳이……."

조현호는 던전에서 느껴지는 알싸한 기운에 몸을 떨었다. 언데드가 등장한다더니만, 아직 들어가지도 않았는데도 서늘한 공기가 느껴졌다.

그가 몸을 떨자, 옆을 지나치던 일명 '외국산 케이'인 '하르트 팀'이 낮게 웃음을 터뜨렸다.

"어이, 지금이라도 못 하겠다고 하는 게 낫지 않겠어? 벌벌 떨지 말고."

"뭐?"

"막말로 너희 케이는 너보다 레벨이 낮다면서? 그대로 들어가면 네가 케이를 끌고 다녀야 하는 거 아니냐고."

하르트 팀은 대다수 비웃음을 터뜨리고 있었다. 그리고 강서준 팀은 이에 대꾸조차 못 하는 실정이었다.

'그건 사실이니까.'

조현호는 미간을 구기며 선두에 선 강서준 쪽을 바라봤다. 외관만 봐서는 썩 못 미더운 차림.

하지만 조현호는 가볍게 혀를 차면서 약간 의외의 말을 했다.

"글쎄…… 모르겠어."

"뭘?"

"저분의 레벨이 낮다는 거 말이야."

조현호의 말에 그의 팀원들도 고개를 끄덕였다. 하르트 팀이 뭔 개소리를 하냐는 듯한 눈깔을 떴지만 조현호의 의지는 굳건했다.

참다못한 한 명이 묻는다.

"'힘을 숨긴 찐따'라도 된다는 거야?"

조현호는 어깨를 으쓱이며 답했다.

"몇 가지 모호한 게 있거든."

우선 아직 D급 던전은 도전조차 못 할 레벨인 73레벨로 하르트와 정면으로 맞부딪쳤다는 소문이다.

당장 레벨이 170을 넘어섰다는 하르트를 상대로 정면 승부를 벌인다는 건 그만한 스텟을 가졌다는 방증이 아닌가.

"그야 우리 하르트 님은 쓸데없는 일에 힘을 쓰진 않으시니까. 넌 닭 잡는 데에 소 잡는 칼을 쓰냐?"

"……그뿐만이 아니야."

강서준은 하르트가 잡지 못할 거라고 단언한 '자이언트 혼 리자드'를 죽였다고 알려져 있었다.

관련자들이 직접 보고 겪은 이야기였으니 헛소문일 리도 없을 터.

하르트 팀원이 미간을 구기며 말했다.

"진짜 '자이언트 혼 리자드'도 아니라던데?"

"고작 73짜리가 잡을 놈도 아니지."

이처럼 강서준은 파면 팔수록 알 수 없는 점들이 차고 넘치는 신비로운 사내였다.

심지어 그는 천외천, 마탄의 사수인 클라크로 판명 난 최하나의 열렬한 지지도 받고 있질 않은가.

강서준을 바라보는 조현호의 미간이 좁아졌다.

사실 여러 의문 중 가장 이상한 점은 따로 있었다.

"이상할 정도로 침착하단 말이지."

평균 레벨이 100인 그들조차 D급 던전을 목전에 두니 새 가슴이라도 된 것처럼 심장이 콩닥거렸다.

한데, 강서준은 마치 산책이라도 나온 사람처럼 편안한 얼굴이었다. 이상할 정도로 침착한 모습을 보니 괜한 걱정을 하고 있나 착각이 들 정도였다.

조현호의 판단이 보류될 수밖에 없는 이유였다.

"일단 두고 보려고."

하르트 팀원은 그런 조현호를 향해 딱하다는 시선을 던졌다. 여전히 비아냥대는 말투였다.

"그러다 죽어. 뭐…… 육개장은 먹으러 가 줄게. 조의금은 얼마가 좋냐?"

"……"

"5만 원으로 퉁 치자."

밍밍한 조현호의 반응에 김이 샌 하르트 팀원들은 농담을 던지며, 곧 그들의 자리로 돌아갔다.

놈들을 응시하던 조현호도 본인의 장비를 완전히 정비한 뒤, 강서준에게 다가갔다.

다시 봐도 편안할 뿐인 그는 작은 두 동물에게 말을 걸고 있었다.

다람쥐와…… 도깨비?

"떨어진 거 함부로 주워 먹으면 나한테 죽는다."

"넌 괜히 나서지 마. 방망이질 잘 못하면…… 알지?"

조현호는 조심스럽게 입을 열었다.

일단 이름은 '케이'가 아니라, 본명으로 부르기로 통일한 뒤였다.

"강서준 님."

"……네?"

"준비가 완료됐습니다. 언제쯤 출발하면 좋을지……."

"흐음."

강서준은 조현호의 뒤를 따라서 차례대로 선 사람들을 둘러봤다. 잔뜩 긴장한 얼굴의 그들이 비장한 시선을 던지고 있었다.

"바로 출발하시겠습니까?"

하지만 강서준은 바로 답하질 않고 슬쩍 하늘을 올려다봤다. 스마트폰으로 시간도 확인하더니 말한다.

"3시간 후에 출발합니다."

"……3시간씩이나요?"

"준비가 필요하거든요."

도대체 무슨 준비가 3시간씩이나 필요하다는 건지. 생소한 주문이었지만 어차피 팀의 리더는 강서준이었다.

조현호를 비롯한 팀원은 의문 속에서도 따르는 것만이 할 수 있었다.

어쨌든 그의 말에 반발할 생각이었다면 애초에 참여하지도 않았을 테니까.

조현호는 나지막이 생각했다.

'그래. 링링 님이 허락하신 일이다.'

링링이 누군가.

무너져 가는 서울에 '아크'의 토대를 닦고, 죽을 위기에 내몰린 서울의 시민들을 한데 모은 사람이었다.

그녀는 천재적인 두뇌로 불가능이라 여겼던 수많은 것들을 가능하게 만든 전적이 있었다.

천외천이란 이름에 누가 되질 않는 업적부터, 그녀에게 목숨을 구함받은 사람이 몇 명인가.

조현호도 그중 하나였다.

그녀의 선견지명, 그리고 똑똑한 두뇌가 실수를 할 리가 없다는 확신도 들었다.

그런 그녀가 제안한 일.

강서준은 믿을 만하다.

그럴 것이다.

그래야만 한다.

하지만 조현호는 바로 출발 준비를 마치고 던전으로 향하는 하르트 팀을 마주할 수 있었다.

조바심이 들었다.

조현호가 은근슬쩍 강서준의 눈치를 살피며 물었다.

"저쪽은 바로 출발하는 모양입니다."

"그러네요."

"역시 3시간 후는 너무 늦지 않을까요?"

이번 던전 공략은 단순히 던전을 공략하는 것에 그치지 않는, '던전 공략 내기'였다.

더 훌륭한 공략을 해낸 사람이 바로 케이로 증명되는 것.

그러려면 시간이 금이었다.

'게다가 이번 던전은 외부 시간과 던전의 시간이 서로 공유되는데…….'

즉 바깥이 밤이라면, 내부도 밤일 것이다. 강서준이 말한 3시간 후는 해가 지고도 남을 시간이었다.

'야간 버프에 던전 버프까지…… 언데드는 좀.'

던전 공략 난이도가 절로 올라가는 소리가 수시로 들려왔다. 그만큼 공략 속도는 느려질 텐데.

강서준은 곰곰이 생각하더니 말했다.

"걱정 마요. 링링의 조건은 케이식 던전 공략법을 보여 달라는 거였잖아요?"

"하지만……."

무어라 말을 꺼내던 조현호는 요란스럽게 입장을 시작한 하르트 팀을 응시했다.

그리고 나지막이 한숨을 삼켰다.

이제 와서 생각하면 무얼 하나.

믿어야지.

그가 정말 '케이'라면 지금 하는 걱정은 기우에 불과할 것이다.

'……괜찮겠지?'

정확히 3시간 뒤.

석양이 저물어 땅거미가 길어질 즈음.

강서준 팀은 던전에 입장했다.

<hr>

D급의 쌍둥이 던전.

언데드가 출몰한다는 정보답게 던전으로 들어서자마자 나타난 몬스터는 살점이 어설프게 붙은 좀비였다.

구울부터 다양한 형태도 나타났다.

각종 독을 가진 시독 좀비나 커다란 덩치로 무작정 돌진을 감행하는 불도저 같은 놈들도 보았다.

던전의 이름도 '시체들의 도시'라는 게 썩 잘 어울렸다.

조현호는 이를 악물고 검을 휘둘렀다.

'……미치겠군!'

벌써 6시간째 이어진 전투.

조현호는 간과하고 있던 점을 한 가지 더 상기할 수 있었다.

'……여긴 던전 브레이크 직전의 던전이었어!'

그만큼 무수한 좀비들의 습격에서 바다 위를 떠도는 부표처럼 강서준 팀은 겨우 목숨만 부지하는 실정이었다.

조현호는 턱 끝까지 차오르는 숨을 밀어내며 검을 휘둘렀다.

그래.

다 좋다, 이거야.

좀비? 방어력도 낮으니 당하기 전에 쓰러트리면 그만이야.

가장 큰 문제는 던전 입장하고 얼마 안 되어, 그들의 팀장인 '강서준'이 흔적도 없이 사라졌다는 점이다.

조현호는 시독 좀비의 독가스를 피하며 빠르게 놈의 목을 양단했다.

그때, 멀리 또 다른 울음이 들렸다.

좀비들이 또 몰려오고 있었다.

'또야?'

조현호는 좀비들을 애써 베어 넘기면서 던전의 상태를 확인했다. 곧 던전 브레이크가 완전히 일어날 시간.

이대로 쭉 이어진다면 보스 몬스터를 잡아 던전을 공략하기도 전에, 던전 브레이크로 강화된 보스 몬스터를 만나지 않을까.

무수한 좀비를 썰어 버리면서 생각을 계속 이었다.

'죽어서도 잊지 않아. 반드시 복수할 거야. 강서준? 그놈은 내가 꼭 죽일 거야.'

대개 팀원들의 생각은 비슷했다.

슬슬 마력이 바닥났고, 살기 위해서 아등바등 버텨 왔지만 체력의 한계에 다다르고 있었으니까.

이젠 아무것도 하기 싫었다.

죽으면 편하겠지?

그때마다 그들의 팀장인 강서준의 얼굴이 아른거려 열불이 날 뿐이었다.

"그딴 게 케이라고? 빌어먹을 사기꾼 새끼야!"

욕을 퍼부으면서 남아 있던 마지막 마력을 소모시켰다. 한 줌의 마력까지 전부 쏟아 내니 더는 움직일 힘조차 느껴지지 않았다.

끝이다.

다른 팀원들도 거친 숨을 내뱉으며 한곳으로 뭉쳐 들었다.

다들 말하진 않아도 같은 심정이었다.

죽음이 목전에 다다랐다.

스거거걱!

나지막이 울리는 날카로운 절삭음!

흐릿한 시야 너머로 좀비들을 종횡무진으로 휩쓸고 다니는 한 사람이 모습을 드러냈다.

조현호는 시야를 가리는 피를 소매로 닦아 내며 흔들리는 정신을 다잡았다. 선명하게 상이 맺히니 누군지 바로 알아볼 수 있었다.

"……강서준?"

조현호는 일단 화부터 냈다.

"당신, 여태 지금까지 뭘 하다가!"

고생은 고생대로 해서 누더기 같은 옷을 걸친 팀원들에 비해, 처음과 그다지 다를 게 없는 그의 옷차림이 더더욱 분통 터지게 만들었다.

하지만 뭐라 말할 기운이 없었다.

일단 그들은 멍한 시선으로 강서준이 몬스터를 쓸어 버리는 장면을 바라봤다. 조현호는 나지막이 생각했다.

'싸우는 건 또 더럽게 잘 싸우네.'

그들을 포위하던 좀비들을 순식간에 전멸시킨 강서준은 호흡 하나 흐트러지지 않은 채 말했다.

"슬슬 마무리할 시간입니다. 공략하러 가죠."

"······여태 코빼기도 안 보이더니 이제 와서 무슨 소리입니까?"

하지만 강서준은 조현호의 말에 대답조차 않고 쑥쑥 어딘 가로 걸어갔다. 약간 어이없어진 조현호가 따지기 위해서 따라가다 문득 한쪽에 있는 커다란 문을 발견할 수 있었다.

보스방이었다.

"잠시만요."

그러더니 강서준은 혼자서 문을 열고 들어갔다. 조현호를 비롯한 팀원은 닭 쫓던 개처럼 문 앞에 서 있어야만 했다.

"······!"

쿠구구궁!

잠시 후, 던전은 크게 흔들리기 시작했다. 지진은 아니었다. 소리와 충격은 바로 앞에 있는 보스방에서 들려왔으니까.

키아아악!

[던전 브레이크가 발생했습니다.]

"허업······!"

깜짝 놀랄 메시지가 그들 앞에 드리우면서 팀원들 사이로 정적이 찾아들었다. 그리고 거짓말같이 던전 내부로도 씻은 듯이 고요한 침묵이 감돌았다.

강서준은 금세 돌아왔다.

불과 10분도 채 걸리지 않은 그는 일행을 돌아보면서 말했다.

"이제 나갑시다."

개운한 얼굴로 보스방을 벗어나는 그의 뒤편으로 토막 난 보스 몬스터의 사체가 있었다.

메시지도 나타났다.

[던전 '시체들의 도시(C)'가 공략되었습니다.]

[던전 '시체들의 도시(C)'의 던전 브레이크가 강제로 종료됩니다. 해당 던전엔 몬스터 리젠 제한이 생겨나며, 향후 특별한 일이 없는 한 '던전 브레이크'는 종식됩니다.]

조현호는 침을 꼴깍 삼켰다.

이거…… 실화야?

그는 잠시 강서준에 대한 원망을 접어 두고, 몹시 조심스러운 말투로 입을 열었다.

"저…… 강서준 님?"

"네."

"레벨이 73라고 하지 않았습니까?"

"아, 지금은 92입니다."

"네?"

황당한 얼굴로 보고 있자니, 강서준은 느긋하게 답했다.

"렙업했죠. 여러분도 꽤 신나게 올리시지 않았습니까?"

그제야 팀원들은 제각각 상태창을 확인했다. 분명 입장할 때만 해도 레벨 100에 불과하던 그들은 하루도 안 되어서 110에 근접하고 있었다.

강서준은 어깨를 으쓱이며 말했다.

"좋은 사냥이었습니다."

그러더니 휘적휘적 던전을 나가기 시작했다. 조현호는 그의 뒤를 따라가면서 새삼스럽게 한 가지 사실을 깨달을 수 있었다.

'그러고 보니 좀비들이 일정한 시간마다 나타났었는데……?'

죽을 듯이 힘들다 싶으면 이상하게도 몬스터들이 잠시 사라졌다가, 다시 끝도 없이 튀어나오곤 했는데.

조현호는 미간을 구기며 중얼거렸다.

"몰이사냥……."

그리고 그제야 알았다.

"나 버스 탄 거구나."

이것이 '케이식 던전 공략법'이라는 걸.

⁂

하르트는 목이 두 개가 달린 트윈 헤드 좀비의 목을 전부

쳐 내면서 생각했다.

'공략 시간은 얼추 11시간인가…….'

검에 묻은 피를 털어 내며 주변에 펼쳐진 시산시해(屍山屍海)를 둘러봤다. 이젠 경험치로 환산된 좀비들은 쓰레기처럼 바닥에 널브러져 있을 뿐이었다.

레벨 173인 그에겐 별 대수롭지도 않은 일.

마지막 보스 몬스터를 쓰러트릴 즈음엔 '야간 버프'가 적용돼서 다소 귀찮아졌지만, 그조차 어려운 일이 아니었다.

멀찍이 떨어진 하르트 팀이 화색을 띠며 다가왔다.

"역시 하르트 님이십니다. 이 넓은 던전을 혼자 돌파해 내시다니!"

"그것도 11시간…… 신기록입니다!"

"진짜 역대급! 존경합니다!"

하르트는 그들의 반응을 짜증 섞인 눈으로 바라봤다. 버러지 같은 놈들. 이놈들만 없었어도 11시간까지 걸릴 일은 없었다.

그 반절인 6시간 정도면 충분하지 않았을까.

'전부 죽여 버리고 싶군.'

하지만 끓어오르는 살심은 억지로 눌러 내렸다. 버러지 같은 이들이라도 팀원이었다. 막무가내로 전부 죽일 수도 없었으니까.

'이번 던전은 완전해야 한다.'

그간 했던 행보라면 짜증 나서 죽였다……라는 논리도 성립시킬 수 있겠지만, 이번 던전에서 저들의 안전은 중요했다.

케이를 연기하려면 그는 완전무결한 던전 공략을 보여야 하니까.

아무도 다치지 않고.

홀로 전투를 펼치는 것.

최단 시간으로 던전을 공략하는 것.

이것이 하르트가 고안해 낸 완전무결한 '케이식 던전 공략법'이었다.

'……놈은 얼마나 걸렸으려나.'

문득 2구역에서 맞부딪친 케이의 검을 떠올렸다. 과거의 영광이 헛되지 않았다는 걸 증명이라도 하는 것처럼 아주 매서운 검이었다.

제아무리 그가 전력을 다하질 않았다고 하더라도 173레벨의 검을 어렵지 않게 막아 낸 것이다.

'선택의 미로에서 돌아온 지 얼마 지나지 않은 플레이어라는 게 믿기지 않는군. 상식을 벗어났어.'

괜히 케이가 아니었고,

괜히 사람들이 그를 우상화하는 게 아니었다.

하르트는 계획이 조금만 더 늦었다면 더욱 성장한 케이에게 잡아먹혔을지도 모른다는 불안감에 몸을 떨었다.

비약은 아니었다.

드림 사이드 1에서도 초반엔 존재감조차 희미했던 케이가 금세 랭킹 1위까지 치고 올라왔으니까.

방심할 수는 없었다.

'하지만 나한텐 안 돼.'

그는 자신이 있었다.

케이가 무서운 이유는 괴물 같은 실력과 더불어 괴물 같은 성장력에 있는 것.

하지만 지금처럼 햇병아리일 때는 무서워할 이유가 없었다. 새싹을 밟는 데 두려움을 느낄 자가 있을까.

하르트는 이미 승리를 점쳤다.

놈이 아무리 대단해도 D급 던전을 그보다 빨리 공략할 수 없을 것이다.

그러므로 케이의 이름은 하르트가 가질 수 있게 된다. 진짜 케이가 된다고 해도 무방하리라.

'여긴 드림 사이드 2라고. 내가 케이보다 못한 건 아무것도 없다!'

그리고 이는 하르트 팀의 공통적인 의견이었다.

"하르트 님! 승리를 미리 축하드립니다!"

"하르트 님 만세!"

"아크 만세!"

"와아아아!"

던전 공략 소모 시간 11시간 2분.

공략 인원 1명.

하르트는 스스로의 전적을 상기하며 던전 밖으로 나갔다.

밖에선 언제부터 기다리고 있었는지 링링이 피크닉을 나온 소녀처럼 무너진 육교 위에서 돗자리를 깔고 편안하게 누워 있었다.

"……뭐야. 벌써 나왔어?"

약간 신경질적인 목소리. 링링은 자리를 털고 일어나며 하르트 팀원을 쭉 둘러봤다.

하르트는 아직 반대쪽 던전은 공략조차 되질 않았음을 확인했다. 케이는 아직 귀환하질 않았다.

예상대로였다.

놈은 아직 새싹, 그보다 빠를 순 없다.

'이겼군.'

한편으로는 싱거운 느낌이 드는 것도 사실이었다.

진짜 케이라…… 기대를 했건만.

혹시 하는 마음에 약간의 조바심도 생겨서 무리를 했는데.

'실망스럽군.'

의욕이 확 떨어지는 기분이다.

시간은 꽤 흘러, 어느덧 던전 브레이크가 일어날 시점에 다다랐다.

강서준 팀의 복귀를 기다리던 하르트 팀은 식은땀을 흘리며 던전을 주시했다.

이쯤 되니 알 수 있었다.

강서준 팀은 던전 브레이크를 막질 못했고, 우려는 현실이 되어 곧 눈앞에 몬스터가 쏟아져 나올 것을.

[D급 던전 '시체들의 도시'가 던전 브레이크를 일으켰습니다!]

하르트 팀은 탄식을 흘리며 링링을 돌아봤다. 여기까지 이어진 마당에 더는 던전을 그들에게만 맡기고만 있을 수는 없었다.

하르트 쪽 팀원이 말했다.

"링링 님, 지금이라도 들어가야 합니다. 아직 숨 고르기가 적용되는 지금이라면……."

"기다려."

"네?"

"기다리라고."

링링의 단언으로 오도 가도 못한 상태에서 방황하는 하르트 팀. 그들은 어쩔 수 없이 무기나 꽉 쥐고 곧 저 문을 통해서 뛰쳐나올 좀비를 대비했다.

그래도 걱정은 없었다.

그들에겐 하르트, 그러니까 케이가 있었으니까.

그리고.

잔뜩 긴장한 얼굴로 던전 입구를 노려보던 하르트 팀은 몬스터 대신 다른 문장을 볼 수 있었다.

[던전 '시체들의 도시(C)'가 공략되었습니다.]
[던전 '시체들의 도시(C)'의 던전 브레이크가 강제로 종료됩니다. 해당 던전엔 몬스터 리젠 제한이 생겨나며, 향후 특별한 일이 없는 한 '던전 브레이크'는 종식됩니다.]

누군가가 나지막이 중얼거렸다.
"⋯⋯버근가?"
하지만 곧 던전을 빠져나오는 일련의 무리를 보면서 전원 탄식을 흘렸다.
역전의 용사들이라도 된 것처럼 흉흉한 기세를 흩뿌리는 사람들. 피떡이 된 얼굴로 던전에 빠져나오는 건 강서준의 팀이었다.
그리고 그들과 함께 유유자적 던전을 빠져나오는 사람이 있었다.
'케이⋯⋯.'
하르트는 강서준이 보여 주는 느긋한 태도에 뒤통수를 한 대 얼얼하게 맞은 얼굴을 지었다. 절로 미간이 찌푸려지는 일이었다.
어쩐지 늦게 나오더니만.
"난 안중에도 없던 것이냐⋯⋯."

곧 한쪽으로 모인 양측 팀원들은 링링의 대답을 기다리고 있었다. 모든 채점은 천외천의 천재이자, 아크의 최상층 플레이어인 링링이 결정하기로 했으니까.

과연 누가 이길까?

많은 사람들의 기대와 추측 속에서 대중의 의견은 '하르트'의 승리였다.

공략 시간부터 큰 차이가 있었다.

링링은 좌중을 둘러보더니 간단하게 판결을 내렸다. 여러 사람의 기대를 단번에 꺾어 버릴 만한 결과였다.

그녀는 가볍게 말했다.

"무승부네."

사람들이 눈을 동그랗게 떴다.

"네?"

"뭐라고요?"

당연히 질 거라고 여겼던 강서준 팀은 놀라서 반문했고, 하르트 팀은 황당해서 입을 벌렸다.

링링이 미간을 찌푸렸다.

"뭐야? 왜 불만인 표정들인데?"

하르트의 팀원은 약간 붉어진 얼굴로 말했다.

"던전 공략 시간부터 고작 11시간입니다. 어째서 무승부죠? 누가 봐도 하르트 님의 승리가 아니었습니까?"

대개 같은 의견이었다. 던전 공략을 훨씬 빨리 끝낸 쪽이 더 우수한 성적이 아닌가.

하지만 링링은 한심하다는 듯한 표정으로 말했다.

"내가 던전을 빨리 공략하는 게 기준이라고 말한 적이 있어?"

"뭐?"

"내가 제시한 조건은, 케이식 던전 공략법을 보여 달라는 거야. 그리고 두 사람은 유능함을 전부 증명해 냈어. 양쪽 다 훌륭하게 말이야."

여전히 납득하질 못하는 하르트 팀원들을 보며 링링은 가볍게 혀를 차면서 말을 이었다.

이렇게까지 말해도 못 알아듣는 걸 보면 다들 머저리가 분명했다.

"너네 레벨 몇이야?"

"네? 갑자기 그건 왜."

"묻는 말이나 대답해."

"101입니다만……."

링링은 되물었다.

"던전에 진입할 땐?"

"101요."

"그래."

링링은 강서준 팀을 돌아보며 같은 질문을 했다. 그러자 돌아오는 답은 모두를 경악하게 만들었다.

"107입니다."

"……뭐?"

깜짝 놀라는 사람들의 반응을 뒤로하고 링링은 더욱 구체적으로 묻기로 했다.

"들어갈 땐?"

"97이었습니다."

같은 시작과 다른 결론.

링링은 비슷한 질문을 강서준 팀의 전원에게 물었다. 거짓말같이 팀원은 전부 최대 10씩 상승한 상태였다.

솔직히 믿기 어려운 이야기였다.

"조작 아닙니까? 처음부터 레벨이 높은 애들을 넣어 둔 거죠?"

"뭐? 조작?"

링링의 눈이 다소 사나워졌다.

"날 뭐로 보는 거야?"

불타는 것처럼 뜨거운 눈초리에 사람들은 꼬리를 말았다. 링링은 전보다 싸늘한 말투로 말했다.

"둘은 충분히 능력을 입증했고, 두 사람 모두 케이가 보여 줄 만한 공략을 해냈어. 역시 '무승부'가 최적의 결론이야."

사람들의 표정은 복잡해졌다.

D급 던전을 혼자서 11시간 만에 돌파해 낸 하르트나, 팀원들의 레벨을 전부 10씩 올려 놓은 케이.

둘 다 그럴듯해서 더더욱 우열을 가리기 어려웠다. 링링은 미간을 구기면서 말했다.

"그냥 둘 다 케이 하면 안 돼?"

"그럴 순 없습니다. 링링 님! 재시합을 요청합니다!"

"흐음……."

링링은 미간을 좁히며 곰곰이 고민하더니 뭔가를 떠올렸는지 입꼬리를 씨익 올렸다.

"그럼 이렇게 할래?"

⚜

어둠이 내려앉은 동굴.

호롱불이 여러 개 흔들리면서 사람들의 형상이 드러났다. 머리까지 후드를 꾹 눌러써서 얼굴은 보이질 않았다.

사실 후드를 벗어도 보이지 않았을 것이다.

그들은 모두 가면을 쓰고 있었으니까.

"아크에 진짜 케이가 나타났다는군."

컴퍼니에서도 농장주로 불리는 '배기찬'은 고개를 끄덕이며 조심스럽게 물었다.

"놈의 실력은?"

"듣기론 150 무렵이라더군."

"……괴물 같은 놈. 불과 며칠 전만 해도 100 언저리였을 텐데."

"케이잖나. 지금 같은 시기에 발견해서 다행인 게지."

배기찬을 중심으로 모여든 인원들은 저마다 몸을 떨면서 하나씩 욕을 퍼부었다. 케이에게 누구보다 원한을 가진 그들은 컴퍼니에서도 하나씩 중역을 맡고 있었다.

"그나저나 '리자드맨의 우물'을 상대로 내기를 벌인다더군."

"그건 무슨 소리지?"

"링링의 계획이야. 이곳에서의 기여도에 따라서 진짜 케이가 누군지 가려내겠다는군."

그 말은 즉, 아크가 공식적으로 C급 던전 '리자드맨의 우물'을 공략하겠다고 선언한 셈이었다.

그들은 음흉하게 웃으면서 말했다.

"손님을 맞이할 준비를 해야겠군."

"……무료하던 찰나에 잘됐어."

그 말을 들은 배기찬은 미간을 구기며 동료들을 하나씩 둘러봤다. 저들에겐 전처럼 긴장한 기색이 보이질 않았다.

"다들 방심하진 마. 상대는 케이야."

"……알아. 하지만 애송이잖나."

"그놈이 유령열차를 가져갔다는 것도 잊지 말라고."

하지만 배기찬의 경고에도 분위기는 바뀌질 않았다. 도리어 걱정이 많은 배기찬을 향해 비웃음을 날리기도 했다.

"과거의 망령에 사로잡혀 있군, 크록. 너무 걱정이 과한 게 아닌가?"

"신중한 거야."

"아니, 넌 너무 재는 경향이 있어. 현재 케이의 실력은 형편없다는 걸 너도 알잖아. 이곳은 유령열차 따위와 비교조차 할 수 없고 말이야."

"……그야 그렇지만."

배기찬은 나지막이 입술을 짓씹었다. 언제부터인가 본인이 과하게 걱정을 하는 경향이 있음을 자각하고 있었기 때문이었다.

'그래, 과한 걱정이다. 옛날의 케이가 아니야.'

게다가 이곳은 C급 던전이었다.

고작 150레벨의 역량으로 무언가를 뒤바꾸기엔 절대적인 레벨 차이가 존재하는 곳이었다.

보스 몬스터만 해도 레벨이 200이다.

'놈이 온다고 바꿀 수 있는 건 없어.'

배기찬은 문득 동굴 입구에서 느껴지는 거대한 존재감을 느꼈다. 묵직한 발걸음 뒤로 쓰으윽 뭔가가 쓸리는 소리가 들렸다.

"네놈들이 컴퍼니란 놈들이냐?"

악어처럼 쭉 삐져나온 입. 뒤로 길게 끌리는 꼬리. 인간이 아닌, 도마뱀의 피부를 가진 거구의 괴물.

리자드왕.

C급 던전 '리자드맨의 우물'의 보스 몬스터이자, 이번 계획의 마지막 조각.

놈을 보는 순간 알 수 있었다.

걱정은 기우에 불과할 것이다.

……그래야 할 것이다.

리자드맨의 우물

　진짜 케이를 선정하는 건에 대해서 링링이 내건 조건은 단순했다.

　C급 던전 '리자드맨의 우물'을 공략하는 데에 있어서 기여도가 더 높은 쪽이 승리.

　사람들은 처음엔 그게 말이 되나 싶었지만, 생각할수록 말이 되는 내용이어서 금세 환호하며 받아들였다.

　케이를 거르는 내기였다.

　C급 정도는 되어야 판가름 날 것이다.

　게다가 그토록 지겹게도 그들을 괴롭혔던 리자드맨의 우물을 공략하는 일이었다.

　사람들은 모종의 기대감마저 품었다.

"C급 던전이면 진짜 케이 님이 누군지 확실히 알 수 있을 거야."

"아무렴. 근데 너희 짝퉁은 좀 쫄리겠다. 그치?"

"웃기고 있네."

한편 D급 던전을 무대로 한 내기는 아크를 크게 두 세력으로 나누는 결과를 만들었다.

기존에 있던 하르트의 세력과, D급 던전에서 두각을 드러낸 강서준의 세력.

둘 다 유력한 후보로 자리매김하면서 아크는 크게 두 세력으로 나뉘었고, 각자 서로의 케이를 진짜라고 주장하면서 말다툼을 이어 나갔다.

해서 이번 내기는 특히 중차대했다.

어쨌든 '케이'가 참여하는 이상 C급 던전은 공략될 것이 분명했고, 이젠 누가 진짜 케이냐는 게 가장 큰 쟁점이었다.

'사실 진짜가 누구냐는 건 대단히 중요한 게 아닐지도 몰라.'

강서준은 그를 필두로 모여든 사람들을 쭉 둘러봤다. 일단 장기용은 C급 던전까지 공략할 수준은 못 돼서 아크에 남기로 했다. 오대수도 할 일이 있다고 했다.

그러고도 꽤 많은 숫자가 자원을 했다.

'이 사람들이 마냥 날 진짜 케이라고 믿어서 모였다고 보긴 어려워.'

짝퉁이 보여 준 공포 정치에 신물이 난 것이다. 단순히 하르트가 케이가 아니길 바라는 걸지도 몰랐다.

적어도 강서준이 케이가 되는 게 그들에겐 이득이 되기 때문이었다.

강서준도 동감했다.

'저런 놈에게 케이를 뺏길 수야 없지.'

케이는 강서준에게 있어 전부나 다름없었다. 안 그래도 가진 게 없는 그에겐 유일한 성과였다.

현실이 게임이 된 마당에 '케이'라는 이름마저 뺏긴다는 건 솔직히 참을 수 없는 문제였다.

링링은 아크를 떠나기 직전인 두 그룹의 플레이어를 향해 말했다.

"그렇다고 팀 킬은 안 돼. 던전 공략을 우선으로 하라고."

링링은 그 뒤로도 몇 가지 당부를 하며 대충 손을 흔들어 줬다. 강서준은 그 말을 흘려들으며 그룹을 이끌고 3구역을 지나 아크의 경계를 벗어났다.

거기서 조금 더 걸어가면 리자드맨의 군세가 있었다.

D급 던전을 공략할 때부터 강서준의 팀원이었던 조현호는 스마트폰으로 지도를 확인하며 말했다.

"저 포위망만 지나면 광화문까지 직선거리입니다. 하지만 우회해서 가는 걸 추천해요. 저놈들 영리하기가 보통이 아니니까."

강서준이 공략해야 할 던전인 '리자드맨의 우물'은 오픈 당일부터 광화문에 나타난 던전이었다.

이후로 두 번의 던전 브레이크를 거쳐 C급으로 성장했다.

그 말은 즉.

'기존의 던전 브레이크로 파생된 리자드맨의 군단을 먼저 상대해야 한다는 거지.'

조현호는 부연 설명을 이어 나갔다.

"우리가 먼저 공격을 개시하면 놈들은 빠르게 대처합니다. 영악하게도 우리의 뒤를 치죠."

리자드맨은 군단으로 움직이는 개체인 만큼 그들과의 전투엔 어느 정도 전략이 들어가 있었다.

공격을 받을 시, 따로 다른 리자드맨을 운용해서 아크를 직접적으로 공격하는 것이다.

"강하기야 저희가 더 강합니다. 하지만 숫자는 놈들이 훨씬 많죠. 전장이 광범위하게 넓어지면 어떻게든 구멍이 생길 수밖에 없고요."

D급의 몬스터를 상대할 수 있는 플레이어는 한정적이고, 놈들의 개체값은 낮아도 숫자가 많으니 결국 어느 쪽이 우위에 있다고 장담하기 어려웠다.

그 애매한 상태로 전선이 만들어진 게 현재였다.

'우회로라…….'

조현호가 말한 우회로는 현명한 선택이었다. 굳이 싸우지 않고 접근할 수 있다면 훨씬 나은 선택이니까.

하지만 강서준은 고개를 가로저었다.

"정면 돌파합니다."

"네?"

"이젠 아크를 걱정할 이유가 없으니까요."

그간 리자드맨의 포위망을 무너뜨리지 못한 이유가 뭘까. 단연 강한 플레이어가 없기 때문이었다.

'링링이 공략팀에 속하면 아크가 위험하고, 반대로 아크에 남는다면 C급 던전 공략 자체가 불가능하니까.'

링링의 몸이 두 개가 아닌 이상, 동시간에 여러 곳에서 발생하는 일을 한 번에 감당할 수는 없었다.

그녀가 아무리 천재였어도 불가능한 일이었다.

하지만 지금은 어떤가.

콰아아앙!

옆에서 패도적인 기세로 달려 나가는 일련의 무리가 있었다. 선두에 선 건 흑색으로 물든 재앙의 유성검이었다.

하르트 팀은 거침없이 리자드맨의 군단을 향해 진군을 개시한 것이다. 거대한 송곳처럼 몬스터 무리를 찢어 버리기 시작했다.

"우리도 갑시다."

강서준 팀도 전투에 참여하니, 리자드맨 군단의 한쪽은 너덜너덜해질 수밖에 없었다.

그리고 놈들은 전처럼 다른 쪽 군단을 운용하여 아크로 진격하려는 낌새를 보였다.

강한 플레이어가 대다수 빠져나온 아크는, 만약 저들의 공격을 그대로 받는다면 위험해질 터였다.

하지만 신경 쓰진 않았다.

걱정할 것도 없으리라.

이젠 그곳엔 링링이 있으니까.

콰아아앙!

강서준의 검이 빠르게 리자드맨을 도륙해 나갔다. 그가 지나간 길은 새하얀 얼음으로 물들었다.

반대로 하르트의 검이 스친 곳은 마치 어둠이 스며든 것처럼 전부 새카맣게 물들고 있었다.

조현호는 나지막이 중얼거렸다.

"정말…… 어느 쪽이 진짜인지 모르겠다니까."

수많은 플레이어들은 공통된 생각을 떠올리며, 그들은 C급 던전 '리자드맨의 우물'로 향했다.

어쨌든 정답은 여기서 밝혀질 것이다.

C급 던전, 리자드맨의 우물.

입구는 대략 10m는 될 정도로 큰 싱크홀 같았고, 우물 내부에 자리한 문의 형태도 꽤 독특했다.

잠수함의 입구처럼 위아래로 열리는 문.

그리고 막상 안으로 들어가고 나니 탄식이 터져 나왔다.

강서준은 내부로 연결된 동굴의 정면으로 뜨거운 햇살이 드리우는 걸 확인했다.

드림 사이드 2에서 겪어 보는 첫 번째 C급 던전.

그건 여태 경험했던 그 어떤 던전과도 궤를 달리하는 크기의 '오픈형 던전'이었다.

"······이건 생각보다 더."

던전의 입구에서 멀지 않은 위치에 높은 절벽이 있었다. 거기선 먼 곳까지 던전을 살필 수 있었는데.

거기서 대충 봐도 이 던전의 규모가 얼마나 큰지 짐작할 수 있었다.

옆으로 따라 걸어온 최하나가 갑자기 더워진 날씨에 겉옷을 주섬주섬 인벤토리에 넣으며 말했다.

"환경은 열대야 같아요."

"그것도 아마존이죠."

절벽 아래로 펼쳐진 것은 녹림으로 우거진 바다였다. 바람에 불어 가지가 흔들리자, 파도치듯 녹림이 이리저리 나부꼈다.

그리고 강서준을 비롯한 C급 던전의 첫 방문자인 플레이어들의 반응도 대개 비슷했다.

너무나도 웅장했다.

여태 던전의 생김새는 하나같이 석실이나, 지하나 동굴 정도에 불과했으니 놀랄 만도 했다.

종종 오픈형 던전은 있어도 어느 건물이나 부지에 한정된 정도였다.

하지만 C급 던전은 다르다.

'여긴 나라 규모야.'

멀리 지평선이 보이는 건 착각이 아니었다. 이 던전은 실제로 저 너머까지 제대로 구현되어 있다.

어쩌면 보스 몬스터는 지평선의 끝에 있을지도 몰랐다.

해서 C급 던전에서 보스 몬스터를 찾는다는 것부터 쉬운 일이 아니었다.

빠른 공략 속도.

적절한 지혜.

팀플레이를 기반으로 어떻게 C급 던전에 적응하느냐에 따라서 공략은 천차만별 달라진다.

그러므로 이곳이야말로 '케이'의 진가가 발휘되기엔 충분한 장소였다.

강서준은 고개를 주억거렸다.

'그래. 이래야 진짜 던전이지.'

솔직히 여태 겪은 많은 던전들은 대개 밍밍하기만 했다. 자고로 던전이란, 이 정도 규모 정도는 되어야 공략할 맛도

나는 법이다.

"강서준 님. 바로 리자드맨의 주거지로 이동하십니까?"

이제는 꽤 익숙해진 김강렬 대위와 예하 부대가 강서준의 곁에 섰다. 그들과는 로테월드부터 인연이 있어, 이번에도 그의 팀에 속할 수 있었다.

실력도 봐서 알고 있다. 꽤 든든하겠지.

게다가 지난번 D급 던전 '시체들의 도시'를 공략할 때, 같이 싸웠던 플레이어들도 대거 참여했다.

그들이 던전 공략 자체에 큰 도움이 될 건 아니었지만, 아무래도 잡다한 일은 그들이 도맡아 할 것이다.

일종의 서포터였다.

"이곳에 생존 캠프가 있다고 했죠?"

"네. 리자드맨의 주거지와 반대쪽에 있습니다."

김강렬은 폭포가 떨어지는 서쪽을 가리켰다. 식수를 공급하기도 좋고, 주변에서 식량을 구하기에도 적당해 보였다.

한 차례 링링이 몰래 던전에 들어와서 만든 곳이니만큼 확실히 좋아 보였다.

"우선 생존 캠프로 갑니다."

그때 하르트가 다가오더니 말했다.

"난 동쪽으로 간다."

동쪽은 리자드맨이 서식하기 쉬운 조건을 가진 늪지대 방향.

아무래도 바로 사냥에 들어갈 모양인 듯했다.

강서준은 미간을 좁혔다.

"너…… C급 던전 경험은 있는 거지?"

하지만 하르트는 말없이 그대로 동쪽으로 이동했다. 그의 팀원들도 자신만만한 얼굴로 그 뒤를 따랐다.

김강렬은 걱정스러운 눈으로 그쪽을 바라보면서 말했다.

"저들만 보내도 괜찮을까요?"

"……괜찮겠죠. 저들이라고 바보는 아니니까."

그리고 이런 말 하긴 좀 짜증 나는 일이었지만, 짝퉁은 짝퉁답지 않게 엄청나게 강한 플레이어였다.

막말로 최하나보다 더.

'아니, 나보다 더.'

그는 여태 만났던 그 어떤 플레이어보다 강했고, 절로 경각심이 들 정도로 위협적이었다.

'전력으로 싸우면 지겠지.'

강서준은 오랜만에 상태창을 둘러보며 자신의 레벨을 확인했다. 모든 스텟을 더해 봤자, 저놈의 턱 끝에 겨우 닿는 정도일 것이다.

'그렇다고 내기까지 질 생각은 없어.'

강서준은 각오를 다잡으며 일행을 돌아봤다. C급 던전은 단순히 전부를 잘한다고 쉽게 깰 정도로 녹록한 곳은 아니니, 괜히 긴장할 것도 없었다.

강서준은 수풀 사이로 사라진 하르트를 확인하고 말했다.

"던전 공략이야 모르겠지만 쉽게 죽진 않을 겁니다. 적어도 우리보다 평균 전력은 더 강할 테니까."

하르트의 패도적인 기세에 혹했을까. 플레이어 중 아크에서도 수위에 꼽는 강자들은 대거 하르트 팀에 이적했다. 사실상 강서준 팀은 하르트나 다른 이들에게 핍박받던 약자들로 구성되어 있었다.

그나마 최하나가 이쪽에 참여해서 겨우 구색을 맞춘 것이다.

"이동합시다."

서쪽은 늪지대가 조성된 동쪽보다 더 높은 지대에 있었다. 폭포는 강의 상류에 있었고, 강의 하류에 서식하는 리자드맨의 특성상 몬스터의 유입은 적을 수밖에 없었다.

그래서 조성된 생존 캠프.

강서준이 리자드맨의 거주지보다 이쪽을 목적으로 움직인데엔 다 그만한 이유가 있었다.

하지만 저변의 숨은 의미를 알아차리는 플레이어는 많지 않았다.

"내기 아니었나? 왜 선두를 내 줄까?"

"……솔직히 우리 강서준 님은 알다가도 모르겠어. 레벨도 말하는 것과 다르잖아."

"최하나도 그래. 넌 믿기냐? 최하나가 클라크라는 게."

알게 모르게 강서준의 팀원 사이에도 그를 못미더워하는 사람과 최하나를 의심하는 사람들도 공존했다.

원래 직접 보기 전엔 제대로 믿질 않는 법.

강서준은 구태여 설명해 주진 않았다.

"잠깐."

그가 눈을 예리하게 빛내며 손을 들어 일행의 걸음을 멈춰 세웠다. 금빛 눈동자가 빠르게 근처를 살피더니, 금세 이상한 행적을 발견해 냈다.

"……링링이 생존 캠프를 만든 게 언제라고 했죠?"

"일주일 전입니다."

"그 이후로는 아무도 안 왔고요?"

"네."

"그렇단 말이죠."

강서준은 일행에게 소음을 내질 말도록 주의를 주며 조심스럽게 이동했다. 머지않아 폭포 아래에 은밀하게 감춰진 생존 캠프에 다다랐다.

한데, 그곳엔 선객이 있었다.

"저놈들은……."

보이지 않게 몸을 숨겼지만 강서준의 류안까지 피할 수 없었다.

각자 무기를 쥐고 숨을 죽이는 놈들.

가면만 봐도 알 수 있었다.

컴퍼니.

그놈들이었다.

놈들은 교묘하게 숨어 있었다.

강서준이 이상한 흔적을 발견하지 못했다면 전혀 알아차리지 못할 정도로 높은 레벨의 은신 스킬이었다.

실제로 김강렬을 비롯한 다른 플레이어는 이상한 낌새는 눈치채지 못했다. 그저 강서준의 태도가 유난히 조심스러웠기에, 덩달아 조용히 움직일 뿐이다.

김강렬이 물었다.

"······뭔가 있습니까?"

"네."

강서준이 알아차린 이상한 흔적은 우선 이 근처에서 '마력의 흐름'이 느껴진다는 점이었다. 김강렬의 말대로라면 일주일 전부터 이곳은 비어 있어야 정상이니까.

'결국 이 던전에도 컴퍼니가 관여한 거지.'

교묘한 위장으로 숨을 죽인 놈들이 보였다. 이젠 익숙한 하얀 가면을 쓰고 있었다.

숫자는 대략 30명.

나무 위, 땅 속, 폭포 속, 캠프······.

나름 열심히 숨어 있었지만 '류안'으로 놈들이 흘리는 마력의 흐름 정도를 눈치채는 건 일도 아니었다.

소리를 죽이는 스킬도 쓰나 본데.

그것만으로는 강서준의 눈을 속일 수 없었다. 스킬의 등급이 못해도 S급은 되어야 마력의 흐름도 숨길 터.

현실적으로 강서준의 눈을 피할 수 있는 플레이어는 전무했다.

최하나가 조심스럽게 물었다.

"어떡하실 거죠?"

"……애써서 만든 함정인데, 그냥 지나칠 수야 없죠?"

그러면서 짓는 강서준의 표정엔 아크의 어떤 플레이어도 보지 못했던, 소름 끼치는 서늘함이 담겨져 있었다.

✦✦✦

평화로운 생존 캠프.

나무 사이로 조성해 둔 텐트나 원목의 쉼터는 개미 한 마리 지나다니는 소리가 없을 정도로 고요했다.

간간이 바람만이 불어 기척을 내는 조용한 숲.

그곳으로 한 마리의 리자드맨이 혀를 날름거리며 걸어가고 있었다.

키륵?

살짝 푸른색을 띤 리자드맨은 홀로 생존 캠프 안으로 들어섰다. 여전히 안쪽에선 아무런 기척도 느껴지지 않았다.

키륵…… 키륵!

그리고 그 행보를 지켜보는 일련의 무리가 있었다. 숨을 죽인 채 바라만 보던 그들은 조심스레 무전기로 서로의 상황을 주고받았다.

[죽일까?]
[ㄴㄴ 놔둬. 어그로 끌리지 마.]

리자드맨은 자신을 소재로 살벌한 대화가 오가는 걸 알고 있을까. 그저 울음을 내면서 생존 캠프 곳곳을 누볐다.
이윽고 리자드맨이 향한 곳은 한 남자가 숨어 있는 장소였다.

[내 쪽으로 오는데? 죽이라는 신의 계시 아닐까.]
[움직이지 말라니까.]
[아니, 자꾸 오잖아.]

생존 캠프에서도 물가에 숨어 있던 남자는 점차 다가오는 리자드맨을 보며 눈을 날카롭게 빛냈다.
좀 더 가까이 와라.
유사시엔 공격할 준비도 마쳤다.
결국 놈은 물가로 접근하고 말았다.
키륵?

물가를 내려다보던 리자드맨은 뒤늦게 솟구친 검에 자신의 목이 꿰뚫린다는 걸 깨달았다.

키르륵……!

리자드맨은 그대로 몸이 고꾸라져 쓰러졌다. 물가로 튀어나온 사내는 만족한 얼굴을 지었지만, 곧 들려온 무전 때문에 바로 몸을 숨겨야 했다.

[떴다!]

그들의 목적인 '아크의 플레이어'가 드디어 생존 캠프에 나타났다는 소식이었다.

한데 독특한 점이 있었다.

생존 캠프로 들어오는 사람은 한 명.

그것도 그들에게 너무나도 익숙한 사람이었다.

[……케이 아니냐?]

강서준.

그는 망설임 없이 한쪽으로 걸어갔다. 그곳은 리자드맨이 향했던 물가였고, 목이 꿰뚫린 리자드맨의 시체가 있는 곳이었다.

아니, 있어야 할 곳이었다.

[······!]

[······!]

　무전조차 잊고 숨을 죽이던 이들은 어느덧 강서준이 도착한 물가를 살피면서 침음을 삼켰다.

　분명히 있어야 할 리자드맨이 없었다.

　어디 간 거지?

　강서준은 물가를 내려다보며 서늘하게 웃을 뿐이었다.

　"물속이라 그런가. 너만큼은 정확한 위치를 특정하기 어렵더라고."

　알 수 없는 말을 내뱉은 그가 검을 뽑아 들더니 바로 물가를 찔렀다. 숨어 있던 남자는 어쩔 수 없이 공격을 회피하며 모습을 드러내야만 했다.

　"······어떻게 알았지?"

　"내가 워낙 유능해서?"

　남자는 빠르게 무전을 날렸다.

　"덮쳐!"

　기왕 들켰으면 일시에 몰아치는 게 답이었다. 하지만 모습을 드러낸 이들의 숫자가 예상보다 너무 적었다.

　숨어 있던 숫자에 비해 반절은 없었다.

　어떻게 된 걸까.

　의문을 풀리는 건 금방이었다. 나무 위에서 툭 하고 뭔가가 떨어졌으니까.

동료의 시신이었다.

"대체 언제부터……."

이에 강서준은 오만한 눈으로 말했다.

"그게 중요해? 곧 죽을 텐데."

타아아앙!

이윽고 시작된 전투였지만, 솔직히 공평한 싸움이라 보기 어려울 정도로 동료들은 일방적으로 유린당하고 있었다.

그것도 단 한 사람에게.

남자는 순식간에 동료들의 미간을 꿰뚫는 총성을 들었다. 바로 알았다. 케이와 함께 있다는 '침묵 속의 암살자'가 이곳에 있음을.

'……최하나.'

그때였다.

"다른 쪽에 신경 쓸 틈이 있어?"

가까이에서 들려오는 섬뜩한 목소리에 남자는 몸을 떨면서 뒤로 펄쩍 멀어졌다. 하지만 날카로운 검은 이미 그의 목덜미를 향해 쇄도하고 있었다.

"……이익!"

뒤늦게 검을 찔러 넣었지만 소용없는 짓이었다. 남자의 의식은 종이가 잘려 나가듯 쉽게 끊어졌고, 그가 마지막으로 본 건 소름 끼치게 번쩍이는 금빛의 눈이었다.

또한 그의 눈이 푸르게 불탔다.

뭐라고 해야 하나.

그 눈을 본 순간, 깨달았다.

저항은 부질없다고.

탕! 타앙! 타아아앙!

상황은 빠르게 정리됐다. 귀신같은 사격 솜씨로 숨어 있던 인원 반절은 이미 쓰러진 상태였고, 뒤늦게 뛰쳐나온 이들도 결국 최하나의 총알과 강서준의 검을 막을 수는 없었다.

암살을 위해 몰래 숨어 있던 컴피니의 조직원들.

그들은 단둘에게 평정당하고 있었다.

"……."

그 시각.

이 모든 걸 지켜보는 이들도 있었다.

침을 꼴깍 삼키며, 식은땀이 주르륵 등허리를 적셨다. 조현호는 헛웃음을 지으며 말했다.

"정말 단둘이서 해내네요."

처음엔 단둘이서 전투를 한다기에 당황스러웠다. 듣기론 적의 숫자는 일개 중대는 되는 듯했으니까.

한데 이렇게 겪어 보니 왜 그런 자신감을 내비쳤는지 알 만했다.

아니, 오히려 그들이 참여했으면 방해였으리라.

귀신처럼 암살자를 암살하는 최하나의 솜씨는 군더더기

없이 무시무시했으니까.

플레이어들은 대개 비슷한 생각을 했다.

"이것이 천외천……."

하늘 위의 하늘이라 불리는 자들.

드림 사이드 1에서만 국한된 줄 알았던 명성은, 버젓이 드림 사이드 2에도 이어지고 있었다.

또한 여태 비전투 인원인 링링을 보면서 몰랐던 사실을 깨달았다.

전투 계열의 천외천은 이렇듯 무섭다.

'우리랑 레벨 차이도 크질 않은데…….'

두 사람은 상대의 공격을 허용하질 않았으며, 본인의 공격은 백발백중으로 맞히는 기예를 보여 줬다.

어떻게 저럴 수가 있을까.

솔직히 괴물을 보는 심정이었다.

조현호는 특히 최하나를 눈여겨봤다.

"진짜 클라크 님이었구나."

강서준을 '케이'라고 여기는 시점에서, 최하나를 '클라크'라고 부정하는 건 더더욱 웃긴 일이었다.

하지만 체감하는 것과는 달랐다.

그들에게 최하나는 아이돌 가수라는 이미지가 더 컸지, 총을 살벌하게 두르는 클라크는 너무 거리가 멀었다.

게다가 본래 중년 남성의 캐릭터였지 않았는가. 이미지가 너무 달라서 저도 모르게 최하나를 천외천이라고 보는 건 낯설기만 했다.

하지만 이렇듯 확인됐다. 믿을 수밖에 없으리라.

그리고 조현호는 말했다.

"……오늘부터 제 최애는 최하나입니다."

"저도요."

"크흠……."

한 발의 총알이 한 사람의 목숨을 앗아 가는 게 저리 아름다울 수 있을까. 청순하고 귀여운 얼굴과는 다르게, 냉철하게 적을 처단하는 모습은 마치 신화 속에 나오는 여전사 같았다.

원래 인기가 많던 그녀에게서 신비로운 매력까지 느껴지는 것이다.

"후우……."

그렇게 전장은 정리됐고.

누군가가 큰 목소리를 낸 건 그때였다.

"사, 살려 줘! 살려 주면 다 말할게!"

빠르게 검을 휘두르던 강서준은 항복한 사내를 내려다봤다. 새파랗게 질린 얼굴로 양손을 위로 올린 그였다.

"항복! 항복할-"

하지만 여지없이 검은 놈의 심장을 꿰뚫었다. 울컥, 피를 토하면서 억울한 눈을 뜬 남자.

"왜…… 항복했는데. 대체, 왜?"

"항복하지 마."

강서준은 싸늘하게 말했다.

"너넨 항복할 자격도 없으니까."

심장이 파열된 놈은 서서히 몸을 쓰러트리며 죽어 갔다. 잔인할 정도로 냉정한 처사에 사람들은 절로 혀를 내두를 수밖에 없었다.

김강렬도 아쉬운 듯한 얼굴로 말했다.

"그래도 살려 주시면 좋았을 텐데요. 저놈이 가져올 정보는 유익했을지도 모릅니다."

강서준은 고개를 가로저었다.

"아뇨. 이놈은 뭘 말해도 가짜를 말했을 놈입니다."

"……어떻게 그걸 확신하죠?"

"악령이니까요."

어느덧 눈가에 푸른 불꽃을 띠운 강서준은 시체에서 일렁이는 영혼을 확인할 수 있었다.

[스킬, '영안(A)'을 발동합니다.]

영혼을 보는 눈.

강서준의 눈에는 정확하게 이놈의 영혼이 보여 주는 색깔이 있었다. 새카맣게 타 버린 듯이 불길한 검은색이었다.

'악령은 아무나 되는 게 아니야.'

강서준은 도깨비감투에 보관된 영혼을 '선령'과 '악령'으로 나눈 전적이 있었다. 그중 악령에 해당하는 이들은 대개 '도깨비'가 되었던 악질적인 이들이었다.

못해도 존속살인과 동족 섭식이란 조건을 넘은 영혼들이었다.

즉, 이놈도 그 도깨비들과 크게 다를 게 없는 악행을 저질러 온 영혼이란 결론이 나온다.

그런 놈이 순수하게 정보를 알려 줄까.

'웃기는 소리.'

무엇보다 강서준은 놈의 도움 따위는 필요하지 않았다.

'영혼은 기억의 덩어리니까.'

강서준은 손을 앞으로 뻗었다.

그러자 그의 도깨비 반지가 푸른 불꽃을 뿜어내더니, 이내 시체에서 흑색의 영혼이 솟구쳤다.

옆에서 김강렬이 탄식을 내뱉었다.

"이건……."

[장비 '도깨비 왕의 반지'의 전용 스킬.]
['도깨비의 부름'을 발동합니다.]

영혼의 실체화.

그리고 여기서 실체화된 영혼은 반지의 주인인 강서준의 말을 거역할 수 없다.

강서준이 물었다.

"여태껏 네놈의 행적을 말해 봐."

"나는……."

악령은 차차 그의 악행을 고하기 시작했다. 내용이 진행될수록 놈이 어째서 '악령'으로 구분됐는지 알 수 있었다.

현실의 사람들을 납치해서 도깨비에게 납품한 건 기본.

종종 몬스터들을 끌고서 생존자들의 무리에 던져 놓고 즐겼으며, 웃는 얼굴로 동료의 등에 칼을 꽂았다.

악질적인 놈이었다.

강서준은 신경질적으로 손을 휘저어 놈의 말을 막았다. 구태여 모든 내용을 들어 줄 필요는 없었다.

"이 던전에서 네놈들의 행적을 읊어 봐."

"강서준의 암살 및 아크의 플레이어 사살……."

"성공하지 못해 유감이겠네."

아직 악령의 말은 끝나지 않았다. 강서준의 비아냥에도 놈은 얼굴색 하나 바꾸지 못하고 말했다.

"그리고 NPC들을 죽여야 한다."

"……뭐?"

강서준은 대번에 놈에게 다가가 물었다.

"자세히 말해 봐."

"우리의 작전은 크게-"

하지만 그때였다.

치직!

악령의 몸에 노이즈가 생겨나더니 곧 바깥으로 스파크가 터졌다. 악령은 강서준의 명에 의해서 뭐라고 입을 여는 눈치였지만, 그 소리가 바깥으로 새어 나오진 않았다.

[시스템에 의해, '도깨비의 부름'이 강제로 취소됩니다.]

허무하게 사라지는 악령을 보면서 강서준은 미간을 구겼다.

'……시스템의 간섭이라고?'

추측하자면 이유는 하나였다.

스킬.

'이곳에 아직 누군가가 있다.'

강서준은 눈을 번쩍이며 주변을 둘러봤다.

[스킬, '류안(A)'을 발동합니다.]

"……놓쳤나."

하지만 그 자체로도 파악할 수 있는 정보가 있었다.

적어도 적진엔 그의 '류안'으로도 확인할 수 없는 개체가 숨어 있다는 점.

'S급 스킬을 가진 자가 있을 줄이야.'

모르긴 몰라도, 천외천에 견주는 플레이어가 존재한다는
사실이었다.

이후 빠르게 생존 캠프를 수습한 강서준은, 최소 인원만
남겨 두고 바로 이동을 결정했다.

원래대로라면 생존 캠프를 중심으로 차차 정보 수집을 겸
해서 사냥도 할 생각이었지만.

상황이 썩 좋질 못했다.

'이젠 하르트만 신경 쓸 때가 아니니까.'

이 던전에 '컴퍼니'가 개입했다는 사실을 알게 된 참이었
다. 강서준은 무리를 해서라도 던전 공략에 바로 참여해야
할 필요를 느꼈다.

'……쯧. 이래서 컴퍼니가 늘 문제라니까.'

매번 놈들과 엮이면 괜히 던전 공략에 타임 어택이 추가
되는 기분이었다. 그가 마음 편히 사냥에만 집중했던 장소
가 최근에 공략했던 D급 던전인 '시체들의 도시'가 전부일
것이다.

그땐 정말 좋았는데.

마음껏 몬스터의 씨를 말리면서 양껏 레벨 업을 했던 기억
이 새록새록 떠올랐다. 그리웠다.

'아…… 이대로 C급 던전 공략으로 들어가는 건 좀 위험한

데.'

아무런 정보도 없이 C급 던전을 공략하는 건 무모한 짓이다.

적어도 C급 던전부터는 단순히 전투를 잘한다고 공략할 수 있는 게 아니며, 레벨이 높다고 뚝딱 공략을 완성할 수 있는 것도 아니었다.

정보.

C급 던전부터는 '정보'가 중요했다.

가능한 많은 정보를 모아서 예기치 못한 변수를 줄이는 게, C급 던전 공략의 가장 큰 키 포인트였다.

한데, 컴퍼니의 난입은 안 그래도 여유가 없는 C급 던전 공략의 도화선에 불을 붙인 셈이다.

'NPC를 죽이려 한다, 라……'

이젠 그 불이 폭탄이 되어 터지기 전에, 얼른 발 빠르게 움직여 불꽃을 꺼트려 줘야 했다.

'류안으로도 확인할 수 없는 적도 있으니까.'

예감이 좋질 않았다.

뒤를 따르던 조현호가 말을 걸어왔다.

"강서준 님."

"네?"

"그…… 아까 그놈이 한 말요. 제가 잘못 들은 게 아니라면 NPC라고 했죠?"

그 말에 가까이에 있던 플레이어들이 귀를 쫑긋 세웠다. 조현호도 다소 조심스럽게 입술을 들썩였다.

"정말 이 던전엔 NPC도 있는 겁니까?"

눈을 가늘 게 뜬 강서준은 자신에게 집중한 사람들의 면면을 확인했다. 그들 대다수가 경험자 출신은 아니었다.

강서준은 고개를 끄덕여 답해 줬다.

"네. 이 던전엔 NPC가 있습니다."

NPC(Non−Player Character).

플레이어가 아닌, 그저 플레이어에게 퀘스트 등 다양한 콘텐츠를 제공해 주는 인공지능 캐릭터.

시스템에 의해 만들어진 '가상의 인물'을 말했다.

강서준은 주변을 둘러보며, 아크의 새내기 플레이어들을 확인했다.

"이참에 점검하고 가죠. 여러분은 C급 던전에 대해 얼마나 알고 있습니까?"

"인터넷에 나온 정도는 대충……."

"그렇다면 왜 컴퍼니가 NPC를 죽이려 했는지 짐작하시겠어요?"

조현호는 자신감이 없는 목소리로 답했다.

"……던전 공략을 방해하기 위해서요."

강서준은 고개를 가로저었다.

"아뇨. C급 던전부터는 놈들도 더는 던전 공략을 방해하

상위0.001%
랭커의귀환

질 않습니다. 또한 쉽게 던전 브레이크도 일으키지 않아요. 왜일까요?"

사람들은 의문을 품고 강서준을 바라볼 뿐이었다. 이번엔 고렙의 플레이어도 관심을 갖고 쳐다봤다.

강서준은 어깨를 으쓱이며 말했다.

"아시다시피 C급 던전은 단순히 몬스터를 사냥하는 것만으로는 던전을 공략하지 못합니다."

드림 사이드는 던전의 등급이 올라갈 때마다 큰 변화를 겪는다.

F급에서 E급으로 올라갈 땐, 확장.

E급에 D급으로 올라갈 땐, 성장.

던전의 규모가 커지는 경우를 '확장'이라 하며, 던전의 성질이나 형태가 고정되며 본연의 생태계를 구축하는 걸 '성장'이라 한다.

E급의 '무너진 학교'가 대학교 캠퍼스처럼 커진 것과, D급의 '달리는 유령열차'처럼 특유의 몬스터와 던전의 정체성이 확립되는 경우를 말했다.

"C급부터는 선택지가 주어집니다."

그래서 중요한 게 정보였다.

얼마나 많은 정보를 갖고, 또 던전을 이해하느냐에 따라서 공략의 난이도가 결정되는 게 바로 C급 던전이었다.

무작정 동쪽으로 향한다는 하르트의 말에 강서준이 의문

을 품었던 연유도 그 때문이었다.

이 넓은 던전에서 리자드맨에게 행적을 들키고, 전투부터 펼친다는 건 정보 수집에 용이한 행동은 아니었으니까.

조현호는 대충 이해한 얼굴로 고개를 끄덕였다.

하지만 아직 의문은 남은 듯했다.

"……그래서 왜, 컴퍼니는 NPC를 죽이려 한 거죠?"

"말했잖아요. 선택지가 주어진다고요."

그리고 그즈음.

강서준은 멀지 않은 곳에서 들려오는 소음을 들을 수 있었다.

리자드맨의 본거지인 동쪽의 반대쪽으로 향하다 보면 분명히 있을 줄 알았다.

NPC들도 리자드맨을 상대로 오랫동안 전투를 펼쳐 왔을 테니까. 그들이 거주지로 삼으려면, 리자드맨들이 있는 곳의 반대로 가면 된다.

강서준은 나지막이 말했다.

"우리도 선택해야 해요."

소음의 진원지에 도착한 강서준은 신호를 주어 플레이어들의 숨소리를 죽였다. 보이는 공터 한쪽에서 일련의 사람들이 리자드맨과 전투를 벌이고 있었다.

조현호는 나지막이 중얼거렸다.

"설마……."

채애앵!

푸욱!

"……물러서지 마라!"

"목숨을 바쳐! 카린 님을 지켜!"

공터의 중앙엔 한 사람이 있었고, 이를 중심으로 전사들이 창을 들고 원형으로 경계를 이루고 있었다.

어떻게든 뚫으려는 리자드맨.

어떻게든 저지하려는 사람들.

선택지는 눈앞에 있었다.

[새로운 퀘스트를 발견했습니다.]

퀘스트 – 선택지

분류 : 시나리오

난이도 : C

조건 : '?'를 도와 던전의 주인을 완성하십시오

제한 시간 : 없음

보상 : '?'의 호의

실패 시 : '?'의 던전 정복

*신중하게 선택하십시오. '던전의 주인'이 누구냐에 따라, 플레이어에게 위협이 될 수 있습니다.

선택지가 주어집니다.

1. 호른 부족을 도와 '몬스터 리자드맨 전사'를 처치하기.
2. 리자드맨을 도와 'NPC 호른 부족의 전사'를 처치하기.

플레이어의 선택지에 따라서 이 던전의 공략 또한 바뀔 것이다.

⚜

결론부터 말하자면, 컴퍼니는 더 이상 던전 공략을 방해하지 않는다.

오히려 그들이 먼저 공략하기 위해서 노력할 것이다.

이유는 간단했다.

'선택지가 있으니까.'

D급까지의 몬스터는 맹목적으로 전투만을 지향했다. 결국 보스 몬스터를 처치하면 던전 공략이라는 단순한 결말만을 가진 던전들이었다.

하지만 C급부터는 '엘리트 몬스터'들이 생성되면서, 던전은 크게 변화를 겪게 된다.

몬스터들이 일종의 NPC처럼 대우받는 세상이 된 것이다.

그리고 컴퍼니의 목적은 당연하다면 당연하겠지만, 몬스터들을 도와 던전을 공략하려 하고 있다.

"이유야 어떻든, 도웁시다."

"……어느 쪽요?"

"당연히 NPC죠."

강서준은 빠르게 짓쳐 들어가며 검을 휘둘렀다. 그의 접근을 알아차린 리자드맨 전사는 날카로운 기세로 창을 찔러 왔다.

리자드맨 전사.

레벨만 최소 120을 넘긴 놈의 공격이었지만, 강서준은 무리 없이 흘려보내며 놈의 가슴에 깊은 자상을 입혔다.

타아앙!

뒤이어 최하나의 사격이 리자드맨 전사의 미간을 뚫었고, 그게 시발점이 되어 아크의 플레이어는 일사불란하게 수풀을 벗어났다.

졸지에 리자드맨 전사들은 NPC 그룹과 아크의 플레이어 사이에 끼게 됐다.

"……지원군이다!"

"와아아아!"

NPC들이 환호하며 기세를 올리자, 리자드맨 전사들도 더욱 강렬하게 대항했다. 아직 상황은 열악했지만 지원군의 등장으로 국면은 변했다.

강서준은 빠르게 말했다.

"김 대위님과 하나 씨는 최대한 시선을 끌어 줘요. 놈들이 숫자를 완전히 눈치채지 못하게요."

"맡겨 주세요."

"걱정 마요."

동시에 강서준은 아직 수풀에서 벗어나지 않은 일련의 플레이어들에게 신호를 줬다.

아직 리자드맨 전사들에게 데미지조차 입힐 수 없는 저레벨의 플레이어들.

사실상 짐꾼에 해당하는 그들에게도 주요한 임무를 맡게 됐다.

"우와아아! 적을 무찌르자!"

"와아아아!"

수풀 속에서 소리를 크게 지르는 것.

고작 위협용이었지만, 그 목소리 때문에 리자드맨 전사들이 크게 당황하는 게 눈에 보였다.

예상대로였다.

'C급 던전의 몬스터는 지능이 있어.'

그 지능이란 게 상대하기 귀찮게 만드는 요소였지만, 잘만 이용한다면 오히려 기회를 만들 수도 있는 법이다.

그런 말이 있다.

아는 만큼 보인다고.

'D급 이하의 몬스터는 공포를 느끼지 못하겠지만……'

C급부터는 생각을 할 수 있다. 어느 정도 상황을 파악할 수 있다면, 그들이 처한 위치도 자각할 수 있다.

지금처럼 수풀 밖에도 수많은 지원군이 있다고 믿게 만든 다면?

'기세를 꺾을 수 있어.'

실제로 그들보다 숫자가 많은 리자드맨 전사들이 쉽게 위축되며 뒤로 물러나고 있었다.

강서준은 거기에 쐐기를 박기 위해서 류안을 발동시켰다. 그리고 수많은 몬스터 사이에서 특히 강한 개체를 발견할 수 있었다.

리자드맨 전사들을 통솔하는 엘리트 몬스터. 리자드맨 백 부장.

[장비 '한이 서린 본디시의 검'의 전용 스킬, '서릿발'을 발동합니다.]

움켜쥔 본디시의 검에서 서늘한 서릿발이 뿜어지자, 주변의 온도는 영하로 쫙 낮아졌다.

그리고 빠르게 리자드맨 전사를 베어 나가며 정면으로 달려들었다. 이미 스텟으로도 리자드맨 전사 정도는 가볍게 이길 수 있는 정도였기에 그를 막을 수 있는 놈은 없었다.

안 그래도 꺾였던 기세였다.

리자드맨 전사들은 강서준에게 압도되어, 움직임은 더욱 소심해졌고, 목표로 한 녀석의 코앞에 다다를 수 있었다.

강서준은 호흡을 길게 내뱉으며 놈과의 간격을 쟀다.

[스킬, '마력 집중(F)'을 발동합니다.]

콰아아앙!

있는 힘껏 내지른 검격에 의해 근처를 서성이던 리자드맨 전사들이 추풍낙엽처럼 쓰러졌다.

강서준은 그 사이를 가로질러 고속으로 놈에게 접근했다. 어찌나 빨리 달렸는지, 서릿발이 흩날리며 하얀 선이 길게 생겨날 정도였다.

이윽고 도달한 지점.

콰앙!

용케 놈은 강서준의 공격을 받아 냈다. 괜히 C급의 엘리트 몬스터가 아니라는 거겠지.

[엘리트 몬스터 '리자드맨 백부장'이 몹시 당황합니다.]
[상태 이상 '경직'에 빠져, 이동속도가 제한됩니다.]

강서준은 몸을 회전시켜 재차 검을 휘둘렀지만, 이번에도 공격을 막아 내는 놈을 보면서 입맛을 다셨다.

'……얕군.'

하지만.

"생각보다 할 만해."

강서준은 더욱 사납게 검을 휘둘렀다. 노도와 같은 기세로 휘둘러진 검은 연신 놈을 뒤로 밀어냈다.

놈도 맞부딪쳤다.

검술을 알고 있는 도마뱀. 레벨만 150에 근접하는 괴물이었기에, 방심할 생각은 추호도 없었다.

하지만 강서준은 승리를 확신했다.

실제로 그는 큰 위협을 느끼질 못했다. 도깨비감투를 쓰질 않아도 비슷한 전투 실력을 펼칠 수 있질 않은가.

이놈에겐 '이매망량'도 아깝다.

'괜히 시체들의 도시에서 폭업을 감행한 게 아니다. 도마뱀 자식아.'

"키릇…… 인간 주제에!"

이윽고 강서준의 공격을 버티질 못하고 검을 놓쳐 버린 리자드맨 백부장.

그때부터는 뜨거운 피의 향연이었다.

"키아아아앗!"

다리를 베고, 가슴을 베고, 어깨를 베고, 손목을 자른 뒤, 다시 가슴을 베어 리자드맨 백부장의 전신을 칼자국으로 난도질했다.

너덜너덜해진 외피.

핏물이 바닥을 뚝뚝 적시는 사이, 슬슬 주변의 소음이 조용해졌다는 걸 알 수 있었다.

어떤 리자드맨 전사도 쉽게 숨을 내뱉질 못했고, NPC나 아크의 플레이어조차 입을 열지 못했다.

한 마리의 엘리트 몬스터가 철저하게 유린당하는 장면이

었다.

강서준은 마지막으로 리자드맨 백부장의 심장을 꿰뚫으면서 중얼거렸다.

"그런데 언제까지 그 안에 숨어 있을 거지? 생존 캠프에서도 너였지? 날 몰래 지켜보던 자가."

리자드맨 백부장의 눈동자.

그 안에서 희미한 마력이 파르르 떨리고 있었다.

공중 도시, 갈릴리오

강서준은 리자드 백부장의 눈 속에서 자르르 떨리는 마력을 확인했다.

'누군지 몰라도 교묘하게도 숨어 있군.'

사실 비슷한 정황을 겪은 건 이번이 처음이 아니었다.

지난 10호선에서 '트리거 최만기'를 상대할 때도 비슷한 마력의 흐름을 미약하게나마 느낀 적이 있었다.

그땐 대수롭지 않게 여겼었다.

트리거 자체가 워낙 마력이 들쑥날쑥한 흐름을 보였으니까.

'그조차 반복되면 우연은 아니겠지.'

다음으로 느꼈을 때는 의외로 이곳 '리자드맨의 우물', 그것도 '생존 캠프'에서였다.

'내 류안을 피한 것도 이 스킬 덕이겠지. 처음부터 그 자리에 없었으니, 놈의 행적을 쫓을 수 없었던 거야.'

어쩌면 놈의 스킬은 다른 사람의 몸에 기생하는 방식일지도 몰랐다. 지금처럼 리자드맨 백부장의 눈 속에 마력을 심어 둬서, 염탐을 하는 것이다.

드림 사이드 1에서 비슷한 스킬을 쓰던 놈을 상대해 본 기억이 난다. 대충 어떤 스킬인지도 감이 잡힌다.

"……후우."

강서준은 실낱같던 마력의 흐름조차 완전히 대기 중으로 소멸한 걸 확인하며, 리자드맨 백부장을 냅다 던져 버렸다.

시체가 떨어진 곳은 치열하게 전투를 벌이던 리자드맨 전사와 호른 부족 사람들 사이였다.

툭 떨어진 엘리트 몬스터.

서로 반대되는 감정이 순식간에 교차했다.

"……적장이 쓰러졌다!"

"와아아아!"

"키이이이잇!"

노도와 같은 기세로 퍼져 나간 함성은 리자드맨 전사의 사기를 대폭 깎아내렸다. 놈들은 점차 무기를 떨어트리고 뒤로 물러났다.

강서준은 기세를 몰아 공격을 가했다.

마찬가지로 시기를 놓치질 않고, 부족의 전사와 플레이어가 한데 뭉쳐 맹공을 퍼부어 나갔다.

결국 놈들은 버텨 낼 재간이 없었다.

"키이잇…… 키잇!"

"키이이이잇!"

대충 해석하자면, '퇴각'이라는 단어라도 내뱉는 모양이었다. 놈들이 꼬리 빠지게 도망치기 시작했으니까.

사람들의 함성은 더욱 커졌고, 전투가 일단락되는 데엔 오랜 시간이 걸리지 않았다.

눈앞으로 메시지가 나타났다.

[퀘스트의 목표를 달성했습니다.]

[당신은 '호른 부족'을 선택했습니다.]

['호른 부족'을 도와, '주인'을 완성하십시오.]

[보상으로 '호른 부족의 호의'를 얻었습니다.]

[레벨이 올랐습니다.]

[레벨이 올랐습니다.]

[레벨이 올랐습니다.]

[레벨이 올랐습니다.]

[레벨이 올랐습니다.]

무려 5레벨이나 단번에 올라가 버리고 말았다. 리자드맨 전사나 리자드맨 백부장의 평균 레벨을 고려한다면 마땅한 수준이었지만 그럼에도 대단한 폭업이었다.

'이대로면 진짜 머지않아 C급 던전 보스를 공략할 수도 있겠는데.'

물론 이제야 103에 다다른 플레이어인 그가 200레벨에 근접하는 C급 던전 보스를 어찌할 수 있을 리는 없었다.

강서준이 생각하는 건, 그의 심상치 않은 레벨 업 속도.

최소 레벨 120대의 던전에서 100레벨 플레이어가 활약을 한다는 것부터 폭업은 보장된 셈이었다.

그렇게 만족할 만한 폭업에 플레이어들이 기뻐하는 사이.

NPC 진영, 말하자면 '호른 부족'의 사람들이 한데 뭉쳐서 이쪽으로 걸어오고 있었다.

강서준은 금세 표정을 감추고 그들을 맞이했다. 전사들 사이로 누군가가 실루엣을 보이고 있었다.

"예를 갖추어라. 카린 호른 님이시다."

그러자 일제히 무릎을 꿇고 예를 갖추는 부족의 전사들. 어정쩡하게 가만히 선 아크의 플레이어를 제외하고, 모두 한쪽 무릎을 굽히고 고개를 숙인 형국이 됐다.

전사들 사이에서 머리까지 눌러썼던 모자를 벗은 한 NPC가 강서준의 앞에 섰다.

'……NPC?'

이름, 카린 호른.

움직일 때마다 이글거리는 불꽃 같은 붉은색 머리카락이 인상적인 여자였다.

[호른 부족의 무녀, '카린 호른'을 마주했습니다.]

그녀는 또랑또랑한 목소리로 말했다.

"당신이로군요. 위기에 빠진 호른 부족을 구할 영웅이……."

동시에 강서준의 눈앞이 점차 흐릿해지면서 주변의 풍경이 뭉개지는 걸 볼 수 있었다.

다소 당황스러웠지만, '위기 감지'가 발동하질 않는 걸로 보아 해가 되는 건 아니었다.

그리고 정신을 차렸을 때는, 그는 '페루의 마추픽추'를 연상케 하는 공중 도시의 중앙에 서 있었다.

호른 부족의 도시, 갈릴리오.

마을의 주변으로 기암괴석이 빙 둘러 높이 솟았고, 우거진 수풀이 낮게 아래에 깔린 정경이 보였다.

강서준을 비롯한 아크의 모든 플레이어는 눈앞에 펼쳐진 광경을 둘러보며 나지막이 탄식했다.

'……시나리오 영상이로군.'

C급 던전부터는 선택지가 존재했고, 원하는 진영을 선택하면 관련된 시나리오가 영상으로 나오는 것이다.

강서준은 갈릴리오의 중앙에 묶여 있는 수많은 사람들을 확인했다.

입술은 메말랐고 벗겨진 살가죽 위로 피가 굳어 온몸이 얼룩덜룩했다. 살아는 있는지 종종 꿈틀거리긴 했다.

「똑바로 걸어!」

「……크윽!」

강서준은 영상의 시점이 누군가의 눈에 고정됐다는 걸 깨달았다. 시선 끝엔 등허리에 화살이 꽂혀 제대로 걷지도 못하는 한 남자가 있었다.

「……오빠!」

작게 중얼거리는 소리를 들은 강서준은 그제야 이 시점의 주인이 누군지 알 수 있었다.

'카린 호른.'

영상은 카린 호른의 시점으로 재생되고 있었다. 그녀의 곁으로 호른 부족의 전사가 은밀하게 다가와 말을 걸었다.

「지금 빠져나가셔야 합니다.」

「하지만 오빠가…….」

「부족의 운명이 걸려 있습니다, 카린 님. 강해지셔야 합니다!」

전사의 목소리에도 카린의 발길은 쉽게 떨어지질 않았다. 당장이라도 죽을 것만 같은 오빠의 모습이 눈에 아른거렸기 때문이었다.

그녀는 울 것 같은 얼굴이었다.

「어찌 모르십니까…… 이것도 전부 족장님의 의지인 것을.」

그러더니 전사가 참담한 목소리로 말했다.

「부디 용서하소서. 죄송합니다.」

뚝, 하고 영상이 점멸했다.

전사가 카린의 목을 손날로 내리쳐 잠시 기절을 시킨 것이다.

잠시 기다리니 영상은 3인칭으로 바뀌었다. 묶여 있는 족장을 뒤로하고 카린을 데리고 은밀하게 도망치는 전사들의 모습이었다.

몇 번 위험한 순간도 겪었지만 가까스로 갈릴리오를 벗어났다. 그들은 숨어 있던 동료들을 찾아 수림을 헤치고 나아가기 시작했다.

카린이 정신을 차렸을 때는 이미 갈릴리오에서 한참 떨어진 수풀의 한가운데였다.

「반드시 구해 줄게. 기다려.」

돌아가기엔 너무 늦은 시점이었다.

카린은 무녀인 자신의 능력을 십분 활용하기로 했고, 이윽고 '신탁'을 들을 수 있었다.

수림을 가로질러 리자드맨의 소굴인 동쪽으로 향하다 보면, 호른 부족을 구할 '영웅'을 만날 수 있다고.

그들은 보면 알 것이라고.

해서 전사들을 이끌고 수림을 가로질렀다. 도움을 줄 '영웅'을 찾아 먼 여정을 떠나왔다.

띠링!

[새로운 퀘스트가 도착했습니다.]

영상이 끝나고 순식간에 그들은 본래 서 있던 자리로 돌아왔다.

강서준은 자신의 앞에서 떨리는 목소리로 입을 여는 카린을 바라봤다.

"영웅님, 부디 저희 호른 부족을 구해 주십시오. 저희 오빠…… 오가닉 족장님을 살려 주세요!"

퀘스트 – 붙잡힌 족장

분류 : 시나리오

난이도 : C

조건 : 호른 부족은 불온한 세력에게 침입을 당한 상태입니다. 카린 호른을 도와, 부족을 구하십시오. 그녀는 위기에 처한 족장의 생존을 원합니다.

제한 시간 : 24시간

보상 : 족장 오가닉의 생존

실패 시 : 족장 오가닉의 사망

*족장 오가닉은 시나리오의 핵심 인물입니다. 사망 시, 퀘스트의 난이도는 대폭 상승합니다.

*현재 족장 오가닉은 모종의 이유로 모든 힘을 봉인하고 있습니다. 원인을 제거하십시오.

[퀘스트를 수락하시겠습니까?]

[Yes / No]

강서준은 나지막이 침음을 삼켰다.

이 메시지창은 이른바 최후 통보였다.

여기서 Yes를 누른 순간부터 플레이어의 운명은 호른 부족과 함께하게 된다.

훗날 리자드맨이 '던전의 주인' 자리를 차지하게 된다면, 호른 부족을 선택한 자들은 리자드맨의 하수인이 되는 것이다.

그런 시나리오의 퀘스트였다.

하지만.

'고민할 것도 없다.'

강서준은 망설임 없이 Yes를 눌렀다. 여타 다른 플레이어도 마찬가지였다.

이유는 간단했다.

리자드맨이 아무리 막강해도, 도마뱀 인간으로 구성된 몬스터 집단이었다. 놈들의 편을 든다면 당연히 이곳에 있는 NPC 집단인 호른 부족을 향해 칼을 뽑아 들어야 하는 것이다.

선택할 이유가 없었다.

'NPC라 해도 인간을 상대로 몬스터와 손을 잡고 싶진 않아.'

강서준은 카린에게 말했다.

"도와드리겠습니다."

[퀘스트를 수락하셨습니다.]
['강서준의 파티'는 '호른 부족'의 운명 공동체가 되었습니다.]

그리고 한편으로 컴퍼니의 수작에 대해서도 생각할 수 있었다.

모르긴 몰라도, 퀘스트 내역에 적혀 있는 '불온한 세력'은 컴퍼니를 말하는 걸 수도 있었다.

'시나리오 영상을 보면 족장을 묶은 건 인간이었어. 놈들이 지능이 있다고 해도 완전히 인간의 모습을 할 수는 없어.'

S급 던전에서의 용족이 폴리모프라도 하는 거라면 모를까. 고작 리자드맨 따위가 인간이 될 수는 없었다.

즉 인간이 개입한 일이다.

'호른 부족을 돕다 보면 자연스레 컴퍼니도 쫓을 수 있겠어. 눈 속에 숨었던 그놈도 만날 수 있겠지.'

강서준은 서늘하게 웃었다.

'두고 보자고. 이름 모를 새끼야.'

어두운 방. 수정구를 내려다보던 한 남자는 질겁하며 손에 힘을 놓고 말았다.

투우웅.

바닥에 떨어져 데굴데굴 굴러가는 수정구. 남자는 그런 것 따위에 신경을 쓸 여유가 없는 듯했다.

그는 진실로 공포를 느꼈다.

"……날 봤어."

크록, 현재 이름은 배기찬.

그는 바닥에 널브러진 수정구 너머로 이쪽을 노려보는 한 남자를 가만히 응시했다.

꿈에도 나올까 두려운 얼굴이었다.

케이.

배기찬은 침음을 삼켰다.

[스킬, '염탐(A)'을 해제했습니다.]

그의 A급 스킬 '염탐'이 해제되면서 수정구는 무채색으로 색깔이 변했다. 배기찬은 그 와중에 입을 열 수 없었다.

"젠장……."

그는 번뜩 자리에서 일어나 방문을 열고 나섰다. 후덥지근한 열대기후가 그를 반겼고, 가까이에서 대련 중인 리자드맨 전사들이 보였다.

배기찬은 입술을 잘근 깨물며 그의 수하를 불러들였다.

"홍길."

"무슨 일이십니까?"

"호른 부족의 진척 상황을 보고해라."

"……10분 전에도 말씀드렸는데요."

"닥치고 말해."

사나운 배기찬의 기세에 홍길은 한숨을 푹 내쉬며 스마트 폰을 꺼냈다. 발신은 가장 최근 목록에 있었다. 따로 조작할 것도 없다.

ㅡ……왜 또 전화야?

"배기찬 님이 호른 부족 상황을 알고 싶어 하셔."

ㅡ10분 전에 알려 줬잖아.

"그니까 그간 변화는 없었냐고."

ㅡ끙……. 기다려 봐.

10분 전에 보고된 일일지라도 상부의 명이라면 일단 따르는 게 상책이었다.

별수 없이 잠시 멀어졌던 소리는 금세 돌아왔다.

ㅡ특이 사항은 없어. 여전해.

"아직 안 죽었지?"

ㅡ응. 하지만 얼마 안 남았어. 하루면 끝날걸?

"마을 사람들은?"

−거의 다 넘어왔지. 지들 족장이 저 모양이고, 부족의 전사들은 도망 갔어. 안 버티고 배기겠어?

"그래, 알겠다."

그렇게 홍길이 전화를 끊으려 하자, 대뜸 배기찬이 전화기를 낚아채 갔다.

"나 배기찬이다."

−……네?

"재지 말고. 당장 도마뱀을 준비시켜라."

−도마뱀이라뇨?

배기찬은 사나운 어조로 재차 입을 열었다.

"같은 말을 반복하게 할 건가?"

−아, 아닙니다. 하지만 제대로 움직이려면 하루의 여유 시간은 필요합니다.

"반나절로 끊어."

−네?

"또 되물으면 죽일 것이다."

옆에서 가만히 듣고 있던 홍길은 사색이 된 얼굴이었다. 배기찬은 신경질적으로 전화를 끊어 버리더니 그대로 홍길에게 던져 줬다.

"……아니야. 이대로도 불안해."

배기찬은 홍길에게 한 가지 명령을 더 내렸다.

"트리거도 움직여야겠어. 2단계 작전을 당장 시작하라고 전해라."

그럼에도 배기찬의 눈은 불안한 듯 세차게 흔들릴 뿐이었다.

＊＊＊

C급 던전 '리자드맨의 우물'에서도 서쪽의 산봉우리에 있는 NPC들의 마을.

호른 부족의 공중 도시, 갈릴리오.

강서준은 수풀 속에서 그곳을 바라보며 눈살을 찌푸렸다.

의외의 이야기를 들었기 때문이었다.

"마을 사람들이 시름시름 앓고 있다고요?"

"네. 알 수 없는 전염병이었습니다. 처음엔 무기력증이나 피로를 호소하다, 얼굴에 홍조를 띠면서 숨은 가빠졌죠. 점차 손발톱은 흑색으로 물들고……."

요약하자면 호른 부족의 사람들은 '던전병 초기 증세'를 겪고 있었다. 반주역에서 수많은 시민들이 겪던 증상과 똑같았다.

호른 부족이 컴퍼니에게 속수무책으로 당한 연유 중 하나일 것이다.

'던전병이라…….'

이 타이밍에서 던전병이 NPC들의 마을에 나타난 건 우연이 아니었다. 생각해 보면 이번 일에 관여한 그놈은 '트리거의 눈'에도 숨어 있었지 않은가.

'반주역도 그놈 짓이겠지.'

강서준은 카린을 돌아보면서 물었다.

"혹시 족장님도 그 병에 걸린 겁니까?"

"그럴 리가요. 용맹스러운 분이십니다. 그딴 듣도 보도 못한 병에 걸리실 리가 없어요."

"그럼 적에게 당한 겁니까?"

"말도 안 되죠. 족장님이 싸움에 지신다고요? 있을 수 없는 일입니다."

족장에 대한 믿음이 신실한 카린을 보면서 강서준도 같은 의미로 고개를 끄덕였다. 그녀의 말마따나 족장이 당했을 확률은 현저히 낮았다.

'오가닉 족장.'

말하자면 호른 부족의 최고 수준에 해당하는 NPC였다.

리자드맨으로 따지자면 던전의 보스 격인 '리자드왕'과 같은 수준이었다. 만약 강서준이 리자드맨을 선택했다면 그의 최종 보스는 아마 '오가닉 족장'이 됐겠지.

카린은 입술을 잘근 깨물면서 말했다.

"저 때문이에요."

"네?"

"제가 세아를 마을 밖으로 데려가지만 않았어도⋯⋯!"

세아 호른.

오가닉 족장의 하나뿐인 딸.

사건의 발단은 카린이 세아를 데리고 마을 밖으로 나간 데에 있었다.

그날 카린은 컴퍼니를 비롯한 리자드맨의 습격을 받고, 결국 세아 호른이 납치되는 결과를 낳았다.

세아 호른은 오가닉의 약점이었다.

"제 자신을 용서할 수 없어요."

부들부들 떨면서 애써 눈물을 삼킨 카린은 벅차오르는 감정을 점차 분노로 승화시켰다. 그녀의 살벌한 눈초리가 도시의 경계병을 훑었다.

부족의 전사를 대신하여, 갈릴리오의 외곽을 지키는 가면인들.

이미 그곳은 컴퍼니에게 장악당한 상태였다.

"약점이라⋯⋯."

곰곰이 고민하던 강서준은 카린과 시선을 맞추면서 말했다.

"우선 세아부터 구해야겠군요."

퀘스트의 목적인 오가닉 구출 작전의 핵심은 아무래도 '세아'에게 있었다.

사실상 오가닉이 당장 죽을 위기에 처한 건, 오직 딸의 생사를 몰랐기 때문이었다.

'그게 아니라면 오가닉이 죽을 위기라는 것 자체가 이상하지.'

오가닉이 고작 컴퍼니에게 당할 정도로 약한가? 아니다. 그는 리자드왕에 버금가는 이 던전 내 최강의 NPC였다.

애초에 컴퍼니 내부에 오가닉을 가지고 놀 정도의 강한 플레이어가 포진됐다면, 구태여 세아를 납치할 이유도 없었다.

'약점만 제거하면 공략은 쉬울 거야.'

그리하면 마을에 이딴 짓을 벌인 컴퍼니를 오가닉이 친히 나서서 직접 처단할 것이다.

무려 보스급 NPC가 말이다.

강서준은 계획을 일행과 공유하며 갈릴리오를 바라봤다. 백주대낮에 저곳으로 잠입할 생각은 없었다. 계획의 실행은 오늘 밤이었다.

'아직 제한 시간은 여유가 있으니까.'

하지만 세상일이란 게 으레 그렇듯, 뜻대로 흘러가는 법은 없었다.

✧✧✧

그래.

세상일이란 게 원래 이렇듯 막무가내로 흘러간다. 석 달

전, 갑자기 지구가 게임이 되어 버린 것처럼.

강서준은 미간을 찌푸리며 옹기종기 모여 있는 사람들 속으로 스며들었다.

아직 해가 중천에 떠오른 현재.

그는 갈릴리오의 중심에 다닥다닥 붙은 사람들 틈에 껴 있었다. 멀리 수많은 사람들이 시체처럼 매달린 중앙 광장이 보였다.

그곳엔 호른 부족의 족장 '오가닉'도 죽은 듯이 통나무에 묶여 있었다.

"오빠……."

작게 읊조리는 카린을 일별한 강서준은 퀘스트창을 확인했다. 그가 이처럼 계획대로 밤에 움직이지 못한 데에는 아주 단순한 이유가 있었다.

[제한 시간 : 1시간]

퀘스트 창에 명시됐던 본래의 제한 시간인 24시간이 훌쩍 줄어들어, 금세 1시간밖에 남질 않았다.

원인은 금세 알았다.

'플레이어가 개입한 거야.'

퀘스트의 내용에 간섭할 수 있는 녀석은 또 다른 퀘스트를 수행하고 있을 플레이어밖에 없었다.

제한 시간도 컴퍼니가 어떻게 행동하냐는 것에 따라서 줄어들 수 있었다.

결국 컴퍼니가 관여하면서 생겨난 변수였다.

그리고 중앙 광장에 다다른 강서준은 놈들이 어떤 방법으로 제한 시간을 줄이고 있는지 알 수 있었다.

"말을 안 들으면 전부 이렇게 될 것이다."

험악한 목소리였다. 날붙이를 들고 오가닉의 앞에서 망나니처럼 칼춤을 추는 놈이 있었다.

오가닉은 곧 죽을 안색이었다.

놈은 오가닉의 어깨에 칼을 콱 찔러 넣으면서 마을 사람들을 재차 돌아봤다.

"똑똑히 보아라. 감히 반항하면 어찌 되는지!"

검붉은 피가 어깨를 뚫고 나온 검신을 따라 쭈욱 흘러내렸다. 바닥으로 뚝뚝 피가 떨어졌지만 오가닉은 신음 하나 흘리지 않았다.

시시각각 떨어지는 HP의 총량과 제한 시간조차 분 단위로 줄어들고 있었다. 그의 목숨은 지금 한낱 종잇장에 불과했다.

그럼에도 오가닉은 비명조차 지르지 않았다.

엄청난 기개였다.

"……지독한 놈."

그게 마음에 안 들었는지 컴퍼니는 대뜸 칼을 어깨에서 뽑았다. 그리고 씨익 웃으면서 광장을 쭉 둘러봤다.

놈의 시선이 닿은 곳엔 허름한 옷의 여자가 있었다.

"저 여자를 데려와라."

그의 명에 중앙 광장에 서 있던 한 여자가 억지로 끌려왔다. 그녀는 배가 불룩 나온 임산부였다.

망나니는 칼을 흔들면서 임산부의 목 언저리에 날붙이를 댔다.

"오가닉. 네놈이 언제까지 버틸 수 있을 거라 보느냐."

"……."

"당장이라도 항복하질 않는다면, 이년을 죽일 것이다."

임산부의 목에 칼이 닿아 피가 흘렀다. 그런 서늘한 감각에 몸을 떠는 임산부였지만, 당장 그녀를 구할 수 있는 사람은 그 어디에도 없는 듯했다.

전사들은 이미 마을을 떠났고.

족장은 약점이 붙잡혀 빈사 상태였다.

강서준은 금방이라도 뛰쳐나가려는 카린과 부족의 전사들을 억지로 억누르며 말했다.

"아직입니다. 아직 때가 아니에요."

"하지만 이대로는……!"

"기다려요."

대신 강서준은 인이어 이어폰을 통해서 빠르게 작전 지역에 잠입한 그의 일행에 대한 소식을 들었다.

제한 시간은 얼추 40분.

하지만 이조차 놈들이 마음만 먹는다면 쉽게 뒤집을 수 있는 시간이니, 제한 시간에 큰 의미를 둘 것도 없었다.

그래.

제한 시간은 의미가 없다.

강서준도 플레이어였으니까.

'시간을 줄일 수 있다면.'

반대로 늘릴 수도 있는 법이다.

강서준은 모든 준비가 끝났다는 문자를 확인하며, 오가닉 족장을 확인했다. 망나니의 칼에 찔릴 위기에 처한 임산부를 보고도, 그는 아무런 감정도 없는 눈을 하고 있었다.

모든 걸 포기한 걸까.

반면 강서준은 망나니를 노려봤다. 가면 속으로 얼굴이 보이진 않았지만, 놈이 호쾌하게 터뜨리는 웃음소리는 들렸다.

사이코패스처럼 임산부를 인질로 삼아 웃음을 터뜨리는 꼴이라니.

어느 쪽이 몬스터인지 모르겠다.

그리고 저런 불쾌한 인질극을 펼치는 이유는 뻔했다.

'이 마을을 통째로 꿀꺽할 속셈이겠지.'

족장의 의지를 꺾는다면 마을 사람들의 실낱같던 의지도 전부 꺾여 나갈 것이다. 놈들의 목적은 그것이었다.

'네들 뜻대로 될 것 같냐.'

그때였다.

타아아아아앙!

지축을 흔드는 커다란 총성과 함께 임산부를 위협하던 망나니의 몸이 한 차례 들썩였다. 어깨를 가격당한 놈이 두어 바퀴 바닥을 구르더니 괴로운 비명을 질렀다.

단 한순간이었다.

"끄아아아악!"

"저, 저격이다!"

타아아앙!

누군가의 어깨를 스치고 바닥에 불꽃이 튀었다. 가면인들은 빠르게 엄폐물에 몸을 숨겼다.

두 발의 저격.

갈릴리오는 침묵에 휩싸였고, 뒤늦게 마을 사람들이 혼비백산하며 사방으로 도망치기 시작했다.

강서준은 혼란 속에서도 퀘스트 내역을 확인했다.

'……10분 늘어났군.'

꺾일 뻔한 오가닉의 의지가 조금 굳건해졌을까. 하지만 그럼에도 오가닉은 죽을 위기였다.

가만히 놔둬도 과다 출혈로 사망하겠지.

"지금입니다!"

강서준은 재차 울리는 총성을 들으며, 엄폐물 뒤로 숨은 가면인을 향해 검을 뽑아 들었다.

귀신같은 움직임으로 뒤를 잡은 그는 빠르게 검을 찔러 넣었다.

동시에 숨어 있던 아크의 플레이어, 곳곳에 산재했던 호른 부족의 전사들이 일제히 함성을 내질렀다.

"와아아아아!"

"적습! 적습이다!"

그 순간, 요란하게 하늘 위로 뭔가가 날아왔다.

콰앙! 공중을 날아 폭발한 무언가는 중앙 광장 위로 비처럼 쏟아졌다.

['중급 HP포션'을 온몸에 맞았습니다.]

['중급 HP포션'을 온몸에 맞았습니다.]

['중급 HP포션'을 온몸에 맞았습니다.]

[미미하게 체력이 회복됩니다.]

[미미하게 체력이 회복됩니다.]

[미미하게 체력이 회복됩니다.]

실시간으로 전투를 벌이는 사람들 사이로 쏟아지는 포션 비.

이는 곧, 다친 사람들에게 미미하지만 체력 회복 효과를 주었다. 서로 주고받는 상처에 비해 허접한 성능에 불과했지만 상관없었다.

목적은 그게 아니니까.

[제한 시간 : 1시간]

그 미미한 체력 회복 효과조차 오가닉의 체력을 유지시켜 주는 것이다.
뒤늦게 상황을 알아차리고 오가닉의 목을 베려고 몇몇의 가면인이 달려들었지만, 소용없는 짓이었다.
타아아앙! 타아앙!
"젠장…… 저격수 좀 어떻게 해 봐!"
"어디에 있는데?"
"몰라!"
"끄아아아악!"
여지없이 날아드는 총알은 오가닉에게 향하는 모든 이들을 저격했다. 강서준은 이를 의지하며 더욱 화려하게 날뛰기로 했다.
기왕 시간을 끌 거라면 더욱 요란하게 움직여 줘야겠지.
"무, 무슨 공격력이……!"
강서준의 검은 서릿발을 만들고, 부딪칠 때마다 얼어붙을 것만 같은 대단한 추위를 느끼게 했다.
전투는 중앙 광장 전체로 확대됐고, 갈릴리오 전역은 전쟁터를 방불케 하는 소음으로 가득 찼다.

"족장님을 구해 내자!"

"와아아아!"

⚜

한편 김강렬은 어둠 속에서 숨을 죽이고 있었다.

쿠구구궁.

천장이 흔들리고 돌가루가 연신 떨어져 댔다. 긴장한 대원들을 돌아본 김강렬은 은밀하게 수신호를 보냈다.

"커헉!"

어둠을 틈타 적진에 숨어든 대원들이 주변을 경계하던 가면인들의 목에 칼을 꽂았다. 성대를 찔렀는지 놈들은 그저 꺽꺽대며 소리 없이 죽어 갔다.

안쪽으로 먼저 들어간 대원이 무전을 보내 왔다.

—입구 클리어.

—통로 클리어.

시시각각 전해 들은 보고를 따라서 이동한 김강렬은 이윽고 기다리던 무전을 들을 수 있었다.

—VIP 찾았습니다.

꼬불꼬불하게 개미굴처럼 기암괴석 내에 만들어진 갈릴리오의 감옥.

그곳에서도 가장 깊숙한 곳엔 한 소녀가 쇠사슬에 묶여 있었다. 오랫동안 어둠 속에 있어서 빛에 익숙하지 못했는지, 눈조차 제대로 뜨질 못하는 그녀였다.

김강렬은 일단 HP포션부터 꺼냈다.

"세아 님 맞으십니까?"

"……누, 누구시죠."

"카린 님이 보내서 왔습니다. 이것부터 드시지요."

꿀꺽꿀꺽, HP포션을 받아 마시니 점차 그녀의 얼굴에도 혈색이 돌았다. 세아는 황망한 눈으로 주변을 둘러보다 한 남자를 발견했다.

"……칼?"

"네, 세아 님. 저 칼입니다."

"칼!"

호른 부족의 전사. 이곳까지 안내를 해 준 그는 세아를 꼭 끌어안고 눈물을 흘렸다.

두 사람을 가만히 보던 김강렬은 괜히 어깨를 으쓱이며 말했다.

"여기서 이럴 때가 아닙니다. 얼른 나가야 해요."

갈릴리오의 전역으로 퍼지는 폭음은 점점 커지기만 했다. 강서준이 컴퍼니를 상대로 열심히 어그로를 끌고 있다는 증거였다.

김강렬은 주변을 둘러보며 말했다.

"나갑시다. 안전한 곳으로 먼저 이동하는 게 우선입니다."

"……네."

작전은 성공적이었고, 이젠 NPC 세아를 안전한 곳으로 빼돌리기만 하면 되는 일이었다.

그렇게 김강렬은 무전으로 작전이 성공했음을 알릴 생각이었다.

……쿠구구궁!

소름 끼치는 괴성과 함께 눈앞의 천장이 무너져 내리지만 않았다면 말이다.

다음 권으로 이어집니다

꿈의 도약, 로크에서 하십시오
(주)로크미디어에서 신인 작가를 모십니다

즐거운 세상, 로크미디어는 꿈을 사랑하고 도전을 두려워하지 않는 작가 분들의 참신한 작품을 기다리고 있습니다. 21세기 장르 문학계를 이끌어 갈 차세대 선두 주자 (주)로크미디어에서 여러분의 나래를 활짝 펴 보시길 바랍니다.

모집 분야 판타지와 무협을 포함한 장르 문학
모집 대상 아마추어 작가, 인터넷 작가
모집 기한 수시 모집

작품 접수 시 유의 사항

1. 파일명은 작가명_작품명.hwp형식을 갖춰 주십시오.
1. 파일에 들어갈 내용은 다음과 같습니다.
   - 성명(필명인 경우 실명을 밝혀 주세요), 연락처, 이메일 주소
   - 제목, 기획 의도
   - A4용지 1장 분량의 등장인물 소개
   - A4용지 2장 분량의 전체 줄거리
   - 본문
1. 작품이 인터넷에 연재되고 있다면, 게시판명과 사이트의 구체적이고 정확한 주소를 기재해 주십시오.

선택된 작품은 정식 계약 후 출판물로 간행되어 전국 서점에 유통됩니다.
작가 분은 (주)로크미디어의 전폭적인 지원하에 전속 작가로 활동하시게 됩니다.
※ 자세한 내용은 로크미디어 홈페이지(rokmedia.com)를 참조하세요.

(04167)서울시 마포구 마포대로 45 일진빌딩 6층
(주)로크미디어 편집부 신간 기획 담당자 앞
전화 : 02) 3273-5135
www.rokmedia.com   이메일 : rokmedia@empas.com

우리 교황님 좀 말려주세요

판미손 퓨전 판타지 장편소설

비정상 교황님의
듣도 보도 못한 전도(물리) 프로젝트!

이세계의 신에게 강제로 납치(?)당한 김시우
차원 '에덴'에서 10년간 온갖 고생은 다 하고
겨우 교황이 되어 고향으로 귀환했건만……

경고! 90일 이내 목표 신도 숫자를 달성하지 못할 시
당신의 시스템이 초기화됩니다!

퀘스트를 달성하지 못하면 능력치가 도로 0이 된다고?
그 개고생, 두 번은 못 하지!

"좋은 말씀 전하러 왔습니다, 형제님^^"

※주의※ 사이비 아닙니다, 오해하지 마세요!